Uwe Schimunek

Die Leiche im Landwehrkanal

Von Gontards sechster Fall

Criminalroman

Jaron Verlag

Uwe Schimunek, Leipziger Journalist und Autor, schreibt Kurzgeschichten und Kriminalromane. Er liest regelmäßig bei den jährlich stattfindenden Ostdeutschen Krimitagen und im Rahmen des Krimi-Kleinkunst-Programms »Killer-Kantate«. Im Jaron Verlag erschienen von ihm in der Reihe »Es geschah in Sachsen« drei Bände, zuletzt »Der ermordete Gärtner« (2013). Für die Reihe »Es geschah in Preußen« verfasste er zusammen mit Jan Eik den Band »Attentat unter den Linden« (2012).

Originalausgabe
1. Auflage 2013

www.jaron-verlag.de
Umschlaggestaltung: Bauer + Möhring, Berlin
Satz: Pinkuin Satz und Datentechnik, Berlin
Druck und Bindung: CPI - Clausen & Bosse, Leck

ISBN 978-3-89773-728-0

Eins

Donnerstag, 22. August 1850

Christian Philipp von Gontard sah das Dilemma schon von weitem. Kaum hatte er die Schilder passiert, die das Betreten der Baustelle verboten, bemerkte er den Menschenauflauf am Wasser. Die Gruppe von Männern wirkte schon von hier aus so ratlos wie ostpreußische Bauern vor einer algebraischen Gleichung. Ein Mann löste sich aus dem Pulk vorn am Ufer und winkte. Gontard erkannte Peter Joseph Lenné – der Königliche Gartendirektor und Stadtplaner war persönlich zum Unglücksort gekommen. So schlimm stand es also ...

Die letzten Meter ritt Gontard im Galopp über die Berliner Wiesen. An einem Baum in Steinwurfweite zum Ufer standen zwei Reitpferde an einer provisorischen Tränke. Gontard stieg von seinem Rappen und band ihn neben den anderen Gäulen fest.

»Guten Tag, Herr Oberst-Lieutenant! Schön, dass Sie so schnell kommen konnten«, empfing ihn Lenné. Aus der Nähe wirkte das Gesicht des Gartendirektors wie eine Karstlandschaft. Gontard wusste von der Pockenerkrankung in Lennés Kindheit, dennoch erschrak er stets ein wenig, wenn er auf den Gartenmeister traf.

»Ich wünsche ebenfalls einen guten Tag«, erwiderte Gontard und zeigte dann zur Unglücksstelle. »Ihre Männer sehen besorgt aus.«

»Wenn Sie das Malheur sehen, werden Sie das verstehen«, sagte Lenné. Er wandte sich zum Ufer und rief im Gehen: »Meister Häußler! Hier ist Oberst-Lieutenant von Gontard!«

Ein Mann mit einem üppigen Vollbart zog seinen Hut. Über seinen kurzen Beinen wirkte der Brustkorb wie aufgeblasen. Wenn der Mann statt des Hutes eine Zipfelmütze trüge, hätte er einen Zwerg in einer Heldensage darstellen können.

Je näher sie dem kleinen Mann und dem Wasser kamen, desto deutlicher wurde Gontard das Ausmaß der Misere: Dort, wo die Uferbefestigung allem Anschein nach im rechten Winkel verlaufen sollte, war die Böschung auf Dutzenden Metern weggebrochen. Das Erdreich schien sich in den Kanal zu ergießen wie Brei, der aus einem Kochtopf quoll.

Häußler stand vor ihnen und sagte: »Die gesamte Verschalung ist abgerutscht, und nicht nur das. Die Befestigung hat es ebenfalls hinweggeschwemmt.« Der kleine Mann schüttelte den Kopf. »Ich kann mir das nicht erklären.«

Die beiden Arbeiter traten beiseite, damit Lenné, Gontard und Häußler zum Erdrutsch treten konnten. Jetzt sah Gontard, dass der Kanal keineswegs im rechten Winkel um die Ecke führte, wie es von der Entfernung ausgesehen hatte. Vielmehr lag eine Art künstlicher Teich vor ihnen, der seitlich zum Kanal in die Wiese gelassen war. Auch an der Einmündung war das Ufer ins Wasser gerutscht: Erdklumpen, Holzbalken und Klinkerziegel hatten sich zu einem einzigen Durcheinander vermischt.

»Welche Funktion soll dieser Teich haben?«, erkundigte sich Gontard.

»Wir nennen es Bassin. Hier können Schiffe wenden oder auch für längere Zeit vor Anker gehen«, erklärte Lenné, »zum Beispiel, wenn die Witterung den Verkehr nicht zulässt. Es gibt noch ein paar solche Anlagen kanalabwärts. Vielleicht bauen wir die Bassins später wieder zurück, wenn es hinreichend Kapazität in den Häfen gibt.«

Gontard schaute über das Bassin. Zwei, vielleicht drei Schleppkähne würden hier Platz finden, schätzte er. Aber bevor das Ufer wieder befestigt war, fuhr sicher kein Schiff durch diesen Kanal, geschweige denn in dieses Bassin.

»Wann ist das Unglück passiert?«, fragte Gontard.

»Vielleicht gestern Abend oder nach dem Gewitter in der Nacht«, sagte Häußler. »Mein Geselle hat den Erdrutsch heute Morgen entdeckt.«

»Ich brauche Proben von allem. Da lernen meine jungen Offiziere in der Ingenieurschule gleich, welche Probleme ihnen später bei den Pioniertrupps unterkommen können. Bringen Sie etwas von da vorn«, Gontard zeigte zum Anfang des Erdrutsches im Kanal und wies dann mit der Hand in das Bassin hinein, »und auch von dort hinten!«

»Wir haben natürlich schon Untersuchungen angestellt«, sagte Häußler. »Ich glaube nicht, dass Sie etwas Ungewöhnliches finden werden.«

Lenné tippte Häußler an die Schulter und zischte: »Es sind nicht einmal mehr zwei Wochen, dann sollen hier Schiffe fahren. Sie werden Herrn Oberst-Lieutenant von Gontard auf jede erdenkliche Art und Weise unterstützen!«

Häußler winkte seine Gesellen herbei und wies sie an, die Bodenproben zu nehmen. Dann sagte er zu Gontard: »Wir haben nur an dieser Stelle des Kanals derartige

Schäden an der Befestigung. Ich kann mir dieses Malheur nicht erklären.«

Gontard schaute den Bärtigen an. Häußler hielt seinem Blick stand. Dabei sah er aus wie einer, der genau weiß, dass die Sache schlecht für ihn steht – wie einer, der mit der Schatztruhe unterm Arm neben einer verlassenen Postkutsche steht und behauptet, er sei zufällig vorbeigekommen.

»Meista Häußla! Kieken Se ma, hier blubbat wat!« Einer der Gesellen rief vom Bassinufer herüber. Seine Stimme klang so, als würde er die Worte vor Schreck herauspressen. Gontard sah hinüber – der Junge zählte sicher noch keine achtzehn Jahre und zitterte am ganzen Leib.

Häußler eilte zu seinem Stift, Lenné und Gontard folgten ihm. Der Junge stand inzwischen wie versteinert am abgerutschten Erdreich und blickte auf das Wasser. Dort zerplatzten faustgroße Blasen.

Häußler trat mit einer Stiefelspitze ins Wasser. Ein paar sanfte Wellen waberten vom Ufer weg. Aus der braunen Brühe stiegen weitere Blasen auf, die wie Pusteln zerplatzten. Der Baumeister nahm eine Gerte, beugte sich zum Wasser und rührte darin herum. Dann winkte er. »Schauen Sie sich das an!«, rief er.

Gontard guckte Häußler über die Schulter und sah, wie er mit der Rute gegen einen Stiefel tippte. Die Spitze wuchs aus der Brühe hervor. Zwischen den Nägeln hatte sich die Sohle beinahe aufgelöst, der Schuh schien schon eine Weile in der trüben Soße zu liegen.

Häußler stichelte mit der Gerte am Schaft herum, offenbar wollte er den alten Treter aus dem Gewässer fischen. Doch der Stiefel schien festzuhängen. Dafür stieg ein neuer Schwall Blasen aus dem Wasser auf.

»Nun hilf mir doch!«, rief Häußler seinem Gesellen zu.

Der Junge brach einen Ast aus einem Gestrüpp und zerrte ebenfalls an der Stiefelspitze herum. Die Brühe waberte, und ein Stück Stoff kam an die Oberfläche. Am Ende des Stoffes erschien eine Art Wurst ... Sollte das ein Finger sein? Die Haut spannte, als hätte jemand zu viel Fleisch hineingestopft. Noch ein Finger tauchte auf, dann noch einer – da schwamm eine Hand!

Der Geselle schrie wie ein Mädchen, dem jemand unter den Rock griff. Dabei sprang er rückwärts die Böschung hinauf, bis er stolperte, abrutschte und ins Wasser plumpste.

Neue Blasen blubberten aus der Brühe.

»Führ nicht so einen Tanz auf! Pack lieber mit an!« Häußler hob die Hand gegen seinen Gesellen, um seine Worte mit einer Ohrfeige zu unterstreichen.

Der Junge hielt den Unterarm schützend vor sein Gesicht und rief eilig: »Natürlich, Meista!« Er stand auf, griff nach dem Stiefel und zog. Ein Bein in grobem Leinen kam zum Vorschein. Der Geselle zerrte am Stiefel herum, drehte ihn nach rechts nach links, zog. Dabei klatschte der Stoff aufs Wasser. Die Brühe spritzte bis zu Gontard.

Häußler fluchte und packte den Stiefelschaft. Der nächste Ruck wirkte. Meister und Geselle sausten mit dem Hosenboden in den Schlamm der abgerutschten Böschung. Beide schwiegen – genau wie Gontard, Lenné und der herbeigeeilte zweite Geselle. Der Anblick der Wasserleiche verschlug ihnen die Sprache. Der Bauch war aufgebläht wie ein Ballon. Darüber klaffte in der linken Brust eine tellergroße Wunde. Die Innereien, die daraus hervorquollen, sahen aus wie vergammelte Wurst. Vom Kopf ragte nur das Gesicht aus der Brühe – oder genauer gesagt, was davon übrig war. Aus den Augenhöhlen wanden sich Aale und glitten zurück ins Wasser. Die Fische hatten den Schädel bis zu den Wangenknochen abgeknabbert. Erst über der Stirn hing die Haut in Fetzen auf den Knochen.

Der Geselle stürzte die Böschung hinauf und übergab sich.

Gontard hatte den Waffenrock geöffnet und die Pickelhaube an der Pferdetränke abgelegt. Die Augusthitze drückte auf die Berliner Wiesen, die Brühe im Kanal kühlte das Ufer kaum. Vor über zwei Stunden hatte Meister Häußler seinen Gesellen mit dem Gaul losgeschickt, um Criminal-Commissarius Waldemar Werpel über den Leichenfund zu informieren. Nun endlich näherten sich zwei Pferde über die Wiesen – im lockeren Trab. Gontard wusste, dass Werpel bei einer Verfolgungsjagd zu Pferde kaum eine Frau im Damensattel einfangen könnte, doch in dieser Hitze erschien ihm die Trippelei von Werpels Mähre beinahe wie eine Provokation. Gontard hatte zwar seine Lehrveranstaltungen am Vormittag hinter sich gebracht, und die Arbeit im Labor konnte er auch morgen fortsetzen, aber er hatte allemal etwas Besseres zu tun, als hier in der Hitze auf einen Polizeibeamten zu warten.

Lenné guckte ebenfalls empört zu den beiden Reitern, das sah Gontard aus dem Augenwinkel. Häußler sprang auf und brüllte seinem Gesellen eine Schimpftirade entgegen. Der Baumeister war aus gutem Grund ungeduldig. Er hatte mit seinem zweiten Gesellen den Leichnam aus dem Bassin geborgen, von Getier befreit und mit einer Plane abgedeckt. Nun standen die Handwerker neben dem Toten und achteten darauf, dass die Decke nicht von einer der raren Brisen davongeweht wurde.

Häußler fuchtelte mit den Händen herum und rief etwas von einer Abreibung. Tatsächlich beschleunigte der Geselle sein Pferd. Auch Werpels Gaul verfiel in leichten Galopp. Offenkundig ohne Befehl seines Reiters, denn der Criminal-Commissarius klammerte sich an die Zügel wie ein Schiffbrüchiger an eine Planke.

Der Geselle band sein Pferd an der Tränke fest und kam herbeigeeilt. Werpel brauchte eine Weile, um aus dem Sattel zu steigen. Auf wackeligen Beinen verharrte der Criminalbeamte für ein paar Augenblicke an den Zügeln seines Gauls. Das ausgesprochen gutmütige Exemplar eines Reittieres schien mit dem dicken Commissarius Mitleid zu haben und ihn zu stützen, bis er wieder allein stehen konnte.

»Hier liegt der Tote!«, rief Häußler dem Commissarius entgegen.

»Ja, ja.« Werpel trottete herbei, besonders eilig schien er es weiterhin nicht zu haben. »Haben Sie gut auf das Corpus Delicti aufgepasst?«

»Schon seit mehreren Stunden!« Häußler sagte das so vorwurfsvoll, als habe er den Leichnam mit dem Schwert gegen Piraten verteidigen müssen.

»Wir werden noch eine Weile hierbleiben müssen.« Werpel japste schon nach den paar Schritten. »Die Männer mit dem Leichenwagen brauchen noch etwas für die Anreise.«

Der Leichenwagen wurde im Volksmund »der Nasenquetscher« genannt, da seine Fracht im wahrsten Sinne des Wortes gegen den Wind roch. Die Karre würde kaum bis hierher fahren können, dachte Gontard. Sicher mussten die Kerle den Leichnam mit der Bahre über das tiefe Gras bis vor zur Straße schleppen. Das konnte seine Zeit dauern.

»Was machen Sie denn schon wieder hier, Herr Oberst-Lieutenant?«, fragte Werpel. »Kann ich nicht einmal eine Leiche finden, ohne Sie anzutreffen?«

»Ich stehe eigentlich Herrn Lenné in physikalischen Fragen zur Seite. Auf Befehl von ganz oben, Herr Commissarius.«

»Physikalische Fragen«, maulte Werpel. »Ausgerechnet hier?«

»Nun, mein Herr, wie Sie vielleicht sehen, haben wir ein Problem, das über ein Einzelschicksal bei weitem hinausgeht.« Lenné wies zum Erdrutsch. »Ich bin sicher, Sie werden uns bald wieder unserer Arbeit nachgehen lassen.«

»Aber natürlich, Herr Lenné. Sobald es meine Ermittlungen in Bezug auf ein mutmaßliches Kapitalverbrechen erlauben, können Sie sich wieder Ihren Angelegenheiten widmen.« Werpel schien vor Lenné und seinen bekanntermaßen hervorragenden Beziehungen zum preußischen Thron keinen besonderen Respekt zu haben.

Vielleicht fehlte dem Königlichen Gartendirektor der Adelstitel, mutmaßte Gontard. Er schaute zu Lenné. Das Gesicht des Stadtplaners sah aus, als sei es mitten im Sommer eingefroren. Die Pockennarben wirkten noch tiefer. Wie bei vielen Männern bekam Lennés Gesicht durch den harten Blick etwas Furchterregendes, und mit wachsendem Zorn sank die Attraktivität.

Gontard grinste Werpel an. Der Commissarius winkte ab. Er beugte sich zum Leichnam, hob die Decke an und sagte: »Igitt!«

»Das kann man wohl sagen«, entgegnete Häußler.

»Wissen Sie, wer das ist? Oder besser, wer das mal war?«, erkundigte sich der Polizist.

»Wir haben das hier in seinem Wams gefunden.« Häußler reichte dem Commissarius eine kunstvoll verzierte Dose aus Metall.

Werpel öffnete die Dose und nahm ein paar zusammengepappte Karten heraus – es waren Visitenkarten, wie ein Besucher sie dem Dienstpersonal feiner Herrschaften zu seiner Vorstellung übergab. Die Karten hatten Wasser abbekommen, aber Gontard konnte die Aufschrift selbst über Werpels Schulter noch deutlich erkennen:

CORNELIUS FÜRCHTEGOTT PUCH – Privat-Secretär
Schriftstücke für alle Lebenslagen – Bittschriften, Eingaben,
Beschwerden, Empfehlungen, Gratulationen, Briefe usw.
wie auch GELEGENHEITSGEDICHTE

»Ich denke, ich habe Herrn Puch schon einmal gesehen. Bei der Familie von Traunstein.« Lenné sprach in einem feierlichen Ton. »Sehr vornehme Herrschaften, die Traunsteins, und ausgesprochen kunstsinnig. Puch hat für Herrmann von Traunstein Correspondenzarbeiten erledigt.« Der Gartendirektor blickte den verdeckten Leichnam an und fuhr fort: »Von der Größe her könnte es sich durchaus um diesen Puch handeln.«

Paul Quappe schmierte Wurst auf seine Brotscheibe. Wie gut es ihm doch hier ging! Bei den Gontards gab es mitten in der Woche Wurst. Das wäre zu Haus bei seinen Eltern in Schönschornstein unvorstellbar.

Ferdinand von Gontard saß ebenfalls am Tisch in der Dienstküche. Der Sohn der Familie hatte bei der Mutter so lange gebettelt, bis er sein Abendbrot schon jetzt nehmen durfte. Quappe hatte den Jungen gern um sich. Seit zwei Jahren wohnte Quappe nun schon als Bursche des

Oberst-Lieutnenant von Gontard in der Kammer unter dem Dach, und mit dem Sohn des Hauses verstand er sich gut.

Der Oberst-Lieutenant war noch einmal außer Haus gegangen. Wegen des Mordes, das wusste Quappe. Der Herr hatte es ihm selbst erzählt. Die Stulle schmeckte vorzüglich. Quappe musste aufpassen, dass er das leckere Essen nicht hinunterschlang. Er kaute noch einmal und biss dann erneut ab. Auch Ferdinand futterte, als habe er den ganzen Tag noch nichts bekommen. Dabei hatte es bei den Gontards natürlich ein üppiges Mittagsmahl gegeben.

Quappe merkte, wie der erste Hunger nachließ. Er kaute langsamer und sagte: »Se wern nich globn, junga Herr, et jibt schon widda nen Mord. Herr Oberst-Lieutenant tut höchstselbst amitteln. Vonne Jenaralmajor von Schnöden hatta schon de Jenehmijung für dit Janze.«

»Vater?«, fragte Ferdinand mit vollem Mund.

»Janz jenau, Ihr Herr Vata. Da kann da Strolch sich schon ma warm anziehn!«

Ferdinand biss von seiner Stulle ab und sah Quappe mit großen Augen an. »Wird das gefährlich?«, fragte er ihn.

»Na, janz sicha! Mit Mördan is bekanntamaßn nich zu spaßn.«

»Oh«, erwiderte Ferdinand und klang dabei, als stünde er selbst unmittelbar vor einem großen Abenteuer, »dann werden Sie wohl dem Mörder auch begegnen.«

»Ditte kann wohl sein.« Quappe schaffte es noch, die Worte voller Inbrunst herauszuposaunen, bevor die Luft knapp wurde. Jetzt hatte er eher das Gefühl, als wüchse ein Pfropfen in seinem Hals. Daran hatte er noch gar nicht gedacht: Würde er in Gefahr geraten? Sein Herr war ein Offizier, erprobt im Kampf und bedrohliche Situationen gewohnt. Aber er war doch nur ein junger Bursche – und wollte noch nicht sterben. Am liebsten hätte Quappe wieder in Schönschornstein in der elterlichen Kate gesessen. Selbst die Stulle auf dem Teller vor ihm schien ihren Geruch verloren zu haben.

»Das ist bestimmt sehr aufregend für Sie«, sagte Ferdinand.

»Hm.«

»Wenn ich mir das vorstelle: Sie treiben einen Bösewicht in die Enge, bis er gar nicht mehr ein noch aus weiß. Und dann kommt es zu einem großen Kampf.«

Das wollte sich Quappe lieber nicht vorstellen. Er verwickelt in einen Kampf gegen das Böse. Das wäre ja wie in den Märchen, die Großmama früher erzählt hatte. Aber er war doch kein mutiger Prinz ... Ihm fehlte sogar das Talent von Till Eulenspiegel, immer wieder den Hals aus der Schlinge zu ziehen. Obwohl er alle Geschichten des berühmten Narren aus seiner Kindheit noch auswendig kannte.

»Und dann werden Sie meinem Vater beweisen, dass mehr in Ihnen steckt als ein einfacher Bursche.«

Bestimmt war da mehr in ihm. Aber ganz sicher kein übermütiger Held. Quappe dachte an die letzten Jahre. Er hatte bereits etliche Mutproben absolviert: den Hund vom Nachbarn abgelenkt und Eier aus dem Stall stibitzt, Kartoffeln vom Feld geklaut und so weiter. Das reichte doch wohl, oder? Und um den Mörder kümmerte sich der Oberst-Lieutenant ohnehin lieber selbst. Der Herr weilte auch bei seinem Termin allein und ließ ihn hier in Ruhe essen. Es bestand kein Grund zur Sorge.

»Sie wissen bestimmt alles über den Mordfall«, sagte Ferdinand mit Trotz in der Stimme. Oder war es Neid?

»Ditte kann man sagn. Aba ick darf nix varatn.« Quappe legte den Zeigefinger über seinen Mund, um seine Verschwiegenheit zu verdeutlichen. Ein bisschen Übertreibung konnte nicht schaden, fand er.

»Ach, Herr Quappe«, bettelte Ferdinand, »auch ich kann schweigen wie ein Grab.«

Quappe biss in die Stulle und schwieg. Sicher konnte er dem jungen Herrn ein paar harmlose Geschichten erzählen. Aber erst mal würde er ihn noch ein bisschen schmoren lassen. Dann hatte Ferdinand sicher das Gefühl, in seiner Schuld zu stehen. Daraus ließ sich bestimmt irgendwann ein Gewinn ziehen.

»Ach bitte, Herr Quappe!«, quengelte Ferdinand.

»Na ja, also, dit ist so ...« Um genau zu sein, wusste Quappe nicht allzu viel. Aber musste er das dem Jungen auf die Nase binden? Nein, ein bisschen Phantasie konnte nicht schaden. Quappe sagte: »Da Herr Oberst-Lieutenant hat 'n Totn mit den eijenen Händen ausm Wasser jezogn.«

Ferdinand schlug die Hand vor den Mund. Der Junge hielt den Atem an, als Quappe von dem Leichnam erzählte.

Wie blau der gewesen sei! Wasserleichen waren doch bestimmt blau ... Und Blasen schlug deren Haut sicher auch ...

»Ich glaube, ich höre nicht recht!« Henriette von Gontard stand in der Küche. Sie rief: »Herr Quappe! Sie hören sofort auf mit dem Unsinn!« Die Frau des Hauses kam mit erhobener Hand um den Tisch gelaufen. »Sie machen den Jungen ganz kirre. Was denken Sie sich dabei?« Sie stand nun neben Quappe.

Im nächsten Augenblick spürte er die Ohrfeige. Es

klatschte auf seine Wange, noch bevor er eine schützende Handbewegung hinbekam.

»Aber Mama ...« Ferdinand klang so entsetzt, als hätte er selbst die Maulschelle erhalten.

Henriette von Gontard drehte sich zu ihrem Sohn und zischte: »Du, Ferdinand, gehst auf dein Zimmer! Und zwar sofort!«

»Ich brauche dringend Ablenkung von dem Elend mit der Cholera in meiner Praxis«, sagte Dr. Friedrich Kußmaul. »Beschreib mir noch einmal die Wunde deines Mordopfers!«

»Du bist der Mediciner«, entgegnete Gontard seinem Freund. »Ich kann dir nur sagen, dass da ein großes Loch war.«

»Von einem Schuss aus einem Fusil oder von einem Dolchstoß?«

»Der Tote lag im Wasser und war völlig aufgeschwemmt. Als wir ihn herausgefischt haben, war das Loch ganz schön groß.«

Kußmaul nahm seine Kuchengabel und schaufelte ein Eckchen der Sahnetorte darauf. Während er die Süßspeise zum Mund führte, sagte er: »Wasserleichen sind besonders eklig. So möchte man nicht tot sein.« Die Gabel verschwand im Mund.

Gontard wusste in diesem Augenblick nicht, ob er seinen Freund bewundern oder bemitleiden sollte. Ein Leichnam rief bei Kußmaul offenkundig keine Reaktion mehr hervor. Da saß der inmitten dieser Conditorei, inmitten des Kaffee- und Kuchenduftes und plauderte beim Mampfen eines Stücks Torte über die Besonderheiten von Wasserleichen ...

Der Mediciner hob die Gabel und sagte: »Bevor so einer wiederauftaucht, hat er eine Weile auf dem Grund gelegen. Das tut dem Teint nicht gut, haha!«

»Ach so? Wie lange?« Gontard konnte es kaum fassen, aber Kußmaul hatte schon das nächste Stückchen Torte im Mund.

Der Mediciner schluckte und antwortete: »Ein paar Tage, je nach Wetter, jetzt im Sommer vielleicht zwei bis drei.«

»Dann ist der Mann vielleicht am Dienstag ermordet worden.«

»Das könnte wohl sein. Oder vielleicht schon am Montag oder am Sonntagabend.«

Gontard lehnte sich auf seinem Stuhl zurück. Das Holz knarzte. Er sagte: »Ich weiß einfach zu wenig. Kannst du dir die Leiche nicht einmal anschauen?«

Ein Gruppe Herren mittleren Alters in Uniformen polterte durch den Gastraum. Die Männer ließen sich am Nebentisch nieder und riefen umgehend den Ober herbei.

Kußmaul beugte sich nach vorn und zischelte: »Vielleicht reden wir bei einem Spaziergang weiter.«

Gontard guckte zum Nebentisch. Die Offiziere schienen ihm zwar etwas grobschlächtig zu sein, aber harmlos. Kußmaul legte jedoch bereits seine Thaler auf den Tisch und nahm den Gehrock und den Stock vom Ständer. Der Mediciner schien es eilig zu haben und lief schon zur Tür – so schnell, als sei er auf der Flucht. Gontard warf seinen Waffenrock über und folgte ihm. In der Gaststube kümmerte sich niemand um den Mediciner. Die Offiziere lachten, vielleicht über einen Witz. Andere Gäste schüttelten den Kopf über die Krawallbande, allerdings sagte keiner etwas.

Vor der Tür röstete die Abendsonne den Staub vom Pflaster. Kußmaul schritt das Trottoir ab, als müsse er eine unsichtbare Grenze überschreiten, bevor er Ruhe für ein Gespräch fand. Er überquerte den Gensdarmen-Markt und trat in den Schatten der Französischen Kirche.

Gontard schloss auf und fragte: »Was ist nur in dich gefahren, verehrter Freund?«

»Ich fürchte, du hast uns da etwas eingebrockt.«

»Uns etwas eingebrockt? Ich?« Gontard hörte die Worte, über ihre Bedeutung gab es keinen Zweifel. Und doch wusste er nicht im Entferntesten, was Kußmaul damit meinte.

»Ach, alter Freund ...« Kußmaul blieb endlich stehen und drehte sich zu Gontard herum. »Wolltest du wirklich vor diesen Offizieren deinen Fall ausbreiten?«

»Das waren doch nur ein paar pommersche Waldschrate. Sie waren laut, sind aber sicher nicht unbedingt die ... Aufmerksamsten.« Gontard legte die Hand auf die Schulter des Freundes. »Die hätten unsere Worte vermutlich weder gehört noch verstanden.«

Kußmaul seufzte und wies in Richtung der Linden. Sie spazierten los. In der Stadt wimmelte es von Menschen. Die Arbeiter kamen von den Baustellen, aus Manufacturen oder Fabriken. Kolporteure boten Schund und Plunder feil, Waschweiber schleppten Körbe. Feine Herrschaften widmeten sich dem Abendamüsement. Über das Pflaster donnerten Kutschen und Pferdeomnibusse. Gontard fand es absurd, dass sie ausgerechnet in diesem Gewühl von Passanten ungestört blieben. Zwar schlichen auch seltsame graue Gestalten durch das Gewimmel, aber die waren sicher auf dem Weg in die Caféhäuser und Salons der Stadt. Denn hier draußen kümmerte sich jeder um sich selbst und um nichts anderes.

»Was, sagtest du, war der Verblichene vom Berufe?«, fragte Kußmaul laut.

»Privat-Secretär bei einem Adligen, von Traunstein heißt der. Warum fragst du?«

»Ein bürgerlicher Schreiberling also.« Kußmaul hob die Hand und fächelte sich Luft ins Gesicht. »Riechst du da nicht den Ärger, der auf dich zukommt? Auf uns?«

»O Freund, du siehst ja Gespenster!«

Kußmaul schnaufte. »Es ist gerade mal zwei Jahre her, dass wir auf den Barrikaden standen, bis der dicke König seinen Hut vor dem Pöbel gezogen hat. Und schau dich um! Die ganze Stadt ist voller Spitzel. Die Vogtei platzt aus allen Nähten, und dabei sind viele außer Landes gegangen. Ich sehe also Gespenster?«

Der Mediciner hatte wohl recht, dachte Gontard, Preußen war derzeit nicht gerade ein Schlaraffenland für Freigeister. Und ohne Frage führte der Freund seine Reden über Friedrich Wilhelm IV. besser nicht in Hörweite pommerscher Offiziere. Gontard sagte: »Es ist erst einmal nur eine Leiche im Landwehrkanal. Und ich will doch lediglich wissen, woran der Mann gestorben ist.«

Kußmaul seufzte. »Ich weiß, dass ich dich nicht zurückhalten kann, wenn du eine Leiche gefunden hast. Ich sehe mir den Knaben an. Hoffentlich gibt das keine Scherereien!«

Tagebucheintrag No. 1, 22. August 1850

Drei Tage sind nun schon vergangen. Drei Nächte ohne Schlaf. Ich bin müde. Ständig fallen meine Augen zu. Doch dann bin ich sofort wieder hellwach. Und ich sehe immer wieder dieses Bild: Der Mann fällt.

Dabei geht es mir gut. In der Schreibstube hat keiner etwas be-

merkt. Da bin ich sicher. Die anderen Herren, etwa in den Amtsstuben, begegnen mir mit der Gemächlichkeit der Augusttage. Da falle ich auch todmüde nicht auf. Ich sitze an meinem Secretär und kümmere mich um die Correspondenz. Leider lenkt mich das kaum ab. Immer wieder gerate ich in Gedanken. Und ich sehe den Mann fallen.

Am Nachmittag verlasse ich das Bureau und weiß nichts mit mir anzufangen. Ich könnte ein Buch lesen, eine Ausfahrt mit dem Pferdeomnibus machen, in ein Caféhaus gehen. Aber nein. Ich schleppe mich zum Thiergarten. Es dämmert schon, und kaum jemand ist hier. Wahrscheinlich sind alle schon zu Hause oder in der Gastwirtschaft. Ich spaziere durch die Auen, aber es hilft nichts. Die Ruhe ist noch schlimmer als das Treiben in der Stadt. Nun ist Abend, und ich sehne den Morgen herbei.

Es ist schon seltsam. Ich habe Hunderte von Menschen sterben sehen. Ach was, Tausende. Damals bei Waterloo. 35 Jahre ist das her. Wir haben den Franzmännern eingeheizt. Die sind umgefallen wie die Fliegen. Ich weiß noch, wie das gestunken hat. Die ganzen Leichen haben angefangen vor sich hin zu modern. Natürlich sind auch ein paar von unseren treuen Kameraden auf dem Feld geblieben. Wir haben getrauert. Und wenn ich jetzt daran denke, fallen mir auch die schrecklichen Bilder ein. Abgeschlagene Gliedmaßen und Köpfe. Aufgeschlitzte und zerrissene Körper. Doch ich kann mich beim besten Willen nicht daran erinnern, so durcheinander gewesen zu sein wie heute im Thiergarten. Wegen einem Mann.

Vielleicht sind tausend Tote leichter erträglich als ein einzelner. Die Franzmänner waren uns sowieso egal. Da haben wir bei jedem Kadaver gejubelt. Aber auch bei unseren Toten konnten wir uns nicht lange mit der Trauer aufhalten. Kaum gedachten wir eines gefallenen Kameraden, blieb der nächste auf dem Feld. Eine alltägliche Tragödie. Bittere Rituale.

Ein paar zarte Geister haben das natürlich nicht vertragen. Erst sind sie still geworden, haben nicht mehr gesprochen. Dann nicht mehr gekämpft. Sie sind aufs Schlachtfeld geschlichen wie alte Männer. Zumeist mussten wir bald ihrer gedenken.
Auch ich habe schlechte Erinnerungen aus dem Krieg mit nach Hause gebracht. Die jedoch kamen mir selten und unvermittelt in den Sinn. Manchmal in der Nacht. Dann habe ich mir klargemacht, dass ich auf der richtigen Seite stand. Ich habe getan, was getan werden musste. Das Richtige.
Das sage ich mir auch heute: Ich habe vor drei Tagen das Richtige getan! Daran kann es keinen Zweifel geben. Und wenn der Kerl noch hundert Mal vor meinem inneren Auge zu Boden stürzt.
Der ist doch selbst schuld.
Ja, ich habe abgedrückt. Ich habe auf sein Herz gezielt, und allem Anschein nach habe ich getroffen. Aber ich wäre doch niemals ohne Grund an diesen gottverlassenen Ort vor den Thoren der Residenzstadt geritten. Und ich schieße auch nicht ohne Sinn und Verstand auf Menschen.
Was hat dieser Puch sich gedacht? Dass er den Herrn über meine Zukunft spielen darf? Dass ich zusehe, wie er meinen Ruf zerstört? Mein Leben verpfuscht? Nein, ich habe das Recht, mich zu verteidigen. Wenn nötig, auch mit der Waffe in der Hand. Da sei der Herrgott mein Richter – ich habe nur getan, was ich tun musste. Wie auf dem Schlachtfeld.
Immerhin habe ich jetzt ein wenig zur Ruhe gefunden. Ich werde zu Bett gehen und schlafen. Das mit dem Tagebuch führe ich fort. Gleich morgen. Bis dahin habe ich eine Nacht vor mir. Den Schlaf eines Gerechten. Denn der bin ich. Soll der Mann doch ins Wasser fallen, wie er will.

Zwei

Freitag, 23. August 1850

Christian Philipp von Gontard schritt durch das Treppenhaus zum Bureau seines Lehrstuhls. Seine Schritte hallten durch das Gemäuer. Er war zeitig in die Vereinigte Artillerie- und Ingenieurschule gegangen, denn noch herrschten draußen Unter den Linden erträgliche Temperaturen. Nicht nur er schien auf diesen Gedanken gekommen zu sein, denn als er am Treppenabsatz kurz stehenblieb, klackten weiterhin Stiefel über die Stufen. Die Geräusche kamen von oben.

Gontard überlegte, ob er umkehren sollte. So früh am Tage fehlte ihm die Lust zur Konversation, und im Labor warteten die Proben vom Landwehrkanal. Aber vielleicht ging der Mann über ihm auch ganz woandershin, zu einem anderen Lehrstuhl oder ins Rektorat. Sicher reichte es, ein wenig zu trödeln, um dem anderen aus dem Weg zu gehen. Gontard schlenderte gemächlich in die nächste Etage. Dort lehnte er sich an das Geländer und hörte die Schritte verhallen.

Jetzt herrschte Stille in der Vereinigten Artillerie- und Ingenieurschule. Gontard eilte, nun da die Gefahr von Zwiegesprächen am Morgen gebannt schien, zu seinem Lehrstuhl. Im zweiten Geschoss bog er in den Gang und traute seinen Augen nicht: Ausgerechnet vor seinem Bureau stand eine Gestalt in derart militärischer Haltung, dass Gontard sie kurz für eine Statue hielt. Nur, wo sollte die herkommen? Nein, es musste sich um den Mann handeln, dessen Schritte er gerade gehört hatte. Das Gesicht konnte er im Zwielicht des Ganges nicht erkennen, genauso wenig den Dienstgrad des Mannes.

Gontard dachte erneut daran umzukehren. Doch wie würde das aussehen? Es gab kein Zurück. Aber immerhin war es sein Lehrstuhl, sein Reich. Er würde mit dem Mann zwei, drei Sätze wechseln und ihn dann abwimmeln. Gontard merkte, wie seine Schritte zackig wurden.

»Guten Morgen, Herr Oberst-Lieutenant!« Die Gestalt trat in die Mitte des Ganges.

Gontard erkannte Lieutenant von Heye. Der junge Offizier belegte seine Ballistik-Vorlesung. Er gehörte zu den Studenten, denen Gontard eine große Karriere in der preußischen Armee vorhersagte. Er verfügte über beste Beziehungen, war eine attraktive Erscheinung und zeigte gute Leistungen. Leider ließ er das seine Kommilitonen und Lehrkräfte regelmäßig wissen.

»Guten Morgen, Lieutenant! Was wünschen Sie zu dieser Morgenstunde?«

»Ich möchte mich freiwillig melden. Ich hörte, Sie suchen Studenten, die den Unfall am Landwehrkanal untersuchen.«

Gontard fixierte seinen Studenten. Der wirkte bei allem Hochmut arglos. Gontard hatte gestern in einem Seminar wirklich von dem Erdrutsch berichtet. Es war nicht ausgeschlossen, dass einer der Studenten das am Abend in der Kneipe weitererzählt hatte. Verwerflich wäre das nicht, Gontard suchte schließlich Freiwillige. Dennoch, etwas machte ihn skeptisch. Er fragte deshalb: »Und das fällt

Ihnen mitten in der Nacht ein? Hätte das nicht Zeit bis zum Seminar gehabt?«

»Ich dachte, Sie könnten mich vielleicht über die Aufgaben ins Bild setzten. Und gleich nach den Vorlesungen mache ich mich dann ans Werk.«

Gontards Misstrauen verstärkte sich. Dieser Enthusiasmus war völlig untypisch für einen Studiosus an der Vereinigten Artillerie- und Ingenieurschule. Hier lernten die Offiziere Seiner Majestät, und die pflegten nach Erledigung der nötigsten Arbeit zu Bierstuben zu eilen oder nach Schürzen zu jagen. Gontard schwieg.

Heye zögerte ebenfalls einen Augenblick, bevor er hinzufügte: »Ich habe gehört, mit dem Unglück ist auch ein Criminalfall verbunden ...«

Daher wehte also der Wind, dachte Gontard. Von der Leiche hatte er am Vortag im Seminar allerdings nichts erwähnt.

»Ich habe den Verstorbenen ein paarmal im Haushalt der Familie von Traunstein gesehen und daher ein gewisses Interesse an der Sache.«

»Sie kannten diesen Puch?«

»Nun ja, kennen ist zuviel gesagt. Mein Vater und Herrmann von Traunstein sind befreundet.« Heye verlor für einen Moment seine Überheblichkeit, so wie ein Ritter, der sein Schild senkt. »Deswegen war auch ich oft ein Gast der Familie.«

»Und was hatten Sie für einen Eindruck von Puch?«

Heye guckte, als habe Gontard ihn bei einer Peinlichkeit erwischt, und antwortete: »Ich habe ihn kaum wahrgenommen, es handelte sich bei Puch schließlich nur um einen Secretär.«

»Immerhin ist er Ihnen in Erinnerung geblieben.«

»Ich ... ich ... interessiere mich nun mal für Menschen ...«

Gontard sah den Lieutenant scharf an. Da gewährte der junge Offizier einen Blick hinter seine großtuerische Fassade, und schon wurde das große Nichts offenbar. Nur nicht lachen, dachte Gontard. Er wollte den Jungen weiter in die Enge treiben. Vielleicht verriet der doch mehr über Puch.

»Mein Vater hat gemeint, ich solle mich mit solchen Leuten nicht weiter abgeben.«

»Weshalb?«

»Weshalb? Es war ein Hinweis meines Vaters. Und um ehrlich zu sein, galt mein Interesse im Haus von Traunstein nicht den Bediensteten.« Lieutenant von Heye verschanzte sich wieder hinter seinem Panzer aus Hochmut.

»Und wäre der Mann nicht tot, würden Sie auch kein Abenteuer in der Untersuchung des Erdrutsches vermuten.« Gontard zuckte mit den Schultern. »Ich fürchte, besonders spannend wird die Arbeit im Labor nicht werden. Wir müssen den Untergrund analysieren und selbstverständlich auch die verwendeten Baustoffe. Da sind akribische Helfer gefragt und keine Draufgänger.« Im Grunde konnten ihm die Beweggründe Heyes egal sein – und ein unsympathischer Freiwilliger war besser als keiner.

Heye lächelte und sagte: »Wollen Sie nun, dass ich bei den Studien mitarbeite? Dann könnten Sie mir im Labor gleich ein paar Proben aushändigen.«

Das Dienstmädchen öffnete die Tür und bat Gontard hinein. Die Maid zählte vielleicht achtzehn Jahre und hatte ein hübsches Gesicht, eine Frisur nach der neusten Mode sowie einen unglaublich breiten Hintern. Damit passte sie genau in das Foyer der Traunstein'schen Villa. Der Raum sah aus, als wüsste er selbst nicht, in welche Zeit er gehörte. Die spätbarocke Garderobe wirkte so schwer, dass Gontard fürchtete, sie würde durch das zusätzliche Gewicht seiner Pickelhaube durch die Dielen brechen. Gleich daneben hing ein Familienbild nach Biedermeier-Art – Spitzweg hätte es nicht kitschiger hinbekommen.

»Wen wünscht der Herr zu sprechen?«, fragte das Dienstmädchen.

Gontard überreichte ihr seine Karte und sagte: »Ich müsste Herrn von Traunstein in einer sehr dringenden Angelegenheit sprechen. Es wäre mir außerordentlich wichtig, dass er für einen unangemeldeten Gast ein paar Minuten Zeit erübrigen kann.«

Das Mädchen verschwand durch die Flügeltür, und Gontard stand allein im Foyer. Er schaute auf die Uhr. Es war kurz nach zwei. Die Vorlesungen hatte er hinter sich gebracht, und Heye untersuchte die Proben im Labor. Selbst wenn er Herrmann von Traunstein für ein längeres Gespräch gewinnen konnte, blieb genug Zeit, um noch einmal zu Lenné an den Landwehrkanal zu reiten.

»Ein Offizier der Königlichen Armee in meinem bescheidenen Haus! Ich bin Herrmann von Traunstein. Was verschafft mir die Ehre?« In der Flügeltür stand ein Mann in einem dunklen Anzug und mit einem buschigen Backenbart. Dafür hatte sich das Haar von Stirn und Haupt zurückgezogen, graue Locken umringten die Halbglatze wie ein Heiligenschein.

»Es ist eine Angelegenheit, die Sie nur mittelbar betrifft. Dennoch ist sie von einiger Bedeutung, weil es sich vermutlich um ein Kapitalverbrechen handelt.«

»Oh«, Traunstein wies mit der Hand in das Zimmer

hinter der Flügeltür, »da bin ich selbstverständlich gern behilflich. Kommen Sie doch herein!«

Gontard betrat einen Salon mit ockerfarbenen Wänden und mehreren Regalen, in denen Bücher mit Prägedruck im Ledereinband aufgereiht standen wie eine Kompagnie zum Appell. Traunstein folgte ihm und hieß ihn in »der Bibliothek« willkommen. Auf einer Chaiselongue saß eine junge Frau, vielleicht die Tochter des alten Traunstein. Gontard hatte das Gefühl, die Dame schon einmal gesehen zu haben.

»Darf ich vorstellen, meine liebe Frau, Martha von Traunstein. Mein Sonnenschein und der Glanz dieses Hauses.«

Die Frau errötete, und Gontard fand, dass sie gerade dadurch die Worte des Alten bestätigte. Er verbeugte sich.

Martha von Traunstein erhob sich, machte einen Knicks, blickte ihn an, als wolle sie ihn von oben bis unten vermessen, und sagte: »Ein Offizier zu Gast. Das ist mir eine Freude. Darf ich Ihnen etwas bringen lassen? Einen Cognac?«

Gontard nickte, noch während er über die Antwort nachdachte. Die Herrin des Hauses rief das Mädchen.

Herrmann von Traunstein wies Gontard einen Platz an einem Tisch zu und sagte: »Was führt Sie zu mir, Herr Oberst-Lieutenant?«

Gontard setzte sich und antwortete: »Es geht um Ihren Secretär.«

»Ach herrjeh! Was hat der Puch denn schon wieder angestellt?«

»Schon wieder? Hat es öfter Ärger gegeben wegen ihm?«

»Nun ja ...« Traunstein zögerte. »Ich weiß nicht genau, wie ich es sagen soll ... Er ist kein einfacher Charakter.«

»Hat er seine Arbeit vernachlässigt?«

»Ach was, Herr Oberst-Lieutenant! Er ist ein sehr fleißiger Mann und sehr zuverlässig. Erst am Montag hat er für mich Anweisungen an den Verwalter eines meiner Güter notiert. Seine Formulierungen sind nicht immer die geradlinigsten, aber stets korrekt. Er hat nur ...«, Traunstein suchte anscheinend erneut nach den richtigen Worten, »... diese Flausen in seinem Kopf. Das ist manchmal nicht einfach.«

Martha von Traunstein brachte ein Tablett mit zwei Cognac-Schwenkern und einer Flasche zum Nachschenken. Sie hatte sich ein seidenes Tuch über die Schultern geworfen und verabschiedete sich mit herzlichen Worten zu einem Spaziergang.

»Den haben wir von unserer letzten Reise nach Paris mitgebracht. Ein vorzüglicher Tropfen«, sagte Traunstein und nippte am Glas.

Auch Gontard trank. Der Schnaps schmeckte so weich, dass die Kehle beim Schlucken kaum zu spüren war. Er kehrte zum Thema zurück. »Herr Puch ist kein junger Mann mehr, nicht wahr?«

»Nein.« Traunstein lachte. »Er ist, wie man so schön sagt, im besten Alter. Nur verhält er sich nicht so. Er ist noch immer Junggeselle und wohnt in einem Zimmer zur Untermiete. Eine feste Anstellung hat er auch nicht. Ich glaube, er hält sich für einen Schriftsteller, einen Dichter gar.«

»Ist er denn einer?«

»Da fragen Sie den Falschen. Ich lese zumeist die Abrechnungsbücher unserer Landgüter oder Amtspapiere, wenn ich um einen Rat gefragt werde. Mit der schöngeistigen Literatur bin ich weniger vertraut.«

Gontard wiegte den Cognac-Schwenker und sah Traunstein fest an. »Hatte Herr Puch Feinde?«

»Feinde? Das ist ein starkes Wort. Er macht sich nicht nur Freunde. Auch nicht mit seinen liberalen Reden, die er selbst in aller Öffentlichkeit hält.« Traunstein hielt Gontards Blick stand, während er seinen Kopf wiegte. »Aber er hat Manieren. Ich jedenfalls habe bislang keinen Grund gesehen, auf seine Dienste zu verzichten. Was ist denn nun mit ihm?«

»Er ist tot. Wir haben seine Leiche im Landwehrkanal gefunden. Vermutlich wurde er erschossen.«

Traunstein saß für einen Augenblick starr wie eine Skulptur. Dann trank er einen großen Schluck Cognac.

Gontard spazierte zwischen den Villen stadteinwärts. Es blieb genug Zeit für ein paar Minuten Erholung, bevor er zum Landwehrkanal ritt – Zeit, noch einmal über das Gespräch mit Traunstein nachzudenken. Der Alte hatte nicht mehr viel gesagt, ihn aber höflich eingeladen, jederzeit weitere Fragen zu stellen. Darauf würde Gontard zurückkommen, da war er sich sicher. Doch zunächst musste er sich darüber klar werden, wonach er suchen sollte. Kam der Mörder aus Puchs Bekanntenkreis? Mit wem hatte der verkannte Dichter zu Lebzeiten Umgang gehabt? Oder war alles ganz anders? Lag Kußmaul richtig, und hinter alldem steckte die Politik?

Er musste mehr über Puch erfahren, so viel stand fest. Noch nicht einmal von Puchs Äußerem hatte Gontard ein eindeutiges Bild, dafür war die Wasserleiche viel zu entstellt gewesen. Ob es ein Bildnis von Puch gab? Und wenn ja, wo?

Puch wohnte zur Untermiete, das hatte Traunstein

erwähnt. Also bekam Gontard die Adresse nicht einfach über Adressregister heraus. Lenné kannte das Opfer auch, Gontard konnte ihn in Bälde befragen. Bei dem Gedanken verspürte er kurz den Drang, seine Schritte zu beschleunigen. Aber nein, es blieben nur noch ein paar hundert Meter, dann ließ er die Thiergarten-Siedlung hinter sich und kam in die Stadt, ins Gewimmel. Die letzten Schritte lang wollte er noch die Ruhe der Vorstadt genießen. Kein Mensch war hier auf der Straße.

Zumindest fast keiner, denn Gontard hörte, wie sich Schritte von hinten näherten. Es waren Tippelschrittchen. Er drehte sich herum und sah Martha von Traunstein herbeieilen.

»Gut, dass ich Sie noch antreffe, Herr Offizier!«, rief sie ihm zu.

Gontard blieb stehen und schaute die Dame an. Im Sonnenlicht wirkte sie hell und zart wie ein Engel. Ihm kam es beinahe vor, als könne er durch sie hindurchschauen. Vermutlich kam der Eindruck daher, dass ein heller Hut ihre brünetten Locken verbarg. Erneut war da dieses Gefühl, dass er die Frau schon einmal gesehen hatte.

»Ich habe beim Herausgehen gehört, dass Cornelius der Grund für Ihren Besuch war.«

»Cornelius?«

»Puch, Herrmanns Secretär. Was ist mit ihm?«

Gontard sah, wie Martha von Traunstein sich mit der bloßen Hand Luft zufächelte. War sie nervös, oder setzte ihr nur die Hitze zu? Er sagte: »Er ist tot.«

»O mein Gott! Wie ist das passiert?«

»Vermutlich wurde er erschossen.«

»Nicht möglich!«

»Warum nicht?«

»Nun, Cornelius war ...« Die Dame seufzte. Sie zog ihr Tuch vor dem Busen zu, als fröstelte sie, und fragte: »Kann ich Ihnen vertrauen, Herr Offizier?«

Ihre Handbewegung und die Frage kamen Gontard theatralisch vor, so wie eine einstudierte Geste – eine, die schon Tausende von Malen ausgeführt worden war. Er nickte.

Martha von Traunstein schlug die Augen auf. »Er war so ein sensibler Mann. Ich kann mir nicht vorstellen, wie er in eine Gewalttat verwickelt sein soll. Nicht einmal als Opfer.«

»Sie kannten ihn gut?«

»Ich halte Sie nicht für dumm, Herr Offizier.« Martha von Traunstein lächelte, und da war er wieder, der Engel. »Wenn Sie herumfragen, wird Ihnen bald jemand davon erzählen. Ich hatte ein Verhältnis mit Cornelius Puch. Aber das ist lange her. Ich habe das beendet. Er hat das akzeptiert. Und wir sind Freunde geworden.«

Gontard runzelte die Stirn. Er glaubte nicht an verlassene Liebhaber, die ihrer Angebeteten täglich begegneten und sich damit zufriedengaben. Martha von Traunstein schaute arglos aus ihren braunen Augen. So guckten Frauen, um von ihren Worten abzulenken, dachte Gontard. Er schwieg.

Martha von Traunstein ließ ihr Tuch los und ergriff Gontards Hand. »Er war bis zuletzt voller Sanftmut. Das können Sie mir glauben.«

Ihre Hand lag so leicht auf der Gontards, dass dieser fürchtete, ein Windstoß könnte die Finger hinfortwehen. Das wäre schade. So einen Moment reiner Poesie erlebte Gontard nicht häufig – mit Henriette schon seit Jahren nicht mehr, und auch sonst nicht, als verheirateter Mann.

Gontard fragte: »Weiß Ihr Gatte davon?«

»Herrmann ist ein älterer Herr. Schon als er mich ehelichte, wusste er, dass ich gewisse Bedürfnisse habe. Ich bin diskret, und er behelligt mich nicht mit Nachstellungen.« Sie zog ihre Hand zurück und begann erneut, an ihrem Tuch herumzuspielen.

Jetzt gab es schon zwei Männer mit Hörnern und Verständnis – und einen von beiden hatte er gestern tot im Landwehrkanal gefunden. Gontard fragte: »Haben Sie in letzter Zeit beobachtet, dass Ihr Mann und Herr Puch Streit hatten?«

Martha von Traunstein schaute so entsetzt, als habe Gontard ihr Prügel angedroht. Sie antwortete: »Herr Oberst-Lieutenant, was denken Sie! Natürlich nicht. Cornelius war stets ein treuer Diener unseres Hauses. Und Herrmann hat seine Arbeit hoch geschätzt. Selbst wenn Herrmann etwas von unserer längst vergangenen Liaison bemerkt hat, würde er sich nie zu einer unbedachten Tat hinreißen lassen.« Martha von Traunstein unterstrich ihre Worte, indem sie mit dem Zeigefinger in der Luft herumwedelte.

Bei dieser theatralischen Geste fiel Gontard ein, woher er die junge Dame kannte. Sie sang an der Oper. Er hatte sie erst letztlich als Agathe im *Freischütz* gesehen. Wann war das? Im vergangenen Frühjahr? Oder im Winter? Er sollte öfter in die Oper gehen. Am besten mit Henriette.

»Sie werden dieses Gespräch doch vertraulich behandeln, Herr Oberst-Lieutenant? Sie sind doch ein Ehrenmann.«

»Das ist selbstverständlich.« Gontard deutete eine Verbeugung an. »Sie könnten mir indes einen Gefallen tun, indem Sie mir die Adresse des Herrn Puch verraten.«

Martha von Traunstein nickte ernst. »Er wohnt im Scheunenviertel. Ich werde nachschauen, wie seine Vermieterin hieß, und Ihnen die genaue Adresse zukommen lassen.«

Warum hatte er den Jungen nur mitgenommen? Paul Quappe ärgerte sich. Die Papiere hätte er für seinen Herrn auch allein von der Vereinigten Artillerie- und Ingenieurschule holen können. Aber nein, er musste Ferdinand von Gontards Bettelei erhören, und nun hatte er seine Quengelei zu ertragen.

»Ich würde nur zu gern mehr über den Mordfall wissen.« Ferdinand rief die Worte durch den Straßenlärm Unter den Linden. Eine Frau mit einem riesigen Bastkorb drehte sich zu ihnen herum und starrte sie mit offenem Mund an. Sie hatte die Figur einer Küchenmamsell, die täglich schwere Töpfe und Tiegel wuchten musste und dabei nicht zu knapp von den herrschaftlichen Speisen kostete.

Quappe klemmte die Rolle mit den Papieren fester unter den Arm. Mit der freien Hand schnappte er Ferdinand bei der Jacke und zog ihn zur Seite. Er lenkte den jungen Herrn vorbei an der Mamsell mit dem Korb, an der Familie mit den zeternden Kindern, am Bettler an der Straßenecke und hinein in die Neustädtische Kirchstraße. Hier ließ der Trubel nach, und auch das Gepolter der Fuhrwerke schallte nur aus dem Hintergrund in die Nebenstraße.

Quappe eilte noch ein paar Schritte weiter weg von den Linden und sagte: »Junga Herr, Sie bring'n mir inne Bredullje. Redn Se bitte von na leidijen Meuchelei nich vor die janzen Leute!«

»Ich werde mich beherrschen, Herr Quappe.« Ferdinand blickte zum Trubel zurück. »Aber Sie müssen doch zugeben, dass der Mordfall aufregend ist!«

Quappe schritt Richtung des Gontard'schen Hauses in der Dorotheenstraße und sagte nichts. Auf diese Diskussion ließ er sich nicht ein. Natürlich wollte auch er brennend gern wissen, wer einen Mann an einem friedlichen Sommertag vor den Thoren der Residenzstadt in die Brust schoss. Nur, wenn er das zugab, würde der Junge keine Ruhe mehr geben.

»Was wird der Täter für ein Mann sein? Hat er eine entstellte Fratze? Oder kann er seine Bosheit verbergen? Ist es gar ein Herr mit ehrenhaftem Antlitz?«

»Am Ende isset noch 'ne Madame jewesen«, sagte Quappe und ärgerte sich im selben Augenblick über seine Worte.

»Tatsächlich. Daran habe ich überhaupt nicht gedacht. Halten Sie das für möglich?«

Quappe schwieg.

»Bestimmt hat mein Vater eine entsprechende Andeutung gemacht. Habe ich recht, Herr Quappe?«

»Nich ins Jeringste, junga Herr. Da Herr Oberst-Lieutenant hat nix derjleichen jesagt. Ick hab nur laut jedacht.« Quappe tippte sich an die Stirn. »Ick glob nich, dass 'ne Madamme so 'n Mord bejehen täte. Ditte passt nich mittenander, so 'ne Waffe un 'ne Frau. Ick meene, stelln Se sich ma vor: Ihre Frau Mama mitm Schießjewehr.« Quappe hielt es durchaus für möglich, dass andere Frauen eine Waffe auslösen könnten. Er dachte an den Blick der kräftigen Mamsell Unter den Linden. Er wollte sich lieber nicht ausmalen, was so ein Weib mit einer Flinte anstellen konnte. Aber der junge Herr hielt fürs Erste den Mund. Und das war das Wichtigste.

Sie erreichten die Dorotheenstraße und bogen nach rechts. Nur noch wenige Meter bis zur Friedrichstraße, der Lärm wuchs erneut an. Zeitungsjungen riefen Nachrichten, ein Reiter scheuchte Fußvolk von der Straße, Bälger quäkten. Ferdinand schwieg artig.

Sie passten den rechten Moment ab und eilten über den Fahrweg. Nun waren es nur noch ein paar Meter.

Ferdinand zog Quappe am Ärmel und fragte: »Herr Quappe, würden Sie nicht gern wissen, was in den Papieren steht?«

Nein, das wollte er nicht. Ganz sicher wollte er das nicht. Oder sollten sie doch einen Blick in die Blätter werfen? Aber würden sie überhaupt etwas verstehen?

Quappe sagte: »Da Diensthabende hat mich die Papiere inner Rolle jegeben und nich lose inne Hand jedrückt. Ditte wird schon Jründe ham.«

»Vermutlich ließen sie sich so besser transportieren.«

Dem jungen Herrn fiel stets eine Spitzfindigkeit ein. Quappe öffnete den Dienstboteneingang des Gontardsch'schen Hauses. »Ick werd de Rolle uffbewahrn, bis da Herr Oberst-Lieutenant mit seine wichtijen Erledijungen fertig is.«

»Die Papiere werden doch nicht schlechter, wenn wir sie betrachten.«

Quappe trat ins Haus.

»Wenn das streng geheime Unterlagen wären, hätte mein Vater sie bestimmt versiegeln lassen. Ganz sicher.«

Quappe inspizierte die Rolle. Der junge Herr hatte recht. Die Rolle war verpropft, aber nicht versiegelt.

»Mein Vater würde nicht einmal bemerken, dass wir die Papiere eingesehen haben.«

Es kam Quappe so vor, als würde der Leibhaftige persönlich ihm eine Versuchung ins Ohr flüstern. Er schlich durchs Gontard'sche Haus. Natürlich war er auch neugierig. Und sicher würde keiner bemerken, wenn er mal über die Papiere schaute. Vielleicht konnte er dem Herrn sogar besser zu Diensten sein, wenn er die Unterlagen studierte.

»So 'n janz winzijen Blick könn wa ja uff de Papier wagn.« Quappe betrat die Dienstküche. »Aba erst machen wa den Tisch sauba.«

Als Quappe aufblickte, hielt Ferdinand bereits einen Lappen in der Hand. Der junge Herr wischte den Tisch ab – persönlich. Quappe zog den Propfen aus der Rolle und breitete die Blätter aus.

Die Papiere enthielten Tabellen mit jeder Menge Zahlen. Wollte Oberst-Lieutenant von Gontard den Mörder mit einer mathematischen Formel errechnen?

»Wie stark ist die Strömung an dieser Stelle?« Gontard zeigte in das Bassin, in dem sie am Vortag die Leiche gefunden hatten.

»Hier in dem Bassin steht das Wasser. Auch der Landwehrkanal ist nicht gerade ein reißender Strom.« Peter Joseph Lenné wiegte den Kopf, als fühle er die Fließgeschwindigkeit nach. »Aber er ist natürlich in Bewegung. Ich lasse Ihnen die genauen Messdaten gern zukommen.«

»Das wäre gut. Für die Berechnungen bezüglich des Erdrutsches werde ich die Unterlagen gebrauchen können. In dem Mordfall werden sie mir wohl nicht helfen.«

Der Königliche Gartendirektor und Stadtplaner zuckte mit den Achseln. Er schritt auf das Bassin zu und zeigte auf die Wasseroberfläche, die wie frisch geplättet vor ihnen lag. »Da werden Sie keine weiteren Daten benötigen«, sagte Lenné. »Der Mann wird wohl ungefähr an der Stelle ins Wasser gefallen sein, wo er gestern aufgetaucht ist. Das scheint mir auf der Hand zu liegen.«

Gontard überlegte, trat neben Lenné und fragte: »Wenn der Mann dort auf dem Grund lag, als das Ufer abrutschte ... warum ist er dann nicht verschüttet worden?«

»Hm.« Lenné zog seine Stirn in Falten. Er trat auf dem Boden herum, als wolle er ihn befestigen. Oder versuchte er, einen weiteren Erdrutsch auszulösen? Tatsächlich purzelte ein Erdklumpen hinab. Er blieb am Rande des Wassers liegen. Ein paar Wellen zogen gen Bassinmitte.

»Ich vermute, das Erdreich hat den Leichnam in die Mitte des Bassins geschoben und nur teilweise bedeckt. Dann kam er wieder hoch und hing mit einer Extremität fest.«

Gontard schaute den Wellen nach. Das Mordopfer konnte am Rande des Bassins gestanden haben und dort von dem Schuss oder dem Hieb getroffen worden sein. Oder der Mörder hatte ihn erschossen und danach in den Kanal geworfen. Aber warum war das Kanalufer abgerutscht? Doch nicht etwa, weil ein einzelner Mann in das Gewässer gestürzt war?

»Konnten Ihre Offiziere schon an den Bodenproben forschen?«, unterbrach Lenné Gontards Gedanken.

»Ich hoffe, die Herren widmen sich zur Stunde im Labor ihrer Aufgabe.« Gontard musste ein Grinsen unterdrücken. Tatsächlich glaubte er nicht, dass die beiden Freiwilligen noch in der Schule weilten. Aber sicher hatten Heye und sein Kumpan genügend Messungen vorgenommen, um morgen mit ein paar Daten aufwarten zu können.

»Ja, ich weiß, wie langwierig solche Untersuchungen sein können.« Lenné kratzte sich an der Stirn. »Aber um ganz ehrlich zu sein, glaube ich nicht, dass Sie in dem Baumaterial Ursachen für mein Problem mit der Böschung finden.« Lenné trat einen Schritt näher.

Gontard schwieg.

»Schauen Sie«, fuhr Lenné fort, »die Backsteine für die Klinkerverkleidung kommen von der Königlichen Ziegelei in Johannisthal. Deren Qualität ist über jeden Zweifel erhaben.« Lenné beugte sich nah zu Gontard, so dass er beinahe flüsterte. »Ich persönlich würde für einen Privatbau die Ziegel aus Rathenow bevorzugen, aber auch das Material aus Johannisthal ist makellos.«

Gontard dachte daran, wie ungehalten Häußler am Vortag auf die Entnahme der Bodenproben reagiert hatte. Und nun verteidigte Lenné das Baumaterial, ohne die Laborergebnisse zu kennen. Verbarg der Königliche Gartendirektor etwas? Gontard wechselte das Thema und fragte: »Warum muss der Kanal eigentlich so eilig fertiggestellt werden? Er ist doch schon seit Jahren im Bau.«

»Seit mehr als fünf Jahren, um genau zu sein.«

»Kommt es da auf ein paar Tage an?«

Lenné lachte. Es klang, als hörte er einen Witz zum dritten Mal und kicherte gegen die Langeweile an. »Herr Oberst-Lieutenant, hier geht es nicht um ein paar Tage. Der Termin ist bereits angekündigt. Wenn der nicht gehalten wird, müssen wir einen neuen suchen. Was glauben Sie, wann alle Honoratioren wieder Zeit haben? Im Herbst? Zur Weihnacht? Im nächsten Frühjahr?« Der Königliche Gartendirektor lächelte bitter. »Wie Sie vielleicht wissen, Herr Oberst-Lieutenant, habe ich eine Vision für die Erweiterung der Residenzstadt. Seit Jahren sind die Pläne fertig. Der König höchstpersönlich hat sie abgezeichnet.« Lenné zeigte mit der rechten Hand über die Wiesen gen Stadt. »Hier, wo wir jetzt stehen, könnte längst alles bebaut sein. Nur bekommen wir die verdammten Baumaterialien nicht heran!«

Wie viele Menschen könnten auf den Wiesen vor den Thoren Berlins wohnen? Gontard wusste, dass in den Jahrzehnten seit der Bauernbefreiung Zigtausende von Bauern nach Berlin gekommen waren, und viele suchten auch jetzt ihr Glück in der Stadt. Hier schossen die Fabriken aus dem Boden wie Pilze nach einem Herbstregen, und die Fabrikherren brauchten billige Arbeitskräfte. Aber schon jetzt wohnten über 430 000 Menschen in Berlin. Wo sollte das hinführen?

»Und jetzt auch noch der!« Lenné zeigte über die Wiesen. Häußler stapfte mit einem Mann durch den Rasen, den Gontard irgendwoher zu kennen meinte.

Der Gartendirektor zeterte: »Bestimmt macht dieser Schmierfink mit seinem Geschreibe unser ehrbares Gewerbe schlecht. Als wenn ich nicht genug zu tun hätte!«

Gontard erkannte den Mann: Es war Grahsen von der *Königlich privilegirten Berlinischen Zeitung von Staats- und gelehrten Sachen*, im Volksmund bekannt als die *Vossische*.

Gontard führte sein Pferd an der Hand und grinste. Er hatte sich von Lenné verabschiedet, bevor Grahsen den Kanal erreicht hatte, und hinter der Baumgruppe gewartet. Den Journalisten wollte er lieber unter vier Augen sprechen. Und tatsächlich, das Warten hatte sich gelohnt. Grahsen kam, allein.

Der Reporter schien in Gedanken versunken zu sein. Er guckte auf seine Füße und brabbelte vor sich hin. Hin und wieder schüttelte er den Kopf, so als würde er eine Geschichte erzählen, die er sich selbst nicht glaubte. Im

Schatten der Baumgruppe blieb er kurz stehen und hob gestikulierend den Arm – eine Bewegung voller Pathos ... und zu hektisch für Gontards Pferd. Der Rappe wieherte, als wollte er davonjagen.

»Ruhig, Großer, ruhig.« Gontard straffte die Zügel und tätschelte dem Rappen den Hals. Das Pferd beruhigte sich schnell. Nicht zuletzt, weil Grahsen plötzlich wie versteinert dastand.

»Wenn Sie nicht zu schnell machen, können Sie die Hand wieder herunternehmen«, spottete Gontard.

Grahsen verzog keine Miene. Es vergingen noch Sekunden, bis er den Arm bewegte. Er zeigte mit dem Finger auf Gontard und sagte: »Sie ... Was machen Sie denn hier?«

»Ich vertreibe mir die Zeit an einem schattigen Fleck. Da draußen in der Sonne ist es nicht auszuhalten.«

Grahsen schien nicht so recht zu wissen, was er mit Gontards Sarkasmus anfangen sollte. Immerhin entspannte er sich und ließ den Arm sinken.

Gontard sagte versöhnlicher: »Ich habe hier nur ein wenig herumgestanden und gewartet. Das ist doch nicht verboten.«

»Nein, das hat der Dicke noch nicht wieder verboten«, erwiderte Grahsen.

Der Correspondent erlaubte sich vorlaute Sprüche über den König gegenüber einem preußischen Offizier. Sollte er auf diese Provokation eingehen? Gontard entschied sich dagegen, ein Correspondent der *Vossischen* lockte ihn nicht aus der Reserve. Er sagte: »Ihrem Blatt sollten Sie solche Reden besser nicht mehr anbieten, oder?«

»Sie sind ein Spaßvogel!«

Tatsache war, dass die *Vossische* in den letzten Monaten vor der Reaktion kuschte. In ganz Berlin spotteten die Leute über das Vorzeigeblatt der Liberalen während der März-Revolution und seine seltsame Wandlung ins Harmlose. Da musste sich ein Redakteur Häme gefallen lassen, fand Gontard, und grinste den Reporter an.

»Sie mit Ihrer Pickelhaube haben es gerade nötig!« Grahsen stemmte seine Hände in die Seiten. »Sie werfen uns vor, dass wir uns an die Zeiten anpassen? Ich sehe doch genau, wer im Café Stehely herumsitzt und dabei genau aufpasst, welche Ohren welche Worte hören.«

Da hatte Grahsen wohl recht. In der Residenzstadt schauten alle, wie sie ihren Allerwertesten retteten. Zu viele waren geflohen oder vertrieben worden. Außerdem hatte Gontard eine Familie zu versorgen – und er war ein Militär. Er konnte doch nicht einfach bei einer anderen Armee dienen, bei einer gegnerischen am Ende.

Gontard wechselte das Thema und fragte: »Eigentlich möchte ich nur wissen, was Sie hierher führt. Ist es der Erdrutsch oder der Mordfall?«

»Zunächst wollte ich mich über die mögliche Verzögerung bei den Kanalarbeiten informieren. Aber jetzt, da ich von dem Mord erfahren habe ...« Grahsen ließ den Satz unvollendet in der Sommerhitze stehen.

»Sie haben mit Herrn Häußler ein angeregtes Gespräch geführt. Ging es um den Toten?«

»So eine Leiche ist schon etwas Außergewöhnliches.« Grahsen guckte, als wartete er, dass ihm weitere Worte zuflögen. Nach einem Moment fuhr er fort: »Das gilt natürlich besonders, wenn der Leichenfund mit einem Unglück an der Baustelle zusammentrifft.«

»Herr Häußler glaubt an einen Zusammenhang zwischen dem Mord und dem Erdrutsch?«

»Ach was«, Grahsen winkte ab, »ich finde nur, dass hier

zu viele Zufälle zusammenkommen. Die Sache stinkt. Das sage ich Ihnen.«

Was meinte Grahsen? Mit vagen Andeutungen konnte Gontard nichts anfangen. Aber wenn der Reporter so redete, hatte er sicher etwas mitzuteilen. Gontard tätschelte seinem Pferd die Mähne, auf dass es noch etwas Geduld habe.

»Das ist doch geradezu unglaublich.« Grahsen wies mit der Hand hinüber nach Berlin. »Vor den Thoren Berlins arbeiten eine Handvoll Menschen an einem Kanalstück. Dann liegt ein Schreiberling tot im Wasser, und alle hier draußen kannten den Mann. Wer wird da nicht stutzig.«

Tatsächlich erinnerte sich Gontard daran, dass Lenné das Opfer zumindest flüchtig gekannt hatte – aber die anderen? Da war ihm nichts aufgefallen. Er sagte: »Ich war hier mit niemandem bekannt, auch nicht mit dem Opfer.«

Grahsen guckte, als wisse er nicht, ob er angelogen oder veralbert wurde.

»Nun gut, dem Herrn Gartendirektor bin ich schon zuvor begegnet«, gab Gontard zu. »Aber ich hatte nicht den Eindruck, dass er zu dem Todesopfer einen besonders engen Kontakt pflegte.«

»Das glaube ich auch nicht. Lenné wird wohl eher mit dem werten Herrn von Traunstein verkehrt sein.« Grahsen blickte um sich und fuhr dann leiser fort: »Und den Häußler kannten Sie nicht?«

»Nein, ich hatte ihn noch nie zuvor gesehen.«

»Der war einer von den Kellerhalsrednern und hat große Volksreden gehalten, damals vor den Märztagen. Genauso wie Puch. Und dann standen die beiden Seit an Seit auf der Barrikade.« Grahsen lachte. »Und jetzt zieht der eine den anderen aus dem Wasser. Das finden Sie nicht seltsam?«

Tagebucheintrag No. 2, 23. August 1850
Den ganzen Tag habe ich auf diesen Moment gewartet. Darauf, dass ich meinen Stift ergreifen und Worte in dieses Buch schreiben kann. Nun ordne ich meine Gedanken. All das, was mir den ganzen Tag durch den Kopf geistert.
Es ist die Vergangenheit. Ich komme mir vor, als verfolge ich mich selbst. So als würde ich mein eigener Schatten sein. In einem fort suche ich dunkle Ecken. Aber ich entkomme nicht.
Auch Ablenkung will mir nicht gelingen. So wie heute Nachmittag. Ich sitze in der Conditorei und studiere Zeitungen. Noch vor ein paar Tagen hätte ich die Zeilen aufmerksam gelesen. Und heute? Mein Blick schwebt über die Absätze. Die Worte geben keinen Halt. Und ich ertappe mich immer wieder dabei, wie ich mich umschaue. Beobachtet einer, was ich lese? Erkennt einer, wonach ich suche? Nach einer Meldung über den Mordfall am Landwehrkanal?
Nein, Gedanken lesen können die nicht. Auch wenn Dr. Wiesenburg und seine Spitzel es gern täten. Die grauen Männer sitzen weiterhin nur herum und gucken dumm. Die machen lange Ohren und sehen aus wie Esel.
Wie schnell ich mich an diesen Unsinn wieder gewöhnt habe ... Es ist wie vor dem ganzen Revolutionszauber. Das hätten wir wissen müssen. Nie ändert sich etwas. Vielleicht sieht es für ein paar Augenblicke so aus. Aber das geht schnell vorbei. Am Ende will das Geschmeiß einen vollen Wanst und seine Ruhe. Freiheit, pah! Als würde der Pöbel sich für so etwas interessieren.
Auf meinen Wanderungen durch die Stadt passiere ich die abgerissenen Gestalten. Lange sah man die kaum noch. Ein paar Groschen am Tag mehr gab's nach den Kämpfen. Und nun? Alles wieder weg. Da stehen sie wieder in den Schlangen und betteln nach den Arbeiten für billigen Tagelohn.
Ich laufe gern durch die Oranienburger Vorstadt mit ihren riesigen

Fabriken. Ausgerechnet am Oranienburger Thor reißt mich an diesem Nachmittag ein bekanntes Gesicht aus meinen Gedanken. Da läuft dieser Criminal-Commissarius Werpel herum. Wie ein Schnüffler schaut er an jede einzelne Haustüre. Die ganze Straße entlang. Und dann verschwindet er in einem Hauseingang.
Ich trage meine Verkleidung, den Hut, den Umhang, den Zwicker mit dem Fensterglas und so weiter. Also spreche ich seinen Constabler an. Eine fürchterlich dumme Person. Schwer für seinen Dienstherrn, gut für mich. Der erkennt mich bei einer etwaigen späteren Begegnung niemals. Kein Wunder, dass Commissarius Werpel den draußen vor der Tür stehen lässt.
Ich frage ihn nach dem Grund seiner Untersuchungen.
Er fragt, wer das wissen wolle.
Ich behaupte, ich arbeite für eine höchst geheime Revisionscommission Seiner Majestät. Und müsse routinemäßig die Arbeit der Polizeibehörde überprüfen. Das dürfe er aber unter keinen Umständen jemandem verraten.
Na, wenn das so sei, sagt er sichtlich beeindruckt und beginnt zu flüstern. Man sei in einem Mordfall unterwegs. Die Causa habe sich am neuen Landwehrkanal zugetragen. Der Commissarius verhöre gerade einen Gesellen, der da arbeite.
Das habe ich befürchtet. Ich nehme mich zusammen, lasse mir die Sorge nicht anmerken. Ob es denn eine Spur gebe, frage ich.
Er habe keine Ahnung. Da müsse ich schon den Commissarius selbst fragen. Der komme sicher gleich wieder, sagt der Tölpel.
Dem Commissarius will ich freilich nicht begegnen. Ich weise den Constabler noch einmal mit Nachdruck auf meine geheime Mission hin. Er werde schwer bestraft, würde er nur ein Wort über unser Gespräch verlieren.
Der Strohkopf schwört hoch und heilig Verschwiegenheit. Ich muss aufpassen, dass ich nicht lache. Allein, viel schlauer bin ich nach dem Gespräch auch nicht.

Drei

Sonnabend, 24. August 1850

Christian Philipp von Gontard betrat den Hof der Werkstatt zur Mittagsstunde. Schon in der Toreinfahrt lagen Balken, vermutlich zum Trocknen. In dem winzigen Hof stapelten sich abgesägte Baumstämme in der Sonne. Es sah aus, als versuche jemand, einen babylonischen Turm aus Baumaterialien zu errichten. Die obersten Stämme befanden sich meterweit über Gontards Kopf, und die Stützen erschienen ihm nicht besonders vertrauenerweckend.

Er blieb in der Einfahrt zum Hof stehen und rief: »Meister Häußler! Sind Sie in Ihrer Werkstatt?«

Es kam keine Reaktion. Nur der Wind pfiff zwischen den Holzstapeln. Gontard trat in den Hof. Er wollte auf Häußler warten. Heye und sein Kumpan forschten noch im Labor. Sie wollten die Ergebnisse beim Diensthabenden hinterlegen. Also hatte er Zeit für den Mordfall - aber musste er deshalb sein Leben aufs Spiel setzen?

Er tippte mit dem Finger gegen eine der Stützen, bereit, sich sofort in die schützende Einfahrt zu retten. Die Strebe stand fest wie ein Soldat auf dem Exerzierplatz. Gontard drückte noch einmal mit etwas mehr Kraft dagegen, das Holz gab kein Stück nach, es knarrte nicht einmal. Nun, Häußler arbeitete jeden Tag hier und lebte immer noch, überlegte Gontard. Die Uferbefestigung am Landwehrkanal war hingegen eingebrochen. Sollte er auf die Fähigkeiten des Meisters vertrauen und über den Hof gehen?

Gontard rief abermals nach Häußler. Als erneut keine Reaktion erfolgte, ging er noch ein paar Schritte in den Hof hinein. Immerhin roch es hier nach frischem Holz und nicht mehr nach den Ausdünstungen der Großstadt. Gontard nahm beim Gehen den Helm ab und zog das Taschentuch hervor – ihm stand der Schweiß auf der Stirn. Nachdem er die Tropfen abgetupft hatte, verstaute er das Tuch im Waffenrock.

Die Tür zum Werkstattgebäude war geschlossen, also klopfte Gontard an. Drinnen brummte jemand etwas Unverständliches, Gontard wertete es als Aufforderung und trat ein.

Hier herrschte noch größere Enge als auf dem Hof. Inmitten des Raumes saß Häußler hinter einem Tisch, mit einer Feile in der Hand und einem Winkel im Schraubstock. Das Spannwerkzeug musste recht neu sein, denn es bestand aus Gusseisen. Schraubstöcke aus diesem Material waren erst 1830 in England erfunden worden – das dozierte Gontard in seinen Vorlesungen.

Der Meister stand auf und sagte: »Guten Tag, Herr Oberst-Lieutenant! Sie beehren meine kleine Manufactur ...«

Gontard erwiderte den Gruß und schaute sich in der Werkstatt um. Der Raum war kaum größer als die Dienstküche in seinem Haus. An allen Wänden hing Werkzeug, vom Boden bis zur Decke.

»Das ist nicht gerade eine Fabrikhalle. Aber ich kann hier arbeiten.« Häußler wies auf einen Hocker, der neben der Tür stand. »Und wenn Ihnen dieser bescheidene Schemel genügt, können Sie gern Platz nehmen.«

Gontard nickte und setzte sich auf den Hocker. »Erlaubt Ihnen ein Auftrag wie der Kanalbau nicht eine Erweiterung des Geschäfts?«

»Oh, sicher, ich könnte mich vergrößern. Aber dann bräuchte ich auch mehr Gesellen, mehr Arbeiter, mehr Aufträge, mehr Vertragsverhandlungen.« Häußler klopfte auf den Winkel im Schraubstock. »Ich bin Handwerker und kein Fabrikherr.«

»Sie haben nur die beiden Gesellen in Diensten, die ich am Kanal gesehen habe?«

»Das sind zwei zuverlässige junge Leute. So etwas findet man heutzutage nicht mehr oft, gerade hier in Berlin.«

Gontard fragte sich, wo die Burschen nach Häußlers Ansicht mehr taugten. Er dachte an Quappe, der kam vom Dorf und war ein Schlingel wie aus dem Bilderbuch. Andererseits diente Quappe nun schon seit mehreren Jahren in Berlin, er musste wohl zu den Lausebengeln der Residenzstadt gezählt werden.

»Die beiden verstehen ihr Handwerk inzwischen ordentlich«, fuhr Häußler fort. »Ich kann sie allein auf Baustellen senden, so wie jetzt. Dem einen werde ich wohl demnächst den Gesellenbrief aushändigen.«

»Da scheint es mir nicht wahrscheinlich, dass einer Ihrer Gesellen den Erdrutsch am Landwehrkanal durch eine fehlerhafte Arbeit verursacht hat.«

»Das ist in der Tat ausgeschlossen. Bei so einer Baustelle erledige ich die allermeisten Arbeiten selbst, und auch jeden Arbeitsschritt meiner Stifte habe ich höchstpersönlich überwacht und in Augenschein genommen.«

Gontard sagte nichts – er schaute Häußler einfach in die Augen. Häußlers Gesicht wirkte beinahe so hart wie der Schraubstock an seinem Tisch.

Der Handwerker fragte, fast ohne den Mund zu bewegen: »Haben Sie in Ihrem Labor schon etwas Gegenteiliges entdeckt?«

»Nein, nein, ich frage aus reiner Neugier.« Gontard setzte sein verbindliches Lächeln auf. »Ich will mir nur ein umfassendes Bild verschaffen.«

»Nur zu, machen Sie sich Ihr Bild!«, brummte Häußler.

»Vielen Dank, Herr Häußler. Ich weiß Ihre Offenheit zu schätzen.« Gontard beugte sich zum Tisch und erkundigte sich dann leiser: »Wissen Sie, ob Ihre Gesellen den Toten kannten?«

»Wie kommen Sie darauf?«

»Es ist nur eine Frage.«

»Das halte ich für sehr unwahrscheinlich. Ich habe sie allerdings nicht danach gefragt.«

»Würden Sie das für mich erledigen?«

Häußler überlegte und strich sich durch den Bart. »Nun ja, warum eigentlich nicht ...«

»Ich wäre Ihnen sehr verbunden.« Gontard zögerte einen Moment. »Ich habe schon gehört, dass Sie auch mit Herrn Puch bekannt waren.«

»Das ist kein Geheimnis. Ich habe ihn allerdings in den letzten zwei Jahren nicht mehr gesehen. Die Zeiten sind nicht danach. Ich hörte, Sie wissen das nur zu gut.«

Gontard zuckte zusammen. Was wusste der Baumeister über ihn?

Häußler zwinkerte ihm zu und richtete sich auf seinem Hocker auf. »Ich habe mich nicht mehr politisch betätigt. Bei ihm war das etwas anders. Vielleicht eruieren Sie mal bei der Obrigkeit, ob Puch jemandem auf die Füße getreten ist.«

Paul Quappe öffnete die Tür zur Speisekammer – ganz vorsichtig, denn die Scharniere neigten zum Knarren. Und Lärm konnte er nicht gebrauchen. Die Küchenmamsell war zum Einkaufen gegangen, von der drohte keine Gefahr. Aber die Hausherrin weilte in den oberen Stockwerken, und Ferdinand stromerte auch durch das Haus.

Nun war der Spalt breit genug, um hineinzugreifen. Quappe tastete nach Obst. Ein Apfel wäre nicht schlecht – oder zwei oder drei. Bis zur Vesper blieben noch Stunden. Seine Fingerspitzen streiften über Papiertüten, einen Kartoffelsack, Gurken. Er näherte sich der Sache. Da, das fühlte sich wie ein Apfel an ...

Es klopfte – hinter ihm.

Quappe zuckte zusammen. Er ließ den Apfel fallen, der rollte über den Boden der Speisekammer und polterte gegen die Tür. Die quietschte sofort los.

Es klopfte erneut an der Dienstbotentür.

»Hallo? Ist da wer?« Das war eine Frauenstimme, und sie klang nicht nach Henriette von Gontard und auch nicht nach der Küchenmamsell.

»Ja doch! Eenen Momang bitteschön.« Quappe schlug die Tür zur Speisekammer zu. »Ick eile!«

Er lief durch die Dienstküche und drückte die Türklinke herunter. Vor Paul Quappe stand eine Frau. Eine schöne Frau. Eine sagenhaft schöne Frau. Ihre brünetten Locken fielen auf ein Decolleté, von dem Quappe seine Augen gar nicht lösen konnte. Er versuchte etwas zu sagen, doch es gelang ihm nicht.

Die Frau lächelte und fragte: »Ist jemand zu Hause?«

Normalweise hätte Quappe etwas wie »Ick steh ja jenau vor Ihn« geantwortet. Allein, er brachte immer noch kein

Wort hervor. Sogar sein Mund stand offen. Das bemerkte Quappe erst jetzt.

»Na, junger Mann, können Sie meine Worte verstehen?«

Quappe klappte das Kinn hoch und nickte. Warum klopfte die Frau am Dienstboteneingang? Sie sah nicht wie eine Magd oder eine Mamsell aus. Vor ihm stand ganz ohne Zweifel eine feine Dame. Und was für eine!

Sie zwinkerte ihm zu.

Quappe nahm sich zusammen und sagte: »Wen vonne Herrschaften wolln Se denn jerne sprechn?«

»Ist Herrn von Gontard im Hause?«

Sie meinte bestimmt den Herrn Oberst-Lieutenant und nicht seinen Sohn Ferdinand. Denn bei aller Schönheit konnte die Madame ihr Alter nicht verbergen. Sie war bestimmt zehn Jahre älter als Quappe – mindestens Ende zwanzig, vielleicht schon über dreißig.

»Wollen Sie die Dame nicht hereinbitten, Herr Quappe?«

Ferdinand stand hinter Quappe und presste die Stimme, damit sie tiefer klang. Quappe trat beiseite, und die Madame betrat die Dienstküche.

»Ich heiße Sie ganz herzlich willkommen im bescheidenen Heim der Gontards! Warum haben Sie nicht den Vordereingang gewählt, meine Dame?«

Die Madame sah sich um und lächelte spitzbübisch. »Ich kam wohl aus der falschen Richtung, von der Charlottenstraße her.« Sie trat einen Schritt auf Ferdinand zu. »Sie sind der junge Herr des Hauses?«

»In der Tat, das bin ich. Ferdinand von Gontard.« Der Junge verbeugte sich so tief, wie Quappe es bestimmt schon seit Jahren nicht mehr gemacht hatte.

Die Madame machte einen Knicks und erwiderte: »Mein Name ist Martha von Traunstein.«

»Es ist mir eine Ehre«, sagte der Junge.

Quappe wurde das langsam zu viel. Dieses Getue! Kaum kam eine feine Dame des Weges, spielten alle verrückt. Sogar er selber. Damit musste Schluss sein. Er rief: »Un ick bin Paul Quappe!«

Ferdinand und Martha von Traunstein drehten sich herum. Quappe kam sich vor, als sei er der Bengel und nicht Ferdinand. Nein, eigentlich guckten die beiden ihn eher an wie einen Kläffer, der mit ungebührlichem Lärm störte.

»Fein«, übernahm Ferdinand das Wort, »Herr Quappe ist der Bursche meines Vaters.«

Die Dame wandte sich wieder dem Jungen zu. Sehr lange hatte seine Einmischung nicht Wirkung gezeigt, dachte Quappe.

»Dürfen wir Ihnen etwas anbieten, meine Dame?« Ferdinand spielte weiterhin den Erwachsenen.

»Nein, vielen Dank, mein Herr«, flötete die Dame. »Ich bin eigentlich auf der Suche nach Ihrem Vater. Oberst-Lieutenant von Gontard ist doch Ihr Herr Vater?«

»Ja, in der Tat. Darf ich nach Ihrem Anliegen an meinen Herrn Papa fragen?«

Die Dame fummelte an ihrem Hut herum. Quappe war sich ziemlich sicher, dass sie ihre Verlegenheit nur spielte. Doch sie sah hinreißend dabei aus. Sie trat noch einen Schritt näher an Ferdinand heran und flüsterte: »Ich habe da eine wichtige Information für Ihren Herrn Vater. Es geht um ...«, sie zögerte kurz, »... um seine aktuelle Forschung.«

Quappe fiel auf, dass die Dame gerade so laut flüsterte, dass er die Worte auch verstehen konnte. Ferdinand hatte für solche Eigentümlichkeiten anscheinend keine Aufmerksamkeit übrig. Sein Blick klebte an den Lippen der Dame, und er nickte.

Madame von Traunstein fuhr etwas lauter fort: »Sie werden doch die Freundlichkeit besitzen und Ihrem Herrn Vater die Information und einen Gruß von mir übermitteln? Er findet mich heute am Abend im Opernhaus.«

»Aber natürlich, meine Dame.« Ferdinand schwang den Arm wie ein Galan bei einer Einladung. »Es ist mir eine Ehre, Ihre Grüße zu überbringen.«

Nach einem erneuten Knicks verabschiedete sich Madame von Traunstein und verließ das Gontard'sche Haus wieder durch die Dienstbotentür.

Quappe sah zu Ferdinand. Der guckte der Dame noch hinterher, obwohl die Tür längst ins Schloss gefallen war.

Der Junge drehte sich zu Quappe um und sagte: »Haben Sie das mitbekommen, Herr Quappe?«

Quappe fragte sich, was Ferdinand meinte. Etwa, dass der Junge wie ein liebestoller Verehrer um die Dame herumscharwenzelt war? Quappe schüttelte vorsichtshalber den Kopf.

»Herr Quappe! Sie weiß etwas über den Mord.«

»Ach so, meenen Se?«, fragte Quappe und dachte: Uns wird sie aber bestimmt nicht erzählen, was sie weiß.

»So ist es!«, rief Ferdinand aufgeregt. »Wir müssen die Dame unbedingt im Auge behalten!«

»Dit is dit Zimma von dem Herrn Puch«, sagte die alte Frau und wies in die Kammer, in die gerade so ein Bett, zwei Stühle, ein Schreibtisch und eine Kommode passten. Zwischen den Möbelstücken konnte Gontard sich kaum noch um die eigene Achse drehen. Obendrein herrschte in der Bude nicht gerade preußische Ordnung. Auf der Kommode häuften sich Kleider, die augenscheinlich einer Wäsche bedurften. Der Tisch zeugte, freundlich betrachtet, vom Fleiß seines Besitzers, weniger wohlwollend formuliert, handelte es sich um einen Saustall. In der Kammer stand der Staub in der Luft. Immerhin gab es ein Fenster.

»Wenn Se mir fragen, war der Herr Puch nich so fein, wia imma tat.«

Gontard trat ans Fenster und öffnete es einen Spalt. Von draußen wehte ein Schwall Luft herein. Es roch nach dem Moder des Hinterhofs mit seinen Latrinen, dennoch ließ sich die Luft von draußen besser atmen. Gontard schaute zur Alten.

»Ick hab allet jenau so jelassen, wie et war. Anjefasst hab ick ooch nix. So wie da Herr Commissarius dit jesacht hat.«

Gontard schwieg.

»Lange jeht dit aba nich mehr. Ick muss dit Zimma ooch ma wieda vamieten. Da Tote wird wohl nix jeben.«

»Hatten Sie mit Herrn Puch Schwierigkeiten?«

»Nee, jar nich. Von dem hat ma kaum wat jehört. Ick meene, unten wohnen die Kasulkes. Acht Leute in drei Zimman. Dit issn Krach! Da kriegn Se von hier obn nix mit.«

»Wohnt hier oben noch jemand?«, fragte Gontard.

»Nee. Wir haben hier hinten noch den Trocknbodn«, die Alte wies auf den Nachbarraum unterm Dach, »da häng ick die Wäsche uff.«

»Vielen Dank, meine Dame«, erwiderte Gontard. »Ich werde mich nur ein paar Minuten umschauen.«

»Dit mit die Dame könn Se lassn, Herr Offizier. Ick geh ja schon.« Die Haushälterin trollte sich und murmelte auf ihrem Weg die Treppe hinunter unverständliches Zeug.

Gontard trat an den Tisch. Dieser bog sich geradezu

unter einem Haufen von Papier. Ganz oben lag eine Ausgabe der *Deutschen Zeitung*, sie war gerade ein paar Tage alt. Darunter kam ein zusammengefalteter Brief zum Vorschein. Es handelte sich um handschriftliche Correspondenz, er erkannte die Schrift. Rudolf Virchow schrieb aus Würzburg. Der Mediciner hatte Berlin wegen der Restauration verlassen und einen Ruf an der Würzburger Universität angenommen. Ironischerweise, dachte Gontard, würde Puch jetzt wohl auf Virchows Tisch liegen, wenn der Mediciner noch in Berlin wäre. Schließlich hatte der Arzt die Pathologie begründet und in der Charité geleitet.

Gontard faltete den Brief zusammen, steckte ihn in die Tasche seines Waffenrocks und wandte sich wieder dem Papierhaufen auf dem Tisch zu. Er legte ein Blatt mit Notizen beiseite und kramte weiter. So recht wusste er nicht, wonach er suchte. Er wühlte sich durch die Stapel, betrachtete Briefe, Gedichte für Jubilare, Briefe, Zeitungsausrisse mit Anzeigen für Druckerzeugnisse und immer wieder Briefe.

Ganz unten auf der Tischplatte fand Gontard ein Bündel mit Couverts. Die Schrift darauf stammte von einer Frau, vermutete er. Gontard zog einen Brief aus einem der Umschläge und sah seine Annahme bestätigt – Martha von Traunstein schloss das Schreiben *mit herzlichsten Grüßen*. Er steckte das ganze Bündel in die Innentasche an seiner Brust.

»Herr Oberst-Lieutenant!« Werpels Stimme erklang aus dem Treppenhaus. »Welch ein Zufall! Gut, dass ich Sie treffe.«

Gontard drehte sich herum, begrüßte den Commissarius und fragte sich, ob das Bündel den Waffenrock so sehr ausbeulte, dass Werpel es erahnen konnte.

»Ich sehe, Sie kümmern sich auch um den Mordfall«, sagte der Commissarius.

»Wollen Sie mich davon abhalten?«

Werpel wiegte den Kopf, als würde er die Möglichkeit erwägen, sagte aber: »Sie würden sowieso nicht auf mich hören, Herr Oberst-Lieutenant. Nein, ich würde es eher begrüßen, wenn wir uns regelmäßig über unsere Ermittlungen austauschen könnten.« Werpel trat ein und schloss die Tür hinter sich.

Nun stand der Criminal-Commissarius beinahe Schulter an Schulter mit Gontard. War das nicht ein bisschen zu nah? Der Commissarius guckte wie ein Pferd – diese Mischung aus Zuvorkommenheit und Trottelei machte Gontard skeptisch.

»Ich, Herr Oberst-Lieutenant, war gestern zum Beispiel bei einem von Häußlers Stiften. Sie werden sicher auch noch Ihre Erkundigungen einholen, aber ich glaube, die beiden haben nichts mit der Mordsache zu tun.«

Gontard überlegte, welche leicht zu ermittelnde Information er dem Commissarius im Gegenzug überlassen könnte. Er sagte: »Ich habe auch eher die Befürchtung, dass Herr Puch sich in etwas Politisches verwickelt haben könnte.«

»Wie kommen Sie darauf?«

War das plötzlich ein Verhör? Gontard ignorierte den scharfen Ton und zeigte auf den Tisch. »Haben Sie schon über diese Papiere geschaut?«

»Aha, daher weht der Wind. Ja, ich habe bereits einen Blick auf den Haufen geworfen und eine erste Auswahl konfisziert.«

Gontard stutzte. Hatte Werpel die Briefe von Virchow und Martha von Traunstein nicht für wichtig befunden, oder hatte er nur nicht so tief gekramt? Und was für Schriften lagen jetzt bei der Polizei?

»Vermutlich haben Sie recht mit Ihrer These. Puch schien absonderliche politische Ansichten vertreten zu haben«, sagte der Commissarius. »Stellen Sie sich vor, ich habe eine *Neue Rheinische Zeitung* gefunden. Und wer hat gleich auf der zweiten Seite einen Artikel verfasst? Unser Mordopfer.«

Die *Neue Rheinische Zeitung* war die Postille von diesem Karl Marx, die kürzlich ihr Erscheinen hatte einstellen müssen – Gontard hätte den Artikel zu gern gelesen.

»Kommen Sie beizeiten vorbei! Dann können Sie einen Blick auf die Papiere werfen. Und, Herr Oberst-Lieutenant, haben Sie schon etwas gefunden?«

Gontard schaute den Polizisten an – seinen alten Bekannten Virchow wollte er ihm nicht auf dem Silbertablett servieren und auch über die Verwicklung von Martha von Traunstein machte er sich zunächst lieber selbst ein Bild. Er schüttelte den Kopf und sagte: »Ich bin gerade erst hereingekommen. Lassen Sie uns den Haufen doch gemeinsam durchsehen.«

»Ick hab den Ufftrag vom Herrn Oberst-Lieutenant, zu Herrn Lenné zu jehen. Könn' Se mir nich einfach in Ruhe lassn?« Paul Quappe versuchte schon den ganzen Weg von der Dorotheenstraße bis ins Thiergartenviertel, Ferdinand von Gontard loszuwerden. Aber der Junge grinste immer nur verschwörerisch, redete von Mordermittlungen und Abenteuern. Quappe sah eher Bestrafungen auf sich zukommen.

»Wat soll da Herr denn denkn, wenn wa da zu zweet uffschlagn tun?«

»Ich sage einfach, ich solle auf Sie aufpassen«, sagte Ferdinand in frechem Ton.

Quappe hielt das für keine gute Lösung. Ihm musste etwas einfallen, wie er den Jungen beschäftigen konnte. Und zwar schnell. Sie sahen die Lennéstraße bereits. In der No. 1 wohnte der Herr Gartendirektor und Stadtplaner Seiner Majestät. Wieso hatte der eigentlich eine eigene Straße? Also, eine mit seinem Namen? Weil er ein paar Sträucher und Bäume zwischen Brandenburger Thor und Charlottenburg angepflanzt hatte? Das mit dem Landwehrkanal schien er nicht so recht hinzubekommen, dachte Quappe. Trotzdem konnte er sicher jeden Abend in Geld baden. So sahen jedenfalls die Villen hier aus.

Quappe schaute auf die Hausnummern. Es war nicht mehr weit. Ihm musste etwas einfallen ... Er sagte: »Wir müsstn dit Haus von allen Seiten ankieken. Da fällt uns sicha irjendwat uff.«

Ferdinand bekam große Augen.

»Ick muss ja leida anna Tür kloppn. Aba Sie, junga Herr ...«

»Sie meinen, ich ...« Ferdinand guckte sich um. »Was soll ich denn da finden?«

»Ja, watt weeß ick. Watt Vadächtiget ebent.«

»Und in dieser Zeit könnten Sie in Ruhe die Nachricht meines Vaters überbringen, nicht wahr?« Ferdinand zog ein Gesicht wie ein Bengel, dem jemand sein Spielzeug wegnehmen wollte.

»Dit schon. Aba Sie tun vielleicht watt üba den Mord rausfinden.«

Ferdinand schien sich nicht entscheiden zu können. Quappe blieb stehen, um ihm etwas Zeit zu geben. Ihm blieb auch nichts anderes übrig. Bis zur Lenné-Villa blieben nur noch ein paar Schritte.

»Na gut«, sagte Ferdinand, »ich laufe eine Runde ums Carré und mache mir ein Bild. Aber ich schaue mich nur um. Wenn Sie danach nicht fertig sind, treffe ich Sie zufällig an der Villa des Herrn Gartendirektors an.«

Mehr ließ sich wohl nicht herausschlagen. Quappe sagte: »Kieken Sie jenau, junga Herr! Mir wolln ja nix übasehn.«

Ferdinand entschwand in einen Fußweg zwischen zwei Grundstücken. Quappe guckte ihm hinterher. Wenn jemand den jungen Herrn beobachtete, gab es sicher Ärger. Ferdinand schlich wie ein Spion hinter den Feindeslinien.

Quappe musste sich beeilen, bevor jemand das Treiben bemerkte! Schnell lief er um die Ecke in die Lennéstraße hinein. Das Grundstück des Gartendirektors lag im langen Schatten der Spätsommersonne. Die Villa wirkte in dem Licht noch größer. Wohnten hier Riesen?

Quappe erreichte das gusseiserne Tor und überlegte, ob er eintreten oder lieber rufen sollte. Wachte ein Hund über das Grundstück? Nein, der hätte bestimmt schon längst gebellt. Quappe flitzte über den Kiesweg und klopfte am Dienstboteneingang.

Ein hagerer Alter in Livree öffnete, als hätte er an der Klinke auf Gäste gewartet. Er fragte nach Quappes Wunsch und klang dabei, als müsse er einen frisch antrainierten französischen Akzent unterdrücken.

»Ick soll dem Herrn Lenné eine Botschaft übabringen. Von mei'm Herrn, was da Oberst-Lieutenant von Gontard is.«

Der Hagere hob die rechte Augenbraue und entgegnete: »Und wen darf ich der Herrschaft melden?«

»Ick bin Paul Quappe. So wie Kaulquappe, nur mit 'm

P. Also um jenau zu sein, mit drei P. Eens janz vorn un zwee inne Quappe drin.«

Der Alte verzog keine Miene und antwortete: »Bitte haben Sie einen Augenblick Geduld, Monseigneur Quappe!« Der Diener hob den Kopf und tappelte ins Haus.

Quappe überlegte, wie lange es noch dauern konnte, bis Ferdinand wiederauftauchte. Viel Zeit blieb nicht, befürchtete er.

Der Lakai kam und führte ihn ohne ein Wort nach drinnen. Sie schritten durch das Foyer zu einem Raum, in dem das Fenster größer war als die Wände in der Kate von Quappes Eltern. In dem Raum standen drei Herren. Die Männer sahen trotz der feinen Kleidung wie Jahrmarktsgestalten aus. Der eine trug einen gewaltigen Bauch unter dem Wams - als hätte er ein Kissen unterm Gürtel versteckt. Das Gesicht des zweiten Mannes war voller Narben. Der dritte reichte den beiden anderen allenfalls bis zur Schulter.

»Sie sind der Bursche von Oberst-Lieutenant von Gontard?«, fragte das Narbengesicht.

»Dit bin ick.«

»Ich bin Peter Joseph Lenné«, sagte das Narbengesicht und wies auf den Dicken und den Kleinen, »und das sind Erhardt von Richtenau und Johann Jakob Helfft. Hat Ihr Herr neue Informationen über den bedauerlichen Zwischenfall am Kanal?«

Meinte das Narbengesicht den Mord oder das abgerutschte Ufer? Quappe dachte nach - er wollte nichts Falsches sagen, sonst gab es wieder Ärger.

»Die Studenten des Herrn Oberst-Lieutenant von Gontard unterstützen mich bei der Untersuchung der unangenehmen Sache«, erklärte Lenné dem Dicken.

»Jenau dit isses. Ick soll um een Termin anhalten. Am besten jleich am Montag inne Frühe.«

Lenné zog ein Büchlein aus dem Gehrock und blätterte darin. »Mir wäre um elf sehr recht. Würden Sie das dem Herr Oberst-Lieutenant mitteilen?«

»Dit mach ick, mein hochvaerhta Herr!« Quappe verbeugte sich.

Der Lakai hob die Augenbraue und schritt wieder zum Ausgang. Quappe lief hinterher. Er dachte an Ferdinand. Kam der Junge auf dumme Gedanken und klopfte an die Tür der Villa? Das Foyer schien größer geworden zu sein. Oder ging der Lakai nur langsamer?

Endlich erreichten sie die Tür. Quappe sauste los. Mit ein paar großen Schritten brachte er den Kiesweg hinter sich. Er trat auf die Straße. Im selben Augenblick erreichte Ferdinand das Tor. Quappe wandte sich um und sah den Diener kopfschüttelnd in die Villa gehen.

»Haben Sie den Dicken gesehen, Herr Quappe?«, fragte Ferdinand außer Atem.

»Der war ja nich zu übasehn.«

»Der muss ein hohes Tier sein. Ich habe vom Grundstück aus gesehen, wie Herr Lenné ihm an einem großen Plan etwas gezeigt hat – als wäre das sein Dienstherr.«

Lieutenant von Heye trat ins Café Stehely. Den konnte Gontard gar nicht gebrauchen. Er drehte sich zu seinem Freund Friedrich Kußmaul und stützte den Kopf so auf, dass die Hand möglichst viel von seinem Gesicht verdeckte.

Kußmaul hielt die Satirezeitschrift *Kladderadatsch* in der Hand und lachte lauthals los. »Das musst du hören: *In Hochheim hat ein Nachtwächter unter erschwerenden Umstän-*

den bei Nacht statt der Stunde – die Republik ausgerufen. Sicherem Vernehmen nach soll dieser Nachtwächter, dessen Uhr so viel vorgeht, kein Anderer sein, als der Geheime Rath Dingelstedt.«

Kußmaul konnte sich kaum halten vor Lachen, und auch Gontard verstand die Anspielung selbstverständlich. Franz von Dingelstedt hatte als Dichter der berühmten *Lieder eines kosmopolitischen Nachtwächters* zu den oppositionellen Autoren des Jungen Deutschland gezählt – allerdings nur, bis er 1843 eine Hofrathsstelle in Stuttgart antrat. Heinrich Heine hatte Dingelstedt in einem hübschen Bonmot »Verhofräterei« vorgeworfen. So recht zum Lachen war Gontard dennoch nicht zu Mute. Er versteckte sich weiterhin und hoffte, dass Kußmaul nicht noch lauter wurde. Vergebens.

»Das ist doch unglaublich, mein lieber Gontard!«, rief Kußmaul lachend.

Verflixt, jetzt hatte der Freund auch noch seinen Namen genannt! Gontard merkte, wie er seine Augen zusammenkniff.

»Was ist denn mit dir los? Ist dir nicht gut?«

»Ach ... es ist nur ...«

»Herr Oberst-Lieutenant von Gontard.« Heye stand neben dem Tisch. »Bitte entschuldigen Sie die Störung außerhalb der Dienstzeit. Ich bitte Sie ergebenst um einen Augenblick Gehör.«

Was sollte Gontard nun sagen? Er verspürte immer noch keine Lust auf ein Gespräch mit dem jungen Offizier. Zugleich war er kein Unmensch und knurrte: »Nun setzen Sie sich schon!«

Heye nahm auf dem Stuhl Platz, dessen Lehne in die Mitte des Gastraumes zeigte.

»Haben Sie den Bericht über Ihre Laborarbeiten am

Lehrstuhl hinterlegt, Lieutenant von Heye?«, fragte Gontard, nachdem er Kußmaul und Heye einander vorgestellt hatte.

»Selbstverständlich, Herr Oberst-Lieutenant.« Heye beugte sich über den Tisch, bis er nur noch eine Elle von Gontard entfernt war. »Aber deswegen bin ich nicht zu Ihnen gekommen.«

»So.«

»Es geht um die Traunsteins.«

»Ah ...« Kußmaul schien äußerst erstaunt.

Gontard war weniger überrascht, hatte Heye ihm doch von seiner engen Beziehung zur Familie Traunstein berichtet. Er sagte: »Vielleicht erklären Sie meinem Freund und mir, woher Ihr Vater den werten Herrn von Traunstein kennt?«

»Mein Vater und Herrmann von Traunstein haben zusammen im Heer Seiner Majestät gedient, erst als Offizier bei der Truppe und später im Ministerium. Herr von Traunstein wird dort bis heute oft gehört und hat noch eine Schreibstube bei Minister von Stockhausen.« Heye hob die Hand, als müsse er sich entschuldigen, und fuhr fort: »Mein Vater hingegen kümmert sich um unser Gut in der Mark.«

Gontard stocherte mit der Gabel in seinem Gebäckstück herum. Stockhausen war der sechste preußische Kriegsminister in den zwei Jahren seit dem Märzaufstand – in den Hinterzimmern saßen aber seit Jahren noch dieselben alten Männer, bis heute.

»Weihen Sie mich ein, junger Mann!«, mischte Kußmaul sich ein. »Die berühmte Opernsängerin Martha von Traunstein, hat die etwas mit der Familie zu tun? Ist sie etwa die Tochter des alten Herrn?«

Heye lachte. »Nein, nein ...« Es klang wie »Wenn Sie wüssten!«. »Ich habe die verstorbene Frau von Traunstein noch gekannt. Sie war wie eine Tante für mich. Nur drei Monate nach ihrem Tod hat Herrmann von Traunstein seine neue Frau geehelicht.«

»Das nenn ich mal einen Mann, der weiß, was er will«, sagte Kußmaul grinsend. »Oder war es eher die junge Dame, die ...« Kußmaul ließ den Halbsatz für einen Moment im Raum stehen, das Thema bereitete ihm sichtlich große Freude. »Ich meine, vielleicht war Madame auf der Suche nach etwas *Sicherheit* an der Schulter eines älteren Herren.«

»Wie reden Sie über Martha!« Heye saß plötzlich kerzengerade.

»Beruhigen Sie sich, Herr Lieutenant!«, warf Gontard ein. »Herr Doktor Kußmaul hat mitunter einen eigentümlichen Humor. Es liegt ihm nichts ferner, als jemandem etwas Unlauteres zu unterstellen.« Er blickte zu Kußmaul. »Nicht wahr, mein lieber Freund?«

Der Arzt nickte und gab sich augenscheinlich Mühe, nicht mehr zu grinsen.

Gontard wandte sich wieder Heye zu. »Also, Herr Lieutenant, womit kann ich Ihnen in Bezug auf die Traunsteins weiterhelfen?«

»Ich wollte mich nach dem Stand der Ermittlungen erkundigen.« Heye entspannte sich etwas. »Und Ihnen, Herr Oberst-Lieutenant, möchte ich gern von der Redlichkeit des Herrmann von Traunstein berichten.«

»Sie meinen, der Herr hat das nötig?«, fragte Gontard

»Nein, natürlich nicht!«, rief Heye - eine Spur zu laut, wie Gontard fand. Das bemerkte Heye offenbar auch selbst, er fuhr leiser fort: »Aber vielleicht hören Sie von

Gerüchten, die Herrmann von Traunstein in der Mordsache in ungerechtfertigter Weise belasten könnten.«

Gontard schwieg.

»Dazu möchte ich nur sagen: Was auch immer Ihnen zu Ohren kommt, Herrmann von Traunstein ist ein besonnener Mann. Noch nie habe ich erlebt, dass er die Contenance verliert.«

»In der Tat wurden mir Gerüchte zugetragen. Aus glaubwürdigen Quellen, Herr Lieutenant. In diesem Zusammenhang habe ich eine Frage an Sie: Würden Sie Martha von Traunstein als ebenso beherrscht einschätzen?«

»Was ...« Heye schnellte fast von seinem Stuhl hoch. »Wie ... können Sie nur solche abscheuliche Gedanken ... über Madame von Traunstein äußern!«

Henriette klappten hin und wieder die Augen zu. Gontard überließ seine Frau dem Schlummer und schaute zur Bühne. Dort trällerte Martha von Traunstein bereits die finale Arie.

Mit den anderen Opernsängern intonierte sie das Finale von Mozarts *Cosi fan tutte*. Die Traunstein schmetterte ihr Solo, der Ton stand im Saal wie eine Kristallfigur, klar, grazil und zerbrechlich. Sie sang die Dorabella. In der Aufführung spielte Leopoldine Herrenburger-Tuczek die Fiordiligi und damit die Hauptrolle. Gontard schätzte die impulsiven Darbietungen der Tuczek, und eine angenehme Erscheinung war der Star der Hofoper zweifellos auch – aber nun, da er die beiden Sängerinnen nebeneinander auf der Bühne sah, konnte er seinen Blick nicht von Martha von Traunstein wenden. Da stand eine hübsche Sopranistin neben einer strahlenden Schönheit. Jeder Augenaufschlag der Traunstein vergrößerte den Unterschied.

Am Ende der Aufführung lösten sich die Wirrnisse der Liebe auf. Im Finale lobpreiste das Ensemble singend den Menschen, der in jedem Moment den besten sieht, über Unbill lacht und gelassen bleibt. Eine frohe Botschaft, fand Gontard. Henriette hatte an der Freude nicht teil. Immerhin schnarchte sie nicht.

Die Musik wurde laut bis an die Grenze des Erträglichen und ergoss sich in einen Schlussakkord – Auflösung und Befreiung zugleich. Das Ensemble auf der Bühne verbeugte sich sichtlich außer Atem, doch voller Überschwang. Ein paar Zuschauer erhoben sich von ihren Plätzen, dann noch weitere. Gontard stand ebenfalls auf, beim Blick durch den Saal stellte er fest, dass die Gesangskünste der Traunstein und der Tuczek beim männlichen Teil des Publikums erheblich mehr Eindruck hinterlassen hatten als bei den anwesenden Damen. Henriette saß im Sessel, klatschte artig und blickte ihn an, als suche sie in seinem Gesicht nach etwas.

In den Reihen vor der Bühne riefen die Männer »Bravo!« und »Dacapo!«. Die Traunstein und die Tuczek übertrafen sich in Knicksen, das Publikum beantwortete das mit noch mehr Applaus. Das Ensemble verließ die Bühne, auch der Dirigent am Pult verbeugte sich und verschwand. Der Applaus toste weiter.

Gontard lehnte sich zu Henriette und flüsterte ihr ins Ohr: »Ich müsste noch einmal meiner Pflicht nachgehen. Ich fange schnell die Künstlerin ab, und wir treffen uns dann an der Garderobe.«

»Du kannst doch nicht gehen!« Henriette setzte sich zurück und schaute, als habe er einen Fleck auf dem Gehrock. »Jetzt vor dem Dacapo.«

Eigentlich hatte er genau das vorgehabt. Deswegen hatte er vorsorglich Plätze am Rande der Reihe genommen. Aber Gontard gab klein bei, ließ sich auf den Sitz fallen und beobachtete, wie das Ensemble auf die Bühne zurückkehrte, um sich abermals feiern zu lassen.

Leopoldine Herrenburger-Tuczek schritt voran, Martha von Traunstein folgte ihr. Im Saal ging der Jubel in ein Johlen über, das Gontard etwas unangemessen fand. Die Lautstärke stieg noch einmal an, als Martha ihren Knicks machte. Sie lächelte auf die Art, mit der Frauen kleine Siege feierten – gerade dezent genug, um nicht arrogant zu wirken. Die Tuczek verstand und schickte ein Lächeln zurück, als wollte sie sagen: »Na warte, meine Liebe!«

Der Dirigent hob den Taktstab, und der Lärm ebbte ab. Das Orchester stimmte das Finale der Mozart-Oper erneut an. Die Musiker schienen nach Hause zu wollen, sie spielten schneller. Dadurch klang der Schlussgesang nicht mehr so intensiv wie vorher. Der Dirigent wedelte mit dem Stab, als drohe er seinen Männern Schläge an. Gontard hingegen hätte sie am liebsten noch ein bisschen angetrieben, denn er hatte genug Musik gehört.

Auf der Bühne überstrahlte Martha ihre Kollegen. Gleich würde er sie in der Garderobe treffen – allein, ohne die ganzen Kerle, die in wenigen Augenblicken wieder johlen würden.

»Sie singt recht schrill, so als hätte sie eine Stahlfeder im Hals«, flüsterte Henriette ihm ins Ohr.

Diese Einschätzung teilte Gontard nicht. Allerdings wollte er seiner Frau nicht widersprechen. Also lächelte er und nahm Henriettes Hand. »Da musst du aufpassen, dass sie dir nachher nicht das Gehör verdirbt.«

Auf der Bühne schmetterten die Tuczek und Martha das Loblied auf die Gelassenheit um die Wette. Das Lächeln der beiden Sängerinnen wirkte mit jedem Augenblick gequälter. Nur der Dirigent schien vor Kraft zu strotzen. Beim Auftakt zum Schlussakkord streckte er seine Arme in die Höhe und sackte schließlich zur Verbeugung zusammen.

Die Zuschauer sprangen von den Sitzen und johlten noch lauter als vor der Zugabe.

»Nun geh schon«, zischelte Henriette, »ehe die noch einmal zum Singen kommen!«

Gontard schaute zu seiner Frau. Henriette nickte ihm müde zu. Also wollte er sich lieber beeilen. Er stand auf und verließ den Zuschauerraum.

Der Gang zu den Künstlergarderoben war hell und freundlich. Kein Wunder, das Königliche Opernhaus war erst vor vier Jahren niedergebrannt und neu aufgebaut worden. So hatten die Wände noch keine Zeit gehabt, in Würde zu ergrauen.

Gontard schaute auf seine Taschenuhr. Er stand noch unter dem Einfluss des Begrüßungskusses und hatte das Zeitgefühl verloren. Martha von Traunstein war ihm so stürmisch um den Hals gefallen, wie es sich für eine verheiratete Frau nicht gehörte. Oder interpretierte er das falsch?

Der Blick auf das Ziffernblatt zeigte ihm: Von den zehn Minuten Ruhe, die sich die Sängerin erbeten hatte, waren zwölf vergangen. Er verstand, dass Martha eine Weile brauchte, bevor sie nach einem Gesangsauftritt wieder Kraft für ernsthafte Gespräche aufbringen konnte. Allerdings musste er irgendwann nach Hause. Er ging zur Tür und klopfte an.

»Kommen Sie herein, Herr Offizier!«, rief Martha von Traunstein, mit etwas Hast, wie ihm erschien.

Er öffnete vorsichtig die Tür. Nicht, dass er die Sängerin noch beim Ankleiden antraf! Die Scharniere knarzten, er schaute vorsichtig in den Raum ... Martha trug ein Sommerkleid und ein Seidentuch über den Schultern. Lediglich einen Hut hatte sie nicht auf. Ihre Locken fielen bis auf ihr Decolleté. Sie saß vor einem Schminkspiegel. Neben ihrem stand ein zweiter Stuhl. Viel mehr als zwei Personen konnten sich in dem Raum zwischen den zahllosen Kleidern auch kaum aufhalten.

»Für gewöhnlich bringt mir der Galan nach der Vorstellung Blumen«, sagte Martha von Traunstein.

»Oh ...« Gontard merkte, wie eine Hitzewelle zu seinem Kopf emporschoss.

Die Sängerin lächelte. »Entschuldigen Sie, das war nur ein kleiner Scherz. Ich bitte im Normalfall auch keine Ermittler in Mordfällen um ihr Kommen.« Sie wies auf den freien Stuhl. »Haben Sie Zeit, sich einen Augenblick zu mir zu setzen?«

»Selbstverständlich«, erwiderte er und nahm Platz. »Lassen Sie mich bitte zunächst sagen, dass mir Ihre Darbietung ganz hervorragend gefallen hat.«

»Ach, Sie Schmeichler.«

»Nein, ganz im Ernst.«

»Sie sollten mich als Agathe im *Freischütz* sehen oder als Königin der Nacht.« Sie schlug die Augen auf und seufzte. »C-Dur passt nicht zu meiner Stimme und auch nicht zu meiner Stimmung.«

»Nun, dem Publikum ist dergleichen nicht aufgefallen. Und ich werde mir gern Ihre nächste Vorstellung ansehen.«

»Wirklich?

»Sehe ich aus, als würde ich scherzen?«

Die Sängerin lächelte und sagte »Schön!«, dabei zog sie das Tuch über ihren Schultern zurecht. »Ich würde mich sehr freuen, wenn wir beim nächsten Mal über angenehmere Dinge sprechen könnten.«

Damit endete der fröhliche Teil des Gespräches wohl. Gontard hätte lieber noch ein paar Belanglosigkeiten ausgetauscht.

»Ich habe etwas, das mir schon den ganzen Tag auf der Seele brennt, Herr Oberst-Lieutenant. Ich muss Ihnen das unbedingt berichten.«

Gontard hätte am liebsten gleich neugierig nachgefragt, aber er wollte die Dame nicht drängen. Also schwieg er einfach.

»Es ist wegen Cornelius ...«

Das überraschte Gontard nicht. Deshalb nickte er Martha von Traunstein zu.

»Also, er hatte schon lange davon gesprochen ... eigentlich schon seit dem März '48.« Sie spielte mit ihren Locken. »Er wollte weg von hier.«

Viele wollten weg, das hörte Gontard immer wieder. Es schien ihm, als stehe halb Berlin schon mit einem Bein auf dem Bahnsteig nach sonst wohin. Und seinem Eindruck nach handelte es sich um die bessere Hälfte.

»Ich habe das nie ernst genommen«, fuhr die Sängerin fort, »denn Cornelius war nicht gerade ein Draufgänger. Wenn Sie wissen, was ich meine. Aber jetzt sollte alles ganz schnell gehen. Er wollte in der kommenden Woche los. Sein Ziel war Amerika. Können Sie sich das vorstellen? Gleich mit dem Schiff nach Amerika!« Martha vom Traunstein zog bei der Wiederholung jede Silbe des Wortes in die Länge, so als wolle sie Puchs Reise dadurch noch größer erscheinen lassen.

»Amerika.« Gontard merkte, dass er beinahe so langsam sprach wie die Sängerin. »So eine Schiffsfahrt kostet viel Geld. Das kann sich ein Privat-Secretär sicher nicht ohne weiteres leisten.«

»Er hat mir erzählt, dass er an diesem Wochenende Geld bekommen würde. Genug, um ein neues Leben anzufangen.«

»Woher?«

»Das hat er nicht gesagt.«

Gontard versuchte, in den Augen der Sängerin zu lesen, ob sie etwas verschwieg. Sie schlug die Augen auf, zog eine Locke über ihrem Decolleté lang und seufzte.

»Überlegen Sie bitte, meine Dame! Könnte das Geld ein Motiv für die schreckliche Tat gewesen sein?«

»Ich weiß es wirklich nicht, mein lieber Herr Oberst-Lieutenant. Er hat mir nur erzählt, dass er eine größere Summe erwarte.«

Gontard überlegte. Log Madame? Vermutlich nicht. Er hatte das Gefühl, etwas anderes zu übersehen. Er fragte: »Warum hat Puch Ihnen das eigentlich erzählt?«

»Er hat mich gefragt, ob ich mit ihm gehe.«

»Oh.« Gontard dachte an ihre Begegnung am Vortag. Da hatte Martha von Traunstein behauptet, ihre Affäre mit Puch sei längst vorüber und der habe sich mit der Situation arrangiert. »Und was haben Sie geantwortet?«

»Herr Oberst-Lieutenant!« Martha von Traunstein schaute, als habe er einen schlechten Scherz gemacht. »Ich habe selbstverständlich nicht den geringsten Gedanken daran verschwendet, Berlin zu verlassen. Und mit Cornelius schon gar nicht. Sie haben mich gerade auf der Bühne gesehen. Das gebe ich doch nicht auf!«

Tagebucheintrag No. 3, 24. August 1850
Die Menschen haben keine Kultur mehr. Heute in der Oper: Da wird dieses Stück von Mozart gegeben. Nun war der Mann – bei allen Verdiensten, die er sich für die moderne Musik womöglich erworben hat – zweifellos ein ordinärer Geselle. So nimmt es nicht wunder, dass seine Musik den Pöbel anzieht.
Nicht einmal mehr die teuren Plätze sind sicher vor dem Pack. Und so sitze ich heute neben zwei gar schrecklichen Eheleuten. Sie seufzt während der gesamten Vorstellung, wie schön es doch in der Oper sei, wie schön doch die Musik klänge. Mit jedem Wort wabert das Unwissen, die Dummheit aus dem Maul des Weibes. Wenn ich so eine zu Hause hätte, würde ich gleich das nächste Mal zur Waffe greifen.
Und der Kerl ist sich nicht zu blöde, mitten in der Vorstellung etwas zu rufen. So etwas gehört in den Zoo. Da kann er den ganzen Tag herumbrüllen und ist unter seinesgleichen. Dieses Volk scheint mir in Bälde auch die Hofoper fest in seiner Hand zu haben. Der infame Kerl neben mir ist nicht allein mit dem Gebrülle. Insbesondere nach dem Finale des zweiten Aktes brechen bei den Barbaren alle Dämme. Die johlen, als ginge da oben auf der Bühne gerade eine Circus-Vorstellung zu Ende, als stünden da oben Ackergäule und Clowns und nicht die wundervolle Leopoldine Tuczek. Gut, auch Martha war eine Augenweide. Martha … Nein, ich will nicht schon wieder an diesen Wicht denken und daran, wie er in den Kanal plumpste.
Das ist eine Nebensächlichkeit, denn vor meinen Augen geht mein schönes Berlin vor die Hunde. Vor zwei Jahren sah es für kurze Zeit so aus, als dürften die Menschen ihren Geist benutzen. Und nun? Die mit dem Geist sind entweder aus dem Land gegangen, oder sie verbergen denselben tunlichst. Es ist ein Jammer. Nicht einmal mehr im Caféhaus gibt es anregende Gespräche. Alle belauern sich, misstrauen sich, alle wittern überall

die Geheime Polizei, alle schauen sich vor jedem Wort über die Schulter.
Doch das ist noch nicht das Schlimmste. Der eigene Kopf ist das Problem. Wir unterdrücken bestimmte Gedanken bereits, wenn sie sich andeuten. Da muss gar niemand auf uns aufpassen, das erledigen wir selbst am allerbesten.
Ich ahne, wozu das führen wird. Der nächste Kampf ist nicht der zwischen der Freiheit und der Reaktion, sondern der zwischen dem Pöbel und der Macht. Die Aufwiegler haben das Pack längst als Fußvolk, als willige Vollstreckermasse ausgemacht und versuchen es in Stellung zu bringen. Da muss ich nur die Pamphlete von diesem Marx lesen. »Ein Gespenst geht um.« Dass ich nicht lache!
Diese Gedanken tun mir nicht gut, und je mehr Wein ich trinke, desto schwerer fällt es mir, auch nur das kleinste Krümchen Hoffnung zu entdecken. Ich bin müde. Vielleicht liegt es nur daran, dass die Woche vorbei ist. Die Schreibstube, die Stadt, der Mord … und nun noch die Oper. Möglicherweise muss ich über alles noch einmal schlafen.
Obschon, dieses eigentümliche Zwielicht, diese kaum auszumachende Grenze zwischen Tag und dem Dämmern in der Traumwelt, diese Gleichzeitigkeit, dieser schmale Grat – alles scheint mir zu entschwinden, und dabei sehe ich das Elend so deutlich wie selten. Ich muss mehr trinken. Dann wird alles noch verschwommener und klarer zugleich.
Soll die Welt doch untergehen! Ob die Proleten brüllen oder nicht, ob der Galan hernach in der Künstlergarderobe verschwindet oder nicht.
Sicher hat dieser Gontard mit der guten Martha über den Toten gesprochen, doch im Augenblick ficht mich das nicht an. Im Blick werde ich den Herrn Oberst-Lieutenant aber ab morgen behalten.

Vier

Sonntag, 25. August 1850

Henriette und Luise tippelten vorweg, und Ferdinand machte keine Anstalten aufzuschließen. Gontard blieb bei seinem Sohn, der Junge war ihm als Gesprächspartner zurzeit lieber als seine Frau.

Sie liefen durch den Thiergarten zu den Zelten. Von Charlottenburg zogen graue Wolken herüber. Gontard fragte sich, ob der Sommer für dieses Jahr schon seinen Abschied nahm. Auf der einen Seite schwitzte er zu dieser Jahreszeit in der Uniform Seiner Majestät häufig gewaltig, andererseits war ihm das lieber, als zu frieren.

»Vater, können wir noch einmal über diese Sängerin reden?«, fragte Ferdinand leise.

Gontard verspürte wenig Lust, seine Wetterbeobachtungen abzubrechen, aber der Junge guckte wie ein Galan auf dem Weg zum Duell. Diesen Blick hatte er bei Ferdinand noch nie gesehen. Wurde der Junge erwachsen? Und wenn ja, warum schaute er dann gleich Frauen hinterher, die seine Mutter hätten sein können? Gontard hob den Kopf und blickte vor zu Henriette. Sie trug ein weites Kleid, ein Tuch über der Schulter und einen Sommerhut. Von hinten war ihr Alter nicht zu erkennen, aber sie mochte ein paar Jahre älter sein als Martha von Traunstein. Dennoch, der Bengel zählte gerade sechzehn Jahre! Er fragte: »Was willst du denn wissen, mein Sohn?«

»Darf ich dich ganz offen etwas fragen?«

»Natürlich, Ferdinand.«

Ferdinand schlenderte den Parkweg immer langsamer entlang. Henriette und Luise gewannen Abstand. Der Junge schaute nach vorn und wandte sich nach kurzem Zögern wieder Gontard zu. »Wie lernt man eine solche Dame kennen? Ich meine, wie spricht man sie an?«

Was sollte Gontard darauf antworten? Die einzige ehrliche Antwort, die ihm einfiel, lautete: Lass es lieber bleiben! Nur konnte er so eine abweisende Reaktion kaum beim ersten Gespräch zeigen, das sein Sohn »unter Männern« mit ihm führen wollte. Er musste von Martha ablenken und über Frauen im Allgemeinen reden. Gontard antwortete: »Nun, mein Sohn, einer Dame macht man am besten den Hof, indem man sehr umsichtig agiert. Die Dame muss deine Aufmerksamkeit bemerken, sie darf dich aber nicht für einen liebestollen Trottel halten. Sie will erobert werden, aber nicht von einem Bettler.«

Was redete er da? Gontard kam sich vor wie eine Kindermamsell, die ihrer Bagage Lügenmärchen auftischte. Obschon es sich bei seinem Rat genau genommen um die Wahrheit handelte – nur eben um eine Binsenweisheit, mit der niemand etwas anfangen konnte. Er dachte kurz an die Frauen in *seinem* Leben. Henriette und die Geliebten ... Stets war der Zufall der Kuppler gewesen. Nur wollte er sich nicht Ferdinands Enttäuschung vorstellen, wenn er ihm eröffnete, dass es in Liebesangelegenheiten nichts und niemanden gab, der ihm helfen konnte. Gontard sah zu seinem Sohn.

Ferdinand nickte. »Ich hatte mir schon gedacht, dass so etwas kompliziert ist.«

»Ach Ferdinand, du bist ein wohlgeratener junger

Mann. Du wirst die Frauenzimmer der Residenzstadt im Sturm erobern.« Gontard stupste Ferdinand mit der Schulter an.

Der Junge entgegnete im Ton eines Leichenpredigers: »Leider sind die Mädchen in meinem Alter so fürchterlich albern. Es fällt mir sehr schwer, Ihnen nicht mit Hochmut zu begegnen.«

»Auch diese Mädchen werden bald Frauen sein.«

Ferdinand seufzte. »Aber dieses Gefühl ... Als Madame von Traunstein nach dir gefragt hat, da schenkte sie mir ein Lächeln ... so eines habe ich noch nicht erlebt. Noch nie.«

Sie hatte keine fünf Minuten gebraucht, um dem Jungen den Kopf zu verdrehen. Gontard verstand seinen Sohn, Martha von Traunstein kannte alle Kniffe. Vielleicht war es gar nicht so schlecht, wenn der Junge eine kleine Enttäuschung mit der Sängerin erlebte. Es würde wohl nicht die letzte in seinem Leben bleiben, und Martha achtete hoffentlich darauf, dass sie es mit der Koketterie nicht übertrieb.

»Sie hat mich so angesehen wie einen ... Mann.«

»Daran wirst du dich gewöhnen«, sagte Gontard und beschloss, bei nächster Gelegenheit mit der Sängerin ein Wort darüber zu wechseln.

»Darf ich noch etwas fragen, Vater?«

»Selbstverständlich.« Gontard beschleunigte seinen Schritt etwas, sie hatten Henriette und Luise bereits aus dem Blick verloren. Waren die beiden in einen Seitenweg gebogen?

»Wirst du Madame von Traunstein öfters sehen, Vater?«

»Das halte ich durchaus für möglich.«

»Hat sie etwas mit dem Mordfall zu tun?« Ferdinand schaute weiterhin mit dieser ernsthaften Miene, als hänge von der Antwort auf die Frage sein gesamtes weiteres Leben ab. »Wie ich hörte, stand das Mordopfer in Diensten der Familie Traunstein. Ist das wahr, Vater?«

Wie sollte er dem Jungen sagen, dass er bitte seine Nase aus den Geschäften der Erwachsenen halten möge? Sicher, Ferdinand stand kurz davor, sein Studium aufzunehmen, und war ein verständiger Kerl, aber Mordfälle waren doch noch etwas anderes. Gontard sagte: »Das mag sein, mein Sohn. Über meine Mordermittlungen darf ich nicht sprechen. Wo hast du das denn gehört?«

»Das erzählt man sich so«, druckste Ferdinand herum.

»Wer erzählt das?«

Ferdinand senkte den Blick.

Dennoch sah Gontard einen Hauch von einem Grinsen über das Gesicht seines Sohnes huschen. »Quappe!«, rief er. »Wenn ich den Bengel erwische, ziehe ich ihm die Ohren lang!«

Der Pferdeomnibus war bis auf den letzten Platz gefüllt. Paul Quappe saß eingezwängt in einer Ecke. Neben ihm thronte ein Mann, an dem alles zu groß geraten war. Seine Pranken hätten eine solide Mistgabel ersetzen können. Der Riese quetschte Quappe bei jeder Kurve in die Ecke. Schon nach ein paar Minuten schmerzte die Schulter. Obwohl, der Arsch tat auf der harten Pritsche mehr weh. Aber das war immer noch besser, als zu laufen. Und wie sollte er sonst zu Tante Irma kommen? Ihre Geburtstagsfeier mit der leckeren Torte wollte er sich auf keinen Fall entgehen lassen.

Sie verließen die Residenzstadt, und das Gefährt hüpfte über die Piste. Bis hinaus nach Treptow würde das nicht besser werden. Vielleicht wurde die Straße befestigt, wenn der Kanal schiffbar war, hoffte Quappe. Die Schiffe sollten schließlich Baumaterialen herbeischaffen. Und Schienen wurden auch überall verlegt. Im nächsten Jahr konnte er vielleicht schon bequemer anreisen.

Für den Moment half diese Aussicht seinem Hintern allerdings nicht. Quappe krallte sich am Fenster fest und erhob sich so weit, dass er die Sitzfläche nicht mehr berührte. Das tat gut. Bis zur nächsten Kurve. Dann drückte der Riese ihn wieder in die Ecke und auf die Pritsche zurück. Der Mann rief ein »'tschuljen Sie bitte, mein Herr!« herüber. Nur Augenblicke später malträtierte er Quappe erneut.

Der Herr Oberst-Lieutenant würde jetzt bestimmt etwas über die Schwerkraft erzählen, dachte Quappe. Helfen würde die Wissenschaft wie üblich nicht. Aber die feinen Herren mussten immer das Gefühl haben, alles zu verstehen. Ihm blieb nur eines: aushalten bis zur Station in Treptow und hoffen, dass der Riese ihm bis dahin keine Rippe brach.

Rums! Erneut quetschte der Kerl ihn in die Ecke. Vielleicht sollte er doch schon eine Station eher aussteigen, dachte Quappe. Die Lohmühleninsel konnte nur noch ein paar Schlaglöcher entfernt sein. Dort floss die Spree durch die Oberschleuse in den neuen Landwehrkanal, und es blieben keine zwanzig Minuten Fußweg bis zu Tante Irma. Also rief Quappe dem Omnibusführer sein Begehr zu.

Tatsächlich stoppte das Gefährt wenige Augenblicke später. Der Fahrer maulte, der Ausstieg sei hurtig zu erledigen. Also sprang Quappe von der Pritsche und hastete gen Ausgang. Bloß nicht weiter in der Ecke kauern müssen! Er stolperte über die Beine eines Großmütterchens. Die Alte war so klein, dass er sie glatt übersehen hatte. Dafür zeterte sie nun so laut wie ein Marktschreier. Quappe murmelte eine Entschuldigung und zwängte sich zur Tür.

Endlich hatte er wieder Platz! Quappe streckte sich am Straßenrand und sah zu, wie der Omnibusführer seine Gäule antrieb. Der Wagen verschwand in einer Staubwolke. Quappe schaute ihm noch eine Weile nach und dachte, dass Berlin eine tolle Stadt wäre, wenn es in ihr nur nicht so viele Menschen gäbe. Hier draußen war er allein. Na ja, zumindest beinahe allein. Vorn am Zufluss der Spree in den Kanal redeten zwei Männer aufeinander ein.

Quappe blieb stehen. Den einen kannte er doch! Der Mann trug Zylinder und einen schwarzen Anzug. Die Kleidung sah genauso dezent aus, wie es sich für einen Mann im gesetzten Alter gehörte. Wo bloß hatte er den Mann schon einmal gesehen? Es konnte nur ein paar Tage her sein ... Der andere war ein kräftiger Kerl mit Bart. Den kannte Quappe nicht, da war er sicher. Dennoch packte ihn die Neugier. Zu gern hätte er gewusst, worüber die beiden zu debattieren hatten. Sie fuchtelten mit den Armen, als würden sie Fliegen fangen, und führten sicher kein Gespräch über das Wetter. Bis jetzt hatten sie ihn vermutlich gar nicht wahrgenommen.

Quappe schlich los. Aber wenn die beiden nun herüberschauten, fiel er erst recht auf. Er musste sich normal bewegen. Da vorn war ein Baum. Von dort blieben noch zwanzig Meter bis zu den beiden Herren. Ob er sie da belauschen konnte?

Mit ein paar Sätzen sprang Quappe hinter den Baum. Hier hörte er, dass die Männer redeten, allerdings konnte er kein einzelnes Wort ausmachen – nicht ein einziges. Oder doch? Sprachen die beiden über eine »Leiche« oder eine »Speiche«, eine »Eiche«, eine »Weiche«? So wurde das nichts. Er musste näher heran. Eigentlich müsste er nur hinunter zur Böschung gelangen und dann hinter den Sträuchern bis zur Schleuse schleichen. Er hastete durchs Gras. Die beiden Männer waren derart in ihr Gespräch vertieft, dass sie nicht in seine Richtung schauten. Quappe kämpfte sich durch die Sträucher und erreichte die Böschung.

Zwischen Gestrüpp und Wasser blieb gerade Platz für seine Stiefel. Vorsichtig schritt er gen Schleuse – gebückt, denn die Sträucher reichten ihm allenfalls bis zur Hüfte. Doch er kam gut voran. Die Worte wurden deutlicher. Er verstand das Wort »Schuld«. Die beiden redeten bestimmt über den Mord. Quappe wurde aufgeregt. Er stakste schneller – und trat auf einen Erdklumpen, rutschte aus ... Platsch! Schon saß er mit dem Hosenboden im Wasser.

Als Quappe sich wieder aufgerappelt hatte, sah er, dass die beiden Männer herüberblickten.

»Was machen Sie denn da unten?«, rief der Bärtige.

»Ick ... ähm ... ick ... musste pinkeln.«

»Zieht man dazu nicht die Hose runter?« Die Stimme des Bärtigen ließ offen, ob er spottete oder schimpfte.

»Das ist doch der Bursche von dem Gontard«, mischte sich der Alte ein. »Wie kommen Sie denn hierher?«

»Tante Irma. Die wohnt hia. Ick meene, da hintn, in Treptow«, stammelte Quappe. Jetzt erkannte er den Alten. Das war dieser Richtenau, den er bei Lenné gesehen hatte.

»Tante Irma, so so ...«, grummelte der Bärtige.

»Wenn icks doch sache! Ick schwör.«

»Was meinen Sie, Herr Häußler, müssen wir dem

Oberst-Lieutenant Meldung erstatten, dass sein Knecht hier herumlungert?«

Der Bärtige blickte finster drein und sagte nichts.

Die Gartentische vor den Zelten waren bis zum letzten Platz besetzt. Die Gesellschaft der Stadt pilgerte an den warmen Wochenenden in Scharen zu den Wirtschaften inmitten des Thiergartens. Gontard war froh, dass er für seine Familie einen Tisch am Rande der Gartenschenke ergattert hatte. Hier konnten sie das Essen und die Natur genießen.

Luise quasselte in einem fort. Da Henriette antwortete, hörte Gontard nicht hin. Sie redeten über die neueste Mode und solche Frauendinge. Er hielt sich an sein Bier, zumal auch Ferdinand gerade in Gedanken versunken durch die Gegend schaute. Der Junge sah aus, als würde er die Probleme seines gesamten Lebens an diesem Sonntagmittag wälzen. Für einen Augenblick dachte Gontard an seine eigene Jugend. Bei jedem Hindernis, bei jedem Konflikt schien es gleich um die Existenz zu gehen. Da bot sein jetziges Alter deutliche Vorteile. Als erwachsener Mann konnte er mit dem aufreizenden Verhalten einer Opernsängerin viel gelassener umgehen. Er musste nichts beweisen und wusste, dass das Leben immer weiter ging.

»Ich wünsche einen guten Tag, die Herrschaften!« Die ältere Dame musste gerade an den Tisch getreten sein. Sie stand in der Sonne und warf einen Schatten bis auf Gontards Gesicht. Daher dauerte es einen Moment, bis er Bettina von Arnim erkannte.

»Was für eine schöne Überraschung!«, flötete Henriette.

Gontard stand auf, begrüßte die Arnim und bot ihr

einen Platz an. »Setzen Sie sich doch einen Augenblick zu uns, meine Dame!«

Die Arnim zögerte.

»Ach bitte! Sie würden uns eine große Freude bereiten«, fügte Henriette hinzu.

»Also gut, ein paar Minuten habe ich Zeit.« Bettina von Armin wohnte nur wenige Häuser entfernt und kannte hier buchstäblich jeden Grashalm. So reichte ein Handzeichen, und sie bekam eine Tasse Kaffee gebracht. »Nun, meine Liebe, werden wir uns heute Abend im Salon sehen?«, fragte sie, an Henriette gewandt. »Gottfried Keller wird seine Gedichte vortragen.«

»Der Termin ist fest vorgemerkt. Es wird mir wie stets eine Freude sein«, antwortete Henriette.

Gontard beobachtete die abendlichen Aktivitäten seiner Frau mit einer gewissen Sorge. Dabei beunruhigte ihn weniger, dass in diesen Salons immer wieder liberale Reden geschwungen wurden, denn in dieser Frage agierten die Damen in den Salons zumeist in dem Rahmen, der den Wiesenburg-Schergen keine Angriffsfläche bot. Es war die Tatsache, dass seine Frau des Abends allein in der Residenzstadt unterwegs war, die Gontard Unwohlsein bereitete. Henriette legte sonst so viel Wert auf Akkuratesse. Sie schlug auch nicht derart über die Stränge wie Mathilde Franziska Anneke, die bei den Reichsverfassungskämpfen in der Pfalz als Flintenweib bekannt geworden und nun mit ihrem Mann auf der Flucht in Amerika gelandet war. Und dennoch ...

»Das ist schön«, antwortete die Arnim und wandte sich zu Gontard. »Und Sie, mein Herr, sind wieder einmal mit Mordermittlungen beschäftigt, wie man hört.«

Gontard nickte.

»Ich kannte Herrn Puch gut. Er verfasste vorzügliche Reime. Es ist ein Jammer, dass es immer die Falschen viel zu früh trifft.«

»War er mit seinen Werken erfolgreich?«, fragte Gontard.

»Selbstverständlich nicht. Er hat jeden Pfennig von den Traunsteins gebraucht. Wenn er für einen Text überhaupt einen Verleger gefunden hat, dann für beleidigend geringe Honorare.« Bettina von Arnim strich sich durch die Locken, die bis auf wenige graue Strähnen immer noch pechschwarz waren. »Fast bin ich geneigt zu sagen, die Menschen goutieren keine ernsthafte Literatur. Schauerromane, Räuberromane, Liebesromane – mit solcher Kritzelei gibt es etwas zu verdienen, aber nicht mit der schönen Kunst.«

Gontard lächelte, auch er ermittelte in seinen Criminalfällen gänzlich ohne Aussicht auf ein Einkommen. Vielleicht sollte er sie niederschreiben, schauerlich wurde es oft genug, und Räuber traf er auch immer wieder. Wie er von seinem alten liberalen Mitstreiter Willibald Alexis erfahren hatte, wurde dessen Pitaval mit Criminalfällen gern gekauft. Aber zurück zum Thema! Er fragte: »Dann wird die größere Geldsumme, die Herr Puch erwartet hat, wohl nicht von seiner Schreibkunst kommen?«

»Nein, das halte ich für ausgeschlossen.«

»Können Sie sich vorstellen, wer dem guten Mann ein kleines Vermögen angedeihen lassen wollte?«

Bettina von Arnim schüttelte den Kopf. »Nein, da fehlt mir jede Vorstellung.« Sie zuckte mit den Schultern. »Vielleicht fragen Sie bei Martha von Traunstein nach. Man erzählt sich, sie habe über alle Angelegenheiten des Herrn Puch bestens Bescheid gewusst.«

Ein schrilles Geräusch ließ Gontard zusammenzucken. Henriette hatte offenbar ihre Kaffeetasse mit zu viel Schwung auf die Untertasse geschmettert. Bettina von Arnim hob die Augenbraue.

Ein Hauch von Rot huschte über Henriettes Gesicht. »Entschuldigen Sie, liebe Frau von Arnim. Es ist nur …« Sie stammelte wie vor einem Tribunal. »Für meinen Geschmack hat mein lieber Mann genug recherchiert bei dieser … Sängerin.« Das letzte Wort betonte Henriette so, das »Dirne« auch nicht abfälliger geklungen hätte.

Nun richteten sich alle Augen auf Gontard. Er kam sich vor wie auf der Anklagebank. Nur der Blick von Ferdinand hatte nichts Vorwurfsvolles. Der Sohn schaute ihn an wie einen Fremden.

Immerhin hatte Gontard seine Ruhe. Ferdinand zog es vor, während des Rückwegs mit Henriette und Luise über seine Abenteuer in der Schule zu sprechen. Gontard trottete neben seiner Familie her. An diesem Nachmittag waren die Temperaturen im Thiergarten erträglich. Der Himmel hatte sich zugezogen. Vermutlich mussten die Berliner sich in Bälde auf den Herbst einstellen, es roch schon nach Pilzen.

Die Passanten im Thiergarten hingegen sahen aus, als wollten sie den Sommer mit der Gewalt ihrer Kleider festhalten – Sommerhüte, leichte Gehröcke, Buben in kurzen Hosen, wohin er blickte. Die Kinder wirbelten durch den Park, als hätten sie sich die ganze Woche nicht bewegen dürfen. Gontard selbst freute sich auf das Bett in der Dorotheenstraße. Ein Mittagsschläfchen nach der ganzen frischen Luft und dem Essen vor den Zelten würde ihm guttun. Nur noch ein paar hundert Meter, und er konnte für ein Stündchen den Schlaf der Gerechten genießen. Seine Familie hatte schließlich keinen Grund für Vorwürfe. Er verhielt sich völlig korrekt, seine beiden Gespräche mit Martha von Traunstein waren notwendiger Teil seiner Ermittlungen.

Ein Reiter nahte im leichten Trab, Gontard hörte die Hufe hinter sich. Er trat an den Wegesrand, Henriette und die Kinder ebenso. Der Reiter stoppte neben den Gontards und stieg ab. Der Gaul schnaubte, der Mann zog die Zügel straffer und hielt das Pferd stille. Dann nahm er den Zylinder ab. Es handelte sich um Herrmann von Traunstein.

»Ich bitte, die Störung zu entschuldigen.« Der alte Herr deutete mit dem Kopf eine Verbeugung an und wandte sich an Henriette. »Ich müsste Ihren Mann für einige Minuten in Beschlag nehmen. Sie werden das verzeihen.«

Henriette warf ihrem Mann einen Blick zu, der ihm wohl vorhalten sollte: Der Sonntag gehört der Familie, aber du kümmerst dich um Geschäfte! Gontard kam sich erneut ungerecht behandelt vor, die drei hatten bis soeben ohnehin nicht mit ihm gesprochen. Und dafür, dass der Alte mit ihm reden wollte, konnte er auch nichts. Henriette winkte den Kindern zu und ging mit ihnen los.

»Bitte verzeihen Sie die Störung Ihrer Sonntagsruhe, aber ich habe Sie vor den Zelten sitzen sehen und hielt den Heimweg für die passende Gelegenheit.« Herrmann von Traunstein setzte den Zylinder wieder auf. Dann zog er an den Zügeln und schlenderte langsam los.

Gontard spazierte neben dem Alten her und sagte: »Das ist in Ordnung. Der Mordfall geht mir ohnehin nicht aus dem Kopf. Deswegen wollen Sie mich doch sprechen, oder?«

»Nun, ich denke, nicht direkt.« Traunstein zog den Hut in die Stirn. »Aber es hat etwas mit Herrn Puch zu tun.«

»Haben Sie neue Informationen über das Mordopfer für mich?«

»Ich fürchte, nein.« Der Alte blickte Gontard nun fest an. »Ich muss leider davon ausgehen, dass Sie von der Liaison meiner Frau mit Herrn Puch schon erfahren haben.«

»Davon habe ich tatsächlich gehört.«

»Lassen Sie mich ein paar Dinge klarstellen.« Herrmann von Traunstein blieb stehen. »Ich weiß, dass meine wunderbare Ehefrau ihre Freiheiten braucht, und ich gönne ihr sie von ganzem Herzen. Sehen Sie, das beginnt damit, dass ich ihr am Beginn unserer Ehe keine Kinder schenken konnte. Und inzwischen, nun ja ...« Traunstein tätschelte den Gaul am Hals, während er offenbar nach Worten suchte. »Ich kann schwer leugnen, dass in unsere Ehe eine gewisse Müdigkeit eingekehrt ist. Also lasse ich Martha machen, was sie will.«

»Das scheint mir sehr großherzig von Ihnen.« Gontard überlegte, ob er nicht zu spöttisch klang.

»Ach Herr Oberst-Lieutenant, ich will ganz offen sein. Es geht um ein gegenseitiges, wenngleich unausgesprochenes Arrangement, um Leben und Lebenlassen. Wenn so ein alter Ochse wie ich gelegentlich seine Bedürfnisse hat, bringt meine Frau auch nicht jedes Hausmädchen vor Eifersucht um.« Traunstein beugte sich näher an Gontard heran. »Verstehen Sie mich nicht falsch. Ich habe meine Frau gern um mich. Sie ist so eine kulturvolle junge Dame. Unser Haus ist ein Tor zur Welt, dank ihr. Wir haben uns eingerichtet und schätzen unser Leben, wie es ist.«

Gontard fragte sich, warum der Alte ihm das alles erzählte.

»Ein entscheidendes Element unseres Arrangements ist derzeit in Gefahr, Herr Oberst-Lieutenant, und ich will nicht leugnen, dass mich deshalb erhebliche Sorgen plagen.« Traunstein stand still vor seinem Pferd und schien sogar den Atem anzuhalten.

Gontard wartete gespannt.

»Nämlich Diskretion, Herr Oberst-Lieutenant. Diskretion ist unerlässlich, wenn alle Beteiligten in so einer Situation ihre Würde behalten wollen. Ich kann schwerlich als weiser alter Ehrenmann durch die Gesellschaft stolzieren und zugleich ein stadtbekannter gehörnter Ehemann sein. Und meine liebe Ehefrau möchte auch nicht als Dirne gelten.«

Gontard legte dem Alten die Hand auf die Schulter und sagte: »Das verstehe ich sehr gut, Herr von Traunstein. Allein, mir ist nicht klar, wie ich dabei helfen soll.«

»Mein lieber Herr Oberst-Lieutenant, das Gerücht über Marthas Verhältnis mit dem Mordopfer ist nun schon bis zu Ihnen gelangt. Wer weiß, wo es noch seine Kreise zieht. Ich versuche, seine weitere Verbreitung zu verhindern.« Traunstein zog am Zügel und trottete mit seinem Gaul wieder stadteinwärts. »Ich appelliere an Ihren Anstand – behalten Sie ihr Wissen für sich!«

»Darauf können Sie sich selbstverständlich verlassen.«

»Das ist gut. Ich weiß, dass Sie ein Mann von Ehre sind, Herr Oberst-Lieutenant. Es gibt durchaus Personen, bei denen ich da nicht so sicher bin. Für den einen oder anderen könnte das Konsequenzen haben.«

Drohte Traunstein ihm etwa? Gontard schaute zum Alten, der grinste ungefähr so blöd wie sein Gaul. Nein, von dem alten Herrn ließ Gontard sich nicht einschüchtern. Er fragte: »Noch etwas anderes, werter Herr Traunstein: Sie haben nicht etwa eine Vorstellung, woher die größere Geldsumme stammen könnte, die Herr Puch erwartete?«

»Er hatte Aussicht auf Geld? Das überrascht mich.« Aus Traunsteins Gesicht verschwand das Grinsen. »Nein, ich weiß nichts über eine etwaige Quelle.«

Gontard lief Unter den Linden in Richtung Schloss und sog die Abendluft ein. Im Haus in der Dorotheenstraße hatte derart dicke Luft geherrscht – da wirkte der Wind vom Thiergarten her gleich noch frischer. Gontard genoss den kleinen Spaziergang. Die Linden leuchteten in der Abendsonne.

Ein Ziel hatte er nicht, er lief einfach. Vielleicht konnte er im Stehely nachschauen, ob sein Freund Friedrich Kußmaul noch dort herumsaß. Doch ein Blick auf die Taschenuhr verriet Gontard, dass es bereits nach sieben war. Der Doktor weilte um diese Uhrzeit längst in seinem Heim. Also ließ sich Gontard weitertreiben zwischen den Passanten in Sonntagsgarderobe. Je weiter er spazierte, desto mehr Menschen traf er. Da schien etwas passiert zu sein. Wie Aufrührer sahen die Fußgänger nicht aus – lauter Bürgersleut im feinen Zwirn.

Nach ein paar Metern ahnte Gontard den Grund für den Menschenauflauf: Die Sonntagsvorstellung im Opernhaus war zu Ende. Vermutlich saß Martha von Traunstein gerade in ihrer Kammer, sammelte die Blumensträuße von ihren Verehrern ein und bereitete sich auf ihren Feierabend vor. Ob ein Galan bei ihr war?

Gontard war stehengeblieben. Er trat an die Seite des Platzes vor der Hofoper und beobachtete die Passanten auf dem Heimweg. Viele lächelten vor sich hin und schwiegen. In den Blicken lag dieses Versonnene, das nur eine gute Aufführung auszulösen vermochte. Die Gesichter zeigten eine Ruhe, die der Stadt ringsherum fremd war. Denn auch wenn viele der Opernbesucher ihren Heimweg ohne Worte absolvierten, herrschte beileibe keine Stille. Die Kutschen polterten übers Pflaster, Spazierstöcke klackten, die Blätter rauschten in den Lindenwipfeln, und unter den Gästen der Oper fand sich auch gemeines Volk, das seine Begeisterung anscheinend nur brüllend kundzutun in der Lage war. Bei allem Segen, den die neuen Eisenbahnen über Preußen und Berlin brachten: Das Landvolk, das zu den Sonntagsvorstellungen der Theaterhäuser nach Berlin pilgerte, gehörte nicht zu den Vorzügen der neuen Zeit. Immerhin verschwanden die Grobiane stets schnell wieder aus der Residenzstadt. Gontard konnte sehen, wie sich die Straße Unter den Linden leerte.

Er war unschlüssig. Sollte er weiterschlendern oder noch ein wenig hier verweilen? Oder wagte er, Martha in ihrer Garderobe aufzusuchen? Aber wenn er sie antraf, wie begründete er sein Auftauchen?

Gontard schlenderte langsam weiter. Nach wenigen Schritten rang er mit sich, ob er nicht doch zum Bühneneingang abbiegen sollte. Da ihm aber keine Ausrede für einen Besuch einfiel, bummelte er in Richtung der Freitreppe, die zum Haupteingang mit den Säulen führte. Der Platz vor der Oper hatte sich beinahe geleert. Inzwischen machten sich die ersten Nachtschwärmer im Schutz der Dämmerung auf den Weg in die Destillen und Tabagieren. Vielleicht kehrte auch er auf ein Bier in eine Wirtschaft ein, überlegte Gontard.

»Herr Offizier, sind Sie das?«

Gontard drehte sich um. Martha von Traunstein winkte ihm von der Ecke der Königlichen Hofoper zu.

»Was für ein wundervoller Zufall, Sie hier zu treffen!« Martha tänzelte über den Platz.

Gontard ging ihr entgegen, begrüßte sie mit einem Handkuss und fragte: »Wie war Ihre Vorstellung?«

»Wir haben *Ein Feldlager in Schlesien* gegeben. Viele Auswärtige sind eigens dafür angereist. Das ist für uns Künstler ein etwas ungewohntes Publikum.«

Gontard nickte und hoffte, dass Martha von Traunstein das Gespräch fortsetzte.

»Ich habe in der Oper nur eine kleine Rolle, eigentlich kaum der Rede wert.« Martha von Traunstein zog ihr Halstuch zurecht und klimperte mit den Augen. »Aber ich rede ja nur von mir! Ich möchte Ihnen nicht auf die Nerven fallen.«

»O nein, das tun Sie keineswegs!« Gontard bot der Dame den Arm. »Darf ich Sie vielleicht ein Stück auf Ihrem Heimweg begleiten?«

»Das ist eine vorzügliche Idee. Da spare ich doch glatt das Geld für eine Droschke und kann einen Abendspaziergang unter dem Schutz eines Offiziers Seiner Majestät genießen.«

Gontard hatte das Gefühl, Marthas Arm wärmte die Hälfte seines Körpers. Sie liefen die Linden hinunter – über die Friedrichstraße brauchten sie bis zum Traunstein'schen Heim im Thiergartenviertel fast eine halbe Stunde. Hinter den Häusern leuchtete der Horizont blutrot, die Stadt kam zur Ruhe, und Gontard genoss die ersten Schritte schweigend. Auch Martha sagte nichts.

Schließlich unterbrach Gontard die Stille. »Ich habe heute gegen Mittag Ihren Mann im Thiergarten getroffen.

Er war zu Pferd unterwegs.« Das Thema wollte er gleich zu Anfang besprechen, um den Weg danach unbeschwert fortsetzen zu können.

»Tatsächlich? Dann muss er noch einen Ausritt gemacht haben, bevor er auf das Gut in der Mark gefahren ist.« Martha schaute ihn keck an.

»Ihm schien sehr viel daran gelegen, dass ein gewisses Thema nicht an die Öffentlichkeit gerät.«

»Daran ist nicht nur ihm gelegen, sondern auch mir. Aber mir wäre nie im Leben eingefallen, ausgerechnet Sie darauf hinzuweisen, mein lieber Herr Offizier.« Martha nahm so viel Abstand von ihm, wie es mit untergehaktem Arm möglich war.

»Er scheint sehr besorgt zu sein.«

»Sind seine Bedenken begründet?«

»Was mich betrifft, selbstverständlich nicht.« Gontard merkte, dass er etwas zu laut sprach. Zum Glück waren die Nachtschwärmer ringsherum mit sich beschäftigt. Keiner schaute zu ihnen.

»Nun, dann vergessen wir den alten Herrmann doch für den Augenblick. Er ist so weit weg. Und er wird nicht vor morgen Abend wieder nach Berlin kommen.« Martha schmiegte sich an ihn und lehnte den Kopf an seine Schulter.

Tagebucheintrag No. 4, 25. August 1850

Es tut immer gut, aus Berlin herauszukommen. So gern ich in der Residenzstadt lebe, so ungern möchte ich die Ausflüge ins Umland missen. Hier geht das ganze Leben so viel langsamer. Es ist beinahe, als ob die Bauern Gewichte an die Zeiger ihrer Kirchturmuhren hängen würden, um in der Woche nicht so schnell arbeiten zu müssen und am Sonntag mehr Muße zu haben. Es ist erstaun-

lich, wie schnell die Menschen ihre innere Uhr umstellen. Wenn sie nach Berlin ziehen, dauert es höchstens ein paar Wochen, und sie hetzen durch die Residenzstadt wie junge Hunde.
Ich bin mit meiner Situation zufrieden. Soweit ich es überblicke, kommen weder der dumme Polizist noch der schlaue Herr Oberst-Lieutenant in meiner kleinen Mordsache voran. Zwar scharwenzeln die um mich herum, aber das ist mir recht. So behalte ich sie wenigstens im Auge. Bislang haben sie offenbar keine heiße Spur. Da scheine ich vieles richtig gemacht zu haben. Ja, ich weiß, niemand soll sich je mit dem begnügen, was ist. Obacht ist die Waffe des Überlegenen. Wer ruht, geht rückwärts. Und wer rückwärts geht, der stirbt. All das ist mir klar und meine Maxime. Doch kurz aufzuatmen muss erlaubt sein am Tag des Herrn.
Das Tagebuch ist eine großartige Sache. Das kann ich nach den paar Tagen schon sagen. Ich vergesse nichts Wichtiges mehr. All meine Gedanken sind schon beim Überfliegen der älteren Texte so gegenwärtig, als seien sie mir gerade erst durch den Kopf gegangen. Vor allem aber sehe ich, was mich nicht mehr bewegt. Mein Gewissen gibt Ruhe. Nur noch selten sehe ich den Mann im Traum hinterrücks zu Boden fallen. Ich wache nicht mehr schweißgebadet auf, falle nicht mehr am helllichten Tag in Dämmerschlaf, schrecke nicht mehr aus demselben auf. Wenn ich den ersten Eintrag in meinem Tagebuch lese, schnürt es mir das Herz zu. Und nun? Es hat nur drei Tage gedauert, und die bösen Geister sind vertrieben. Die Vernunft braucht nur genug Raum, um ihre Kraft zu entfalten. Die Ratio bezwingt die Angst. Genau, wie es die Aufklärung gelehrt hat.
Es ist ein gutes Gefühl, die Kontrolle wiedererlangt zu haben. Ein Gefühl, mit dem es sich gut schlafen lässt.

Fünf

Montag, 26. August 1850

Christian Philipp von Gontard betrat die Vereinigte Artillerie- und Ingenieurschule und atmete auf. Hier war es kühl und dunkel. Seine Augen brannten, der Kopf schmerzte, die Glieder waren schwer, als hätte er Blei gefrühstückt. Dabei hatte er überhaupt noch nichts gegessen und sowieso keinen Appetit.

Als er zu Henriette ins Ehebett gekrochen war, hatten schon erste Strahlen der Morgensonne durchs Fenster geschienen. Und nur wenig später hatte er ihr eine Nachricht geschrieben, er müsse dringend in die Schule, und sich schon wieder davongestohlen. Nur nicht reden müssen, nicht an diesem Morgen, nicht darüber, warum er so spät gekommen war – und woher.

Innerhalb weniger Stunden hatte Gontard Gefühle in ihrer ganzen Wucht erlebt: erst auf dem höchsten Gipfel und dann im tiefsten Tal. Gott, ein erwachsener Mann durfte sich nicht gehenlassen! Er hob die Schultern. Schon besser!

»Ah, der Oberst-Lieutenant ist schon im Hause. So früh, das lobe ich mir.« Schulleiter von Schnöden stand in der Tür seines Bureaus. Offenbar sah er Gontards entgeisterte Miene, denn er fügte an: »Ich hatte Schritte gehört und wollte nachsehen, wer schon so zeitig seinen Dienst antritt. Wenn Sie noch Zeit zur Einstimmung in die neue

Woche brauchen, mein lieber Herr Oberst-Lieutenant, dann kommen Sie doch später zu mir. Ich möchte mit Ihnen sprechen.«

»Nein, nein, Herr Generalmajor. Sie haben mich nur etwas überrascht.«

Der alte Direktor nickte gutmütig und sagte: »Ich habe auch nur eine kurze Frage. Es ist wegen des Kanals. Waren Sie mit Ihren Nachforschungen schon erfolgreich?«

»Gleich heute hoffe ich die ersten Ergebnisse der Laborarbeiten zu bekommen, Herr Generalmajor. Ein Gespräch mit Herrn Lenné ist bereits vereinbart.«

»Bitte leiten Sie Ihre Resultate unverzüglich an den Herrn Gartendirektor weiter!« Der Schulleiter zwirbelte an seinem Schnauzer herum. »Aber seien Sie behutsam! Ich habe gestern den Herrn Kriegsminister beim Ausritt getroffen. Man betrachtet die Vorfälle mit einer gewissen Sorge und möchte Seine Majestät nicht mit unnötigen Problemen behelligen müssen. Damit hat Ihre kleine Hilfestellung eine gewisse Brisanz bekommen.«

»Wir werden gute Nachrichten liefern. Und wenn wir auf Missstände stoßen, werden wir diplomatisch vorgehen, so dass eine schnelle Lösung möglich ist und keiner sein Gesicht verliert«, entgegnete Gontard.

»Ich sehe, Sie verstehen mich«, brummte von Schnöden zufrieden. »Im Übrigen scheinen Sie Ihre Studiosi ganz vorzüglich im Griff zu haben. Der junge Lieutenant von Heye ist zu dieser Morgenstunde auch schon im Labor tätig.«

»Oh!« Das überraschte Gontard, bei allem persönlichen Interesse, das Heye vorgetragen hatte. Eigentlich hatte Gontard gehofft, allein in der Schule zu sein. Und nun das. Doch wäre der Morgen in seinem Haus in der Dorotheenstraße ruhiger gewesen? Gontard dachte an Henriette ... Nein, hier war er besser aufgehoben, selbst wenn das Arbeit bedeutete.

Er schlug die Hacken zusammen und sagte: »Dann werde ich mich der Pflicht widmen, Herr Generalmajor.«

»Tun Sie das, mein Lieber!« Von Schnöden lachte. »Aber mit der gebotenen Ruhe. Und halten Sie mich bei Gelegenheit auf dem Laufenden!« Der Schulleiter verschwand in seinem Bureau und schloss die Tür.

Gontard trottete den Flur hinunter. Das Labor lag gleich die Treppe rauf. Es war besser, er ging sofort hin, ehe Heye ihn im Bureau belästigte. Wenigstens auf dem Weg ließ Gontard sich Zeit. Er schlenderte an der Galerie mit den verdienten Lehrkräften vorbei. Die Studenten nannten dieses Stück des Ganges despektierlich »Mumien-Louvre«. Das konnte er verstehen, denn auch wenn er über Tote nicht schlecht reden oder auch nur denken wollte: Hier hingen die Konterfeis einer Reihe besonders stupider ehemaliger Lehrkräfte. Das Bildnis von Oberst-Lieutenant Aemilius von Elster, genannt von Streyth, übertraf alle anderen. Obwohl der Maler es augenscheinlich gut gemeint hatte, guckte der alte Fettsack von dem Gemälde wie ein Ochse an der Tränke. Dem fehlten nur noch Hörner. Gontard dachte daran, wie er den Mord an dem Starrkopf aufgeklärt hatte. Wie lange war das her? Sechs Jahre mussten seitdem vergangen sein. Wie die Zeit verflog! Und wie es Frau von Streyth wohl ging? Eine reizende Dame, diese Melitta von Streyth: Alter Adel, junge Schönheit – diese Verbindung schien öfter aufzutreten. Und schon waren Gontards Gedanken wieder in der Gegenwart angelangt: bei Martha.

Er betrat das Labor und wünschte Lieutenant von Heye einen guten Morgen.

Der junge Offizier schreckte von den Papieren auf, die er neben dem Mikroskop ausgebreitet hatte. Er nahm Haltung an, als gelte es, den Befehl für ein Todeskommando entgegenzunehmen.

»Stehen Sie bequem, Herr Lieutenant!« Gontard passte auf, dass er nicht grinste. »Sie sind sehr fleißig, junger Mann. Das ist sogar der Schulleitung aufgefallen. Herzlichen Glückwunsch!«

Heye stützte die Hände auf den Tisch und hob die Augenbrauen.

»Können Sie mir schon etwas über die Untersuchungen der Proben vom Landwehrkanal sagen?«

»Es scheint alles in Ordnung zu sein.« Heye wies auf die Papiere auf dem Tisch. »Die Balken sind aus dem bestellten Eichenholz, und die Ziegel stammen, nach allem, was wir feststellen können, aus der Königlichen Ziegelei in Johannisthal, erstklassiges Material.«

Gontard überlegte und sagte eher zu sich selbst: »Wir haben also keinerlei Hinweise auf Pfusch mit billigem Baumaterial ...«

»Dafür gibt es in den Proben nicht den geringsten Anhaltspunkt.«

»Haben Sie die Pläne schon unter statischen Aspekten überprüft?«

»Ja.« Heye hob einen großen Bogen Papier. »Mir scheint das für die Ewigkeit geplant zu sein.«

Gontard betrachtete die Pläne. Es dauerte einen Augenblick, bis er die Details erkannte, aber dann hatte er keinen Zweifel. »Wir müssen an einer anderen Stelle ansetzen. Könnten Sie mir Ihre wichtigsten Ergebnisse innerhalb der nächsten zwei Stunden schriftlich zusammenfassen, Lieutenant von Heye?«

»Selbstverständlich, Herr Oberst-Lieutenant.« Heye nahm wieder seine militärische Haltung ein. »Darf ich Sie noch in einer anderen Sache sprechen?«

Gontard nickte. »Worum geht es?«

»Man hört, Sie haben Madame von Traunstein mehrfach in der Mordsache befragt. Halten Sie eine Verwicklung der Familie noch immer für möglich?«

Was »man« nicht alles hört, dachte Gontard – Berlin schien viele Ohren zu haben. Wer hatte ihn an den letzten beiden Abenden beobachtet? Es kamen alle Besucher der Königlichen Oper in Frage und etwaige Passanten, insgesamt Hunderte von Personen, vielleicht über tausend ... Er sagte: »Das hatten wir doch schon, Herr Lieutenant. Bis der Mörder gefunden ist, muss ich jeden Hinweis ernst nehmen.«

Heye stand regungslos, sein Blick war hart.

Ferdinand von Gontard lief so schnell, dass Paul Quappe kaum hinterherkam. Der Junge schien seine Lernaufgaben wieder einmal ohne Anstrengung bewältigt zu haben. Mehr noch, wenn Ferdinand seinen Griffel ablegte, schienen seine Beine erst richtig aufzuwachen. Und dann japste Quappe dem Jungen hinterher. Heute liefen sie Unter den Linden in Richtung der Oper. Das heißt, sie kämpften sich durch das Gedränge.

Ermitteln wollte der Junge, und erneut hatte Quappe sich überreden lassen. Das würde ein böses Ende nehmen. Er verrate dem Herrn Vater kein Wort – das hatte der Junge geschworen. Quappe beschlich dennoch ein mulmiges Gefühl, als sie den Platz vor der Oper erreichten. Wenn sie etwas herausbekamen, gab es nur zwei Möglichkeiten: Entweder informierte er den Herrn Oberst-Lieutenant – dann bekam er Ärger mit ihm –, oder er hielt die Klappe. Wenn Herr von Gontard ihm dann trotzdem auf die Schliche kam, war das Donnerwetter bestimmt groß. Welchen Ausweg gab es aus dieser Zwickmühle? Schon als Quappe am Vormittag seine Begegnung mit Häußler und Richtenau gebeichtet hatte, sah ihn der Oberst-Lieutenant mit dieser Mischung aus Aufmerksamkeit und Zweifel an. Ohne Tante Irma wäre die Standpauke bestimmt schlimmer ausgefallen. So hatte der Herr ihm nur gesagt, dass keinerlei Informationen über den Mord an Ferdinand gelangen sollten. Dabei verriet er doch gar nichts. Der Junge schnüffelte überall herum, ganz von sich aus.

»Kommen Sie, Herr Quappe, wir laufen einmal um die Oper herum!« Der Junge brüllte, damit er im Lärm der Fuhrwerke, Kolporteure und zeternden Waschweiber zu hören war.

Quappe konnte nicht einmal mit dem Kopf schütteln, schon flitzte Ferdinand los. Quappe drängte sich dem Jungen nach über den Platz. In der Nähe der Hintereingänge ließ das Gewühl nach.

»Halt!«, zischte Ferdinand und blieb stehen.

Quappe reagiert zu spät und rempelte den Jungen an. »Jott verdammich ...«

»Psst!« Ferdinand schob ihn zur Seite.

Quappe sah den Grund für Ferdinands Aufregung und zog den Kopf ein. Da vorn standen Madame von Traunstein und dieser Kobold mit dem Bart. Wie kam der denn hierher? Der kräftige Kerl redete auf die Dame ein, als wolle er sie in Grund und Boden schimpfen. Der hatte doch schon am Vortag mit dem feinen Herren so wild debattiert. Ob der sich überhaupt normal unterhalten konnte? Quappe erinnerte sich sogleich an den bösen Blick, den der Mann ihm an der Oberschleuse zugeworfen hatte. Das fehlte noch, dass der ihn hier mit Ferdinand sah. Der würde das dem Herrn Oberst-Lieutenant stecken, und dann setzte es garantiert einen Satz Ohrfeigen oder noch Schlimmeres. Quappe verkroch sich hinter einem Mauervorsprung.

Ferdinand guckte um die Ecke und flüsterte: »Madame von Traunstein redet, als sei sie in Rage. Was kann da nur los sein?«

Madame schimpfte also auch. Der Kobold schien sich mit allen zu streiten.

»Ich würde zu gern wissen, worüber die beiden derart debattieren«, sagte Ferdinand. »Ich muss näher an sie heran.«

»Nein, Herr Ferdinand!«

»Aber warum denn nicht? Das ist ein öffentlicher Platz. Da können wir doch herumlaufen, wie wir wollen.«

Quappe seufzte. »Junga Herr, ick hab den Bärtijen erst jestern jesehen. Da hatta sich mit dem feinen Herrn Richtenau jestrittn. Janz bestimm akennt der mir. Und denn rennt er zum Herrn Oberst-Lieutenant und sacht dem, dass ick mit Ihnen hier rumschnüffle.« Quappe hielt den Jungen am Arm fest. »Und denn bekomm ick die Dresche.«

Ferdinand runzelte die Stirn. Er guckte zu Quappe und dann wieder raus auf den Platz. »Ich gehe alleine hin.«

»Aba Madamme kennt Ihnen doch ooch.«

Der Junge hielt kurz inne. Quappe ergriff erneut Ferdinands Arm. Vielleicht bekam er den jungen Herren doch noch zu Besinnung.

Ferdinand sagte: »Wer etwas wissen will, muss auch mal Mut haben.«

Bevor Quappe ein Wort entgegnen konnte, schüttelte der Junge Quappes Hand ab und lief los.

»Kommen Sie herein, Herr Oberst-Lieutenant! Der Herr Gartendirektor erwartet Sie in seiner Arbeitsstube.« Der Lakai drehte sich um und schritt ins Innere der Villa.

Gontard folgte dem Diener durch das Foyer. Die Einrichtung zeugte vom Geschmack des Gartendirektors. Von der Kommode bis zum Stockhalter passte alles zueinander. Auch als sie das Arbeitszimmer betraten, bestaunte Gontard die Akkuratesse der Anordnung. Ringsherum standen Regale mit ledergebundener Fachliteratur, an den Wänden hingen Lithographien, Daguerreotypien und Gemälde von Gartenlandschaften sowie Stadtansichten. Trotz der Fülle passte alles zueinander. Auf dem riesigen Secretär häuften sich Pläne und Schriften, dennoch gab der Schreibtisch ein Bild der Ordnung ab. Vermutlich gehörte Lenné zu den Menschen, die selbst ihre Strümpfe auf Kante stapelten. Das Mobiliar lenkte Gontard ab – von seinen Gedanken an Martha und den Gewissensbissen Henriette gegenüber.

»Pünktlich, wie es sich für einen preußischen Militär gehört. Ich heiße Sie herzlich willkommen, Herr Oberst-Lieutenant!« Lenné trat hinter dem Secretär hervor und kam Gontard entgegen. »Ich danke Ihnen sehr, dass Sie den Weg zu mir auf sich genommen haben. Nun hoffe ich, dass Sie auch gute Neuigkeiten mitbringen.«

»Es ist mir ein Ehre, Sie in Ihren privaten Arbeitsräumen besuchen zu dürfen, mein lieber Herr Gartendirektor. Und in der Tat haben meine Studenten die Untersuchungen ausgeführt. Über die Bewertung der Ergebnisse würde ich gern mit Ihnen sprechen.«

Lenné wies Gontard einen Platz am kleinen Tisch in der Ecke des Arbeitszimmers und hieß den Lakaien eine Kanne Tee zuzubereiten.

»Die verwendeten Baumaterialien haben unseren Analysen standgehalten«, sagte Gontard, nachdem er sich auf dem Baststuhl niedergelassen hatte. »Es handelt sich um erstklassige Baustoffe. Daran gibt es keinen Zweifel.«

»Das scheinen mir gute Nachrichten zu sein.«

»Auf den ersten Blick ist das sicher so. Nur stellt sich die Frage, warum die Böschung dennoch abgegangen ist.«

Der Diener brachte den Tee und schenkte zwei Tassen ein. Lenné nippte an der heißen Flüssigkeit und seufzte, als habe er gerade vom göttlichen Nektar gekostet.

»Herr Häußler macht mir einen grundsoliden Eindruck. Kann es dennoch sein, dass die Bauleute nachlässig gearbeitet haben?«, fragte Gontard.

»Sie sprechen da einen heiklen Punkt an, Herr Oberst-Lieutenant.« Lenné lehnte sich auf seinem Stuhl zurück. »Sie haben sicherlich von unseren Probleme mit den Arbeitskräften im Verlauf des Kanalbaus gehört.«

»Ich habe nur am Rande mitbekommen, dass erst nach den Märztagen '48 richtig Bewegung in die Arbeiten gekommen ist. Aber die genauen Zusammenhänge sind mir nicht geläufig, in jener Zeit ist so viel passiert.«

»Da haben sie allerdings recht.« Lenné stellte seine Teetasse auf das Tischchen und berichtete: »Nach den Märztagen entdeckte Seine Majestät für kurze Zeit seine soziale Ader.« Der Gartendirektor erzählte, wie Hunderte von Tagelöhnern praktisch von den Tumulten wegverpflichtet worden waren. Das gab den Arbeitern Lohn und Brot, aber auch das Gefühl von Stärke. Den üppigen Löhnen standen nicht in allen Fällen entsprechende Leistungen gegenüber. Über Monate nahm Lenné die Grabungen an allen Abschnitten so oft wie möglich persönlich in Augenschein und musste immer wieder Abweichungen von den Plänen feststellen. Nur unter großen Anstrengungen für die Verantwortlichen kamen die Arbeiten rasch voran. Im Jahr '49 änderte sich alles. Die Kanalarbeiten näherten sich dem Ende, und zugleich gewann der König die Macht über die Straße zurück. »Dadurch geschah etwas ziemlich Verrücktes«, fügte Lenné hinzu. »Während die Löhne sanken, verbesserte sich die Leistung.«

Gontard hörte die Worte und suchte nach Lennés Haltung zu den Vorgängen. Der Gartendirektor schien die Ereignisse hinzunehmen, wie sie kamen. Lenné verkehrte bekanntermaßen mit liberalen Persönlichkeiten, eigene politische Aussagen waren von ihm jedoch nicht zu hören. Allerdings verhielt er sich damit nicht anders als Gontard selbst. Der dachte an seine Zeit auf den Barrikaden. Dort hatte er als Totengräber verkleidet für die Revolution gekämpft – zum Glück, ohne entdeckt zu werden. Vermutlich war er für seine Mitmenschen politisch genauso schwer einzuordnen wie Lenné für ihn. Doch er blieb lieber beim Thema. »In welcher Bauphase wurde der fragliche Abschnitt bearbeitet?«

»Die Grabungen liegen schon eine Weile zurück. Allerdings haben wir die Verschalung erst kürzlich angebracht, und auch die Pflanzen am Ufer wurden erst in diesem Jahr gesteckt.«

Gontard führte seine Teetasse zum Mund. Lenné sollte diese Umstände ruhig selbst einordnen.

»Natürlich befestigt das Wurzelwerk der Pflanzen die

Böschung zusätzlich. Aber nach meinen Berechnungen hätten die Stützen das Ufer auch so halten müssen. Und wir hatten in den letzten Wochen kein Unwetter oder dergleichen.«

»Kann es sein, dass der Mord an Puch den Rutsch ausgelöst hat?«

Lenné rieb sich das Kinn. »Wenn nicht gerade eine Kompagnie aufmarschiert ist, um den armen Mann ins Wasser zu verbringen ...« Er legte seine Stirn in Falten und zögerte einen Augenblick, dann fuhr er fort: »Ich habe diesen Gedanken auch schon gehabt. Aber das Gras ist nicht zertrampelt. Es deutet nichts darauf hin, dass der arme Puch unter großem Menschengetümmel zu Tode gebracht wurde. Nein, das wird wohl nicht die Lösung sein.«

»Wo kann der Fehler dann liegen?«, fragte Gontard.

Lenné wies auf seinen Schreibtisch. »Ich gehe seit Tagen alle Pläne durch, und ich kann keine Hinweise finden. Das ist unerträglich.«

Paul Quappe stand an der Wand der Königlichen Hofoper hinter seinem Mauervorsprung und wagte kaum zu atmen. Ferdinand kam nicht wieder. Der Junge musste schon zehn Minuten da draußen auf dem Platz sein. Ob der Bärtige ihn gleich ergriffen hatte? Quappe kauerte sich noch enger an das Gemäuer. Wenn Ferdinand das Versteck verriet, half das auch nichts. Andererseits war der Junge immerhin der Sohn eines hohen Offiziers Seiner Majestät. Das schützte ihn bestimmt. Oder doch nicht?

Die Unsicherheit machte Quappe verrückt. Beinahe wünschte er sich, dass der Bärtige hinter dem Mauervorsprung auftauchte. Er tastete sich bis zur Ecke entlang.

Wenn er den Kopf nach vorn schob, konnte er den Platz überblicken. Zugleich war er für jedermann zu sehen ...

Quappe nahm all seinen Mut zusammen und guckte um die Ecke. Nichts. Die Madame und der Grobian waren verschwunden, Ferdinand ebenso. Hatte der Bärtige den Jungen entführt? Und wenn ja, wohin? Quappe trat auf den Platz und schaute zur Kirche, die hinter der Oper stand. Ein paar Passanten liefen durch den Schatten. Keine Spur von Ferdinand. Was sollte er nur tun? Quappe konnte unmöglich ohne den Jungen in die Dorotheenstraße zurückkehren. Hier ging es nicht mehr nur um Ohrfeigen. Quappe merkte, wie seine Aufregung wuchs. Sogar pinkeln musste er plötzlich, ganz dringend. Er hatte den Jungen zu finden, es gab keine andere Möglichkeit. Quappe lief los.

»Aber warten Sie doch, Herr Quappe!« Ferdinands Stimme kam von hinten.

Quappe dreht sich so schnell um, dass er beinahe stürzte.

»Fühlen Sie sich wohl, Herr Quappe?«

Am liebsten hätte er dem Bengel eine gelangt. Aber vor ihm stand der Sohn seines Herrn, also antwortete Quappe: »Mir jeht et ausjezeichnet. Ick frage mir nur, wo da junge Herr herkommn tut.«

»Ich bin um die Oper gelaufen.« Ferdinand klang, als verstehe er die Frage nicht recht. »Ich konnte schlechterdings nicht von den beiden Herrschaften weggehen und direkt in Ihr Versteck spazieren. Aber Sie glauben gar nicht, was mir passiert ist!«

»Nee?«

»Ich hab erst versucht, mich an die beiden heranzuschleichen. Aber es war schnell klar, dass mir das nicht gelingen würde. Also habe ich kurz überlegt, und dann kam mir der Einfall.«

»Wat denn für 'n Einfall?«

Ferdinand lachte. »Ich habe einfach so getan, als sei ich im Auftrag meines Vaters unterwegs.«

Das war die großartige Idee? Quappe spürte die heißen Wangen schon im Voraus.

»Ich tat so, als solle ich erfragen, in welchen Aufführungen Madame von Traunstein in den nächsten Tagen auftritt.«

So etwas stand doch in der Zeitung, dachte Quappe.

»Daher habe ich mich den beiden wie von ungefähr und vor allem recht unauffällig genähert.«

»Und? Konnte da junge Herr lauschen, bevor se ihm entdeckt ham?«

»Ja.« Ferdinand guckte verschwörerisch und machte eine Kunstpause. »Die beiden haben über Geld gestritten.«

»Üba Jeld? Dit müsste Madamme aba jenuch ham.«

»Sie haben sich über das Geld des Herrn Puch unterhalten. Der Mann mit dem Bart hat auf die arme Madame von Traustein eingeredet. Ich höre noch, wie er sagt: ›So viel Geld muss doch irgendwo herkommen!‹«

Richtig, Geld wuchs nicht auf Bäumen, dachte Quappe.

»Und wissen Sie, was die Dame entgegnete?«

Quappe schüttelte den Kopf.

»Sie sprach viel leiser als er, aber ich war schon nahe genug. Sie sagte dem Bärtigen, er solle doch mal bei seiner alten Clique nachfragen.«

Unter einer »Clique« konnte Quappe sich nichts vorstellen. Wollte er überhaupt wissen, in welchen Kreisen das Mordopfer und der Bärtige sich bewegt hatten? Und was sollte das für eine Woche werden, wenn sie schon am Montag mit solchen Rätseln aufwartete?

»Der Mann mit dem Bart war außer sich«, fuhr Ferdinand fort. »Er beschwor Madame von Traunstein, zu niemandem ein Wort zu sagen. Und dann rief er etwas, da wäre ich vor Schreck beinahe umgefallen. ›Dieser Offizier steckt ohnehin schon seine Nase überall hinein‹, sagte der Mann in ungehobeltem Ton.«

Das hatte gerade noch gefehlt! Der Kobold schimpfte über den Herrn Oberst-Lieutenant, und dann kam dessen Sohn des Weges. Quappe sagte resigniert: »Und denn ham die beiden Ihnen entdeckt ...«

»Nein, natürlich nicht. Ich habe mich ganz langsam genähert, und in einem angemessenen Abstand habe ich so getan, als hätte ich Madame von Traunstein gerade erblickt.«

Quappe glaubte nicht so recht an das gute Ende eines solchen Unterfangens.

»Madame von Traunstein hat mich sogleich erkannt«, fuhr Ferdinand fort. »Sie begrüßte mich herzlich mit dem Hinweis, sie habe gerade über meinen Vater gesprochen. Sie ist so eine liebenswerte Person.«

So verträumt, wie der Junge dreinschaute, würde ab jetzt kein vernünftiges Wort mehr aus seinem Mund kommen. Quappe hörte bei der Schwärmerei des Jungen für Madame nur mit halbem Ohr hin. Er dachte an seine nächste Begegnung mit dem Herrn Oberst-Lieutenant. Da galt es, auf jede Frage eine gute Antwort zu haben.

»Du machst ein Gesicht, als würde Seine Majestät morgen den Druck aller Zeitungen untersagen.« Dr. Friedrich Kußmaul legte die *Vossische Zeitung* ab, zog zwei Cigarren aus dem Gehrock und reichte eine über den Tisch der Tabagiere.

»Wenn Seine Majestät nicht bald wieder das Denken genehmigt, spielt das ohnehin keine große Rolle«, entgegnete Gontard. Der Sarkasmus half ihm. Er nahm die Cigarre, vielleicht hob der Tabak seine Laune wieder auf ein halbwegs erträgliches Maß.

»Das lob ich mir zum Ende eines arbeitsreichen Tages«, sagte Kußmaul und entzündete zunächst seine Cigarre und dann die Gontards, »nämlich einen Freund zu haben, der ein Gesicht macht wie ein alter Griesgram und sich dabei von nichts aus der Ruhe bringen lässt.«

Gontard zog an der Cigarre. Der Tabak benebelte seine Sinne. Er lehnte sich auf dem Stuhl zurück und entgegnete: »Solche Tage, wie du sie hast, wünsche ich mir gerade. Du behandelst kranke Menschen in deiner Praxis. Und nach der Schließzeit hast du Feierabend und musst an nichts mehr denken bis zur Eröffnung deiner Arztstube am nächsten Morgen.«

Kußmaul lachte bitter und tippte auf die *Vossische Zeitung*, die zusammengefaltet auf dem Tisch lag. »Nach den neuesten Meldungen haben die Ämter 128 Opfer der neuen Cholerawelle in Berlin gezählt. Auch ich behandle solche armen Menschen. Die Bilder von den armen Teufeln lassen keinen kalt, glaub mir das.«

Gontard zog abermals an der Cigarre und spülte den Tabakgeschmack mit einem Schluck Wein hinunter. Im fehlten die Worte. Sein Freund kam als Arzt noch viel häufiger mit dem Tod in Berührung als er bei seinen gelegentlichen Criminalermittlungen. Doch mit so tonloser Stimme sprach Kußmaul nur selten über seine Arbeit.

»Nun komm, mein Freund«, sagte Kußmaul und wedelte mit seiner Cigarre Qualmkringel in die Luft, »lenk mich ab! Was gibt es Neues in der Causa Puch?«

»Nichts, mein Lieber. Es ist zum Verzweifeln. Ich weiß ja noch nicht einmal genau, wie Puch zu Tode gekommen ist.«

»Daran bin wohl ich schuld«, sagte Kußmaul und lachte.

»Nein, das natürlich nicht. Ich finde nur überhaupt keinen Ansatzpunkt in diesem Fall.«

Kußmaul hob die Hände wie zur Kapitulation. »Nun gut, ich schaue morgen vor Dienstbeginn in der Charité vorbei und gucke mir den Leichnam noch einmal an. Ich bin gestern einfach nicht dazu gekommen.«

Gontard nippte am Wein.

»Ich werde vielleicht noch ein paar Details herausfinden. Im Grunde aber scheint mir sicher zu sein, dass der Mann erschossen worden ist«, sagte Kußmaul.

»Wenn ich wenigstens wüsste, nach was für einer Waffe ich fahnden soll! Und ob der Mann am oder im Kanal gestorben ist.«

»Ich habe verstanden, mein Freund. Gleich morgen früh kümmere ich mich darum.«

Gontard entspannte sich langsam. Der Tabak legte einen Schleier über seine Gedanken. Die Sorgen des Tages verschwanden Stück für Stück dahinter.

»Vielleicht wissen wir dann, mit was für einer Flinte auf den armen Kerl geschossen worden ist«, fuhr Kußmaul fort. »Nur ob das die Lösung für den Fall bringt? Du befragst schon seit drei Tagen Leute. Und was hast du für Hinweise?«

Gontard zögerte einen Augenblick, bevor er sagte: »Puch wollte nach Amerika auswandern. Genug Geld für so eine Reise schien er zu haben oder zumindest zu erwarten. Leider habe ich nicht die geringste Ahnung, woher dieses Geld kam oder kommen sollte. Mir scheint hier immerhin ein mögliches Motiv zu liegen.«

»Ach ja, Amerika ...« Kußmaul seufzte. »Da könnte ich mir auch ein Leben vorstellen. Wenn ich noch einmal jung wäre ...«

Das klang, als stünde Kußmaul kurz vor Beendigung seines Arbeitslebens. Dabei gehörten sie beide zu den Männern im sogenannten besten Alter, dachte Gontard. Er musste nur den Vergleich zu Ferdinand ziehen, um sich als Mann doch recht wohl zu fühlen. Vor allem nach der Nacht mit Martha ...

»... jung und ohne Verpflichtungen. Das wäre genau das Richtige für einen Neubeginn in Amerika«, fügte Kußmaul an.

»Ungebunden war Puch tatsächlich«, erwiderte Gontard. »Er hat Martha von Traunstein gefragt, ob sie mit ihm kommt. Und hat sich einen Korb geholt.«

Kußmaul lachte. »Ich kannte Puch nicht persönlich. Aber nach allem, was ich bislang über ihn gehört habe, war Madame von Traunstein nicht seine Kragenweite.«

»Für eine Affäre hat es gereicht.«

»Das mag sein, aber Haus, Hof und Titel aufzugeben ist noch einmal etwas anderes. Einen Liebhaber sollte die junge Dame indes leicht ersetzen können.« Kußmaul grinste durch den Qualm hindurch.

Gontard schluckte. Wusste der Freund schon Bescheid? Oder erfreute Kußmaul sich nur an der eigenen Anzüglichkeit? Gontard trank hastig einen Schluck Wein und fragte: »War das eine Anspielung, mein Lieber?«

»Anspielung?« Kußmaul hielt einen Augenblick in der

Bewegung inne. Dann wanderten die Mundwinkel nach oben. »Du Schlawiner, du wirst doch nicht etwa …«

Gontard hatte das Gefühl, im Stuhl zu versinken.

»Das ist doch nicht zu fassen!« Kußmaul lachte und schlug auf den Tisch. »Dich kann man nicht einen Tag alleine lassen.«

»Du wirst das nicht herumerzählen, oder?«

»Was? Dass du deine Ermittlungen mit vollem Körpereinsatz führst?« Kußmaul krümmte sich vor Lachen. Asche fiel von seiner Cigarre.

»Ich meine das ernst!«

»Ja, ja, mein Freund. Ich schaue morgen nach der Leiche. Und du kümmerst dich weiterhin um die lebenden Personen.« Kußmaul hob das Weinglas und prostete Gontard zu. Dann wurde er wieder ernst. »Sei bitte vorsichtig! Hoffentlich wird das nicht zu viel. Da wird ein liberaler Freigeist erschossen, und du lässt dir den Kopf von seiner Geliebten verdrehen.«

Die Dorotheenstraße lag im Dunkel der Nacht. Gontard folgte seinem diffusen Schatten, den das kümmerliche Licht einer Gasfunzel aus der Friedrichstraße warf. Er schlurfte immer langsamer, je näher er seinem Zuhause kam. An diesem Abend sehnte er sich nach der Zeit zurück, als Henriette mit den Kindern noch auf dem Gut in Wutike gewohnt hatte. Damals hatte er die Wirtschaften der Stadt zur Polizeistunde verlassen und in Ruhe sein Nachtlager aufsuchen können. Freilich war es für die Familie besser, in Berlin zu wohnen. Gerade Ferdinand würde bald ins Berufsleben eintreten. Da bot die Residenzstadt ganz andere Möglichkeit als ein Gut in der Provinz. Doch in diesem Augenblick war Gontard zu müde für derlei Überlegungen und sehnte sich nach dem Alleinsein.

Er schaute auf seine Taschenuhr. Es ging auf zehn. Ferdinand und Luise schliefen sicher schon, Henriette vielleicht auch. Die Straße lag so still unter seinen Füßen, dass seine Schritte bestimmt bis in die nächsten Seitenstraßen zu hören waren. Die Kälte der Nacht kroch unter seinen Waffenrock, dennoch verspürte er keine Lust heimzukehren. Hätte Kußmaul nicht mit dem Hinweis auf seinen Morgentermin in der Charité den Heimweg angetreten, säßen sie noch in der Tabagiere.

Das Licht war inzwischen so schwach, dass sich Gontards Schatten buchstäblich aufgelöst hatte. Er selbst verschwand zu seinem Leidwesen nicht, wurde nicht eins mit dem Pflaster. Ihm blieben keine fünf Meter mehr. Egal, wie langsam er spazierte – lange ließ sich die Ankunft nicht mehr hinauszögern. Also riss er sich zusammen und trat zum Hauseingang.

Vorsichtig öffnete er die Tür. Schon vom Flur aus sah er das Licht in der Bibliothek. Dort konnte nur Henriette sein. Sicher widmete sie sich noch der Lektüre eines schöngeistigen Buches, über das sie in irgendeinem Salon diskutieren wollte. Gontard spielte mit dem Gedanken, die Stiefel gleich hier unten auszuziehen und auf bloßen Strümpfen ins Schlafgemach zu schleichen. Doch bevor er sich noch bücken konnte, stand Henriette in der Tür der Bibliothek.

»Oh, mein Lieber, nun kommst du endlich nach Hause. Hast du bis zu dieser späten Stunde mit deinem Freund Kußmaul über den Mordfall gesprochen?«

Gontard suchte Ironie in ihrer Stimme, entdeckte aber keine Spur davon. Also nickte er vorsichtshalber.

»Ich war heute Morgen sehr gerührt von deiner Nachricht. So etwas kenne ich von dir gar nicht. Was für eine Überraschung!« Henriette schickte den Worten ein verträumtes Lächeln hinterher.

Sie sah mit diesem Zug um den Mund sehr verführerisch aus. Wann hatte seine Frau ihn das letzte Mal so angeschaut, fragte Gontard sich.

»Jedes einzelne Wort war genau richtig gewählt. Ich habe den ganzen Tag über deine Nachricht nachgesonnen.«

Gontard hatte den Zettel am Morgen eilig vollgekritzelt. Was genau er geschrieben hatte, war ihm längst entfallen.

»Ich weiß, in der letzten Zeit konnte ich das nicht zur Genüge zeigen – aber ich möchte dir von ganzem Herzen eine Stütze sein.«

Das hörte sich für Gontards Geschmack beinahe zu dick aufgetragen an. Führte sie etwas im Schilde? Hatte *sie* ihm eine Dummheit zu beichten? Eine, die womöglich noch größer war als sein Techtelmechtel mit der Sängerin?

»Ach mein lieber Gatte, du siehst so müde aus. Lass mich schnell das Licht löschen und uns dann in unser Nachtgemach gehen.«

»Henriette ... Ist bei dir alles im Reinen?« Gontard merkte, wie er stammelte. »Ich meine, du bist so anders als sonst.«

»Ach mein lieber Christian«, sie hauchte die Worte geradezu, »ich habe mich in den letzten Wochen und Monaten so viel mit anderen Dingen beschäftigt ...« Sie seufzte und trat einen Schritt näher heran. »Erst gestern ist mir aufgefallen, dass sich der Junge in einem schwierigen Alter befindet. Und du hast dich an deinem freien Tag unentwegt um Ferdinand gekümmert.«

Gontard zweifelte, ob Henriette dem Jungen in Liebesfragen weiterhelfen konnte. Ihre Anteilnahme würde dem Jungen sicher nicht schaden. Andererseits hatte er dem Sohn auch nicht viele Ratschläge geben können, in diesen Dingen musste jeder seinen eigenen Weg finden.

»Jetzt lächelst du.« Henriette umarmte ihn und legte den Kopf auf seine Schulter.

Gontard strich seiner Frau über den Kopf. Wann waren sie sich das letzte Mal so nah gewesen? Er wusste es nicht mehr.

Sie flüsterte in sein Ohr: »Ich habe Ferdinand heute belauscht. Aus Versehen selbstverständlich.« Henriette hob den Kopf und löste die Umarmung so weit, dass sie Gontard in die Augen schauen konnte. »Er saß mit deinem Burschen in der Dienstküche. Sie haben sich laut unterhalten. Ich konnte gar nicht weghören.«

Gontard schob Henriette ein Stück von sich, so sanft es ihm möglich schien. Er hielt ihre Taille fest und gab ihr einen Kuss auf die Stirn.

»Er stellt dieser Sängerin nach. Er hat ihr sogar vor der Oper aufgelauert. Und Quappe war dabei. Wir müssen auf die beiden aufpassen, Christian!«

Ja, mit Quappe gab es ein Hühnchen zu rupfen, dachte Gontard und sagte: »Darum kümmern wir uns morgen, wenn es dir recht ist.«

Tagebucheintrag No. 5, 26. August 1850
Was treibt eigentlich dieser Criminal-Commissarius Werpel? Obschon heute ein ganz normaler Arbeitstag für die preußische Beamtenschaft war, habe ich kein Wort über den Mann oder seinen trotteligen Constabler vernommen. Verhalten die beiden sich nur unauffällig, oder haben sie ihr Wochenende verlängert? Was soll nur aus unserem Preußen werden, wenn schon jene Beamten

Seiner Majestät, die für Ruhe und Ordnung sorgen sollen, so ein Verhalten an den Tag legen! Zöge ich selbst nicht aus solch beschämendem Verhalten meinen Nutzen, ich würde mich beschweren. Nun gut, auch ich bin erst am Vormittag wieder nach Berlin zurückgekehrt. Aber ich soll ja auch keinen Mörder jagen.
Da kommt mir ein Gedanke: Vielleicht sollte ich doch meinen Vorhalt bei den Vorgesetzten dieses Criminal-Commissarius anbringen. Oft ist es doch so, dass gerade das Offensichtliche übersehen wird. Welcher Mörder hat sich je über mangelnde Ermittlungen gegen sich selbst beklagt?
Das wird ein Spaß! Dieser Werpel würde nie erfahren, dass gerade der von ihm Gesuchte ihm die Scherereien eingebracht hat. Doch, meine Idee gefällt mir ausgesprochen gut.
Aber was ist mit diesem Offizier? Den darf ich über der Dummheit des Polizisten nicht vergessen. Dieser Oberst-Lieutenant hat in den letzten Jahren die kniffligsten Rätsel gelöst. Nicht der Criminal-Commissarius ist mein Gegenspieler, sondern der Offizier. Für den benötige ich die richtige Strategie.
Was tut der Herr Oberst-Lieutenant? Mir kam zu Ohren, dass er herumschnüffelt und die Leute wegen des Geldes aufscheucht. Weiß er schon, dass hier der Schlüssel zu meiner Tat liegt? Oder ahnt er es nur? Und welche Rolle spielt sein Bursche dabei? Auf den ersten Blick wirkt der Kerl genauso dämlich wie der Polizist. Doch seltsamerweise ist der Bursche dem Vernehmen nach in einem fort dort, wo er Fragen stellen kann. Nein, bei näherer Betrachtung werde ich genau so fortfahren, wie ich es bis jetzt gehalten habe – mich still verhalten und beobachten.
Vielleicht kann ich doch noch etwas Bewegung in das Spiel bringen ... Ich habe diesen Gontard in Marthas Garderobe schleichen sehen. Ein paar Gerüchte, ein paar passende Bemerkungen an den richtigen Stellen könnten den Herren Oberst-Lieutenant auf Trab halten.

Sechs

Dienstag, 27. August 1850

Was war nur aus der *Vossischen Zeitung* geworden? Christian Philipp von Gontard saß an seinem Secretär in der Vereinigten Artillerie- und Ingenieurschule und schüttelte den Kopf. Sicher, auch die *Königlich privilegierte Berlinische Zeitung von Staats- und gelehrten Sachen* benötigte das Geld, das sie für Anzeigen erhielt. Aber wenn sie einen Aufruf der Conservativen Partei zur Gemeinderathswahl abdruckten, brauchten sich die Herausgeber nicht zu wundern, wenn ihr Blatt, das einmal als liberal galt, von den Berlinern als »Tante Voss« verhöhnt wurde.

Gontard las den ersten Absatz des Aufrufs noch einmal:

An die Gemeindewähler Berlins
Im Angesichte der bevorstehenden Wahlen für den Gemeinerath halten wir es für nothwendig, unseren konservativen Gesinnungsgenossen die große Bedeutung derselben auf das Dringendste in Erinnerung zu bringen.

Was für eine Frechheit! Durch das neue Dreiklassenwahlrecht durften ohnehin nur Bürger mit einem Jahreseinkommen von über dreihundert Thalern an der Wahl teilnehmen. So viel verdiente gerade mal jeder zwanzigste Berliner. Und selbst bei denen zählten die Stimmen je nach entrichteter Einkommenssteuer unterschiedlich viel. Alle wussten, dass davon vor allem die Conservativen profitieren würden. Genau das war das Ziel des Dreiklassenwahlrechts, das im Januar mit der revidierten preußischen Verfassung zum Gesetz geworden war – ein perfider Sieg der Gegenrevolution. Dieses Wahlrecht tat so hübsch fortschrittlich, sorgte aber vor allem dafür, dass alles blieb, wie es war.

Daher grenzte der letzte Satz des Aufrufs an Hohn: *Es gibt keinen Bezirk Berlins, wo die Conservativen nicht gewinnen können, wenn sie wollen.*

Gontard warf die Zeitung auf den Tisch. Wenn »Tante Voss« ihm schon beim ersten Durchblättern statt Ablenkung und Erbauung so ein Ärgernis bot, dann widmete er sich lieber seiner Arbeit. Hauptsache, seine Gedanken schweiften nicht ab. Er wollte nicht an Henriette denken. Und an Martha auch nicht.

Vor ihm lag der Bericht, den von Heye über seine Untersuchungen an den Bodenproben verfasst hatte. Alle Daten sahen einwandfrei aus. Dennoch musste ein Fehler vorliegen. Die Böschung war in den Kanal gerutscht. Was war übersehen worden?

Es klopfte an der Tür.

Erleichtert rief Gontard: »Herein!«

Die Tür ging auf. Criminal-Commisarius Waldemar Werpel trottete über die Schwelle und brummte: »Guten Morgen, Herr Oberst-Lieutenant!«

Der Polizist kam Gontard gerade recht. Vielleicht brachte der wenigstens in die Mordsache Bewegung. Er bat den Commissarius sich zu setzen. Das tat Werpel, zog eine zusammengefaltete Zeitung aus dem Gehrock und legte sie auf den Secretär.

»Das ist die besagte *Neue Rheinische Zeitung*, Herr Oberst-Lieutenant«, sagte der Commissarius. »Ich hatte bei unserem letzten Treffen den Eindruck, Sie seien an der Lektüre interessiert.«

»Das ist sehr freundlich von Ihnen«, entgegnete Gontard. Eine derartige Zuwendung kannte er von Werpel gar nicht. Sicher wollte der im Gegenzug etwas von ihm.

»Ich habe nachgedacht, Herr Oberst-Lieutenant. Vielleicht haben Sie recht, und diese Angelegenheit ist politisch.« Werpel guckte so bedröppelt, als habe er unter einer Traufe genächtigt. »Stellen Sie sich vor, bis heute hat keiner meiner Vorgesetzten nach Ermittlungsergebnissen gefragt. Noch nicht einmal einen Verdächtigen sollte ich nennen.«

Gontard unterdrückte das Grinsen. Ob die hohe Beamtenschaft Werpel an dem Fall arbeiten ließ, damit es *keine* Ergebnisse gab?

»Ich weiß genau, was Sie denken, Herr Oberst-Lieutenant.«

»Ach was, Herr Commissarius ...«

»Ich bin vielleicht nicht so schlau wie Sie und die gelehrten Herren an der Artillerieschule. Und ich trage auch nicht so wichtige Uniformen mit großen Schulterstücken.« Werpel hob den Finger. »Aber ich bin auch nicht dumm. Und ich bin schon sehr lange Polizist. Ich rieche es, wenn eine Sache stinkt. Der Fall Puch muffelt ganz schön. Wenn Sie verstehen, was ich meine.«

»Ich bin nicht sicher.«

»Ach, hören Sie auf, Herr Oberst-Lieutenant!« Werpel beugte sich zum Tisch und tippte mit dem Finger auf die Zeitung. »Ich habe Ihnen sogar ein Geschenk mitgebracht. Da müssen Sie mich nicht noch veralbern.«

Die Mundwinkel des Commissarius hingen herunter, so dass Gontard beinahe befürchtete, Werpel würde in Tränen ausbrechen. Er sollte den armen Kerl wohl vorläufig nicht weiter necken. Gontard sagte: »Ich weiß nicht so recht, wie ich Ihnen helfen soll. Meine Ermittlungen sind in den letzten Tagen auch nicht gerade erfolgreich verlaufen.«

Huschte da ein Hauch von Befriedigung über Werpels Gesicht? Wenn, dann verschwand es sofort wieder.

»Ich vermute, Sie verkehren eher in einer Gesellschaft, in der man etwas läuten hört, Herr Oberst-Lieutenant«, sagte Werpel mit einer Stimme, die einem Grabredner zur Ehre gereicht hätte. »Sie würden es sicher erfahren, wenn bestimmte Kreise den Täter nicht vor dem Henker sehen möchten.«

»Haben Sie Hinweise darauf?«, fragte Gontard.

»Ich würde meine Ermittlungen lieber ruhen lassen, *bevor* mir jemand so einen Hinweis gibt.«

Das verstand Gontard. Der Criminal-Commissarius gehörte ohnehin nicht zu den Schnellsten, und ehe er in die falsche Richtung rannte ... Gontard sagte: »Ich habe auch nichts dergleichen vernommen, von keiner Seite. Vielleicht ist es schlichtweg so, dass ein unsteter Geselle weniger für Ihren Vorgesetzten in der Polizeibehörde nicht das größte Unglück darstellt.«

»Das mag wohl sein.« Werpel grinste für einen Moment, dann fuhr er fort: »Würden Sie mich bitte im Falle eines Falles auf dem Laufenden halten, Herr Oberst-Lieutenant?«

Gontard legte die Hand auf die *Neue Rheinische Zeitung* und versprach dem Criminal-Commissarius, die Ohren offen zu halten und sich in Bälde zu melden.

Der Kaffee dampfte auf dem Secretär. Die Küchenmamsell im Offizierscasino der Vereinigten Artillerie- und Ingenieurschule hatte gezetert, wie ein Küchenweib eben schimpfte, wenn es beim Kochen der Mittagssuppe unterbrochen wurde, als Gontard um die Zubereitung des Getränks bat. Erst nach einem deutlichen Hinweis auf seinen Dienstrang durfte er unter erheblichem Gemaule der Mamsell seinen Kaffee entgegennehmen. So etwas gab es nur in der Residenzstadt. Niemals würde sich eine Bedienstete auf Gontards Gut in Wutike derart respektlos verhalten.

Gontard trank einen Schluck. Der Geschmack vertrieb den Ärger. Schon der Geruch war ein Versprechen, aber nun, da der Kaffee die Kehle hinabrann, fühlte Gontard sich, als würde er ein zweites Mal erwachen.

Er stellte die Tasse ab und widmete sich der *Neuen Rheinischen Zeitung*, die Werpel ihm dagelassen hatte. Vor ihm lag eine Ausgabe vom 18. Juli 1848. Gontard dachte an den Sommer '48 – was für eine Zeit! Es hatte keine Zensur gegeben, die Nationalversammlung hatte in Frankfurt getagt, in den Caféhäusern waren Reden geschwungen worden, die Spitzelratten hatten sich in ihre Löcher verzogen. Gerade zwei Jahre waren seitdem vergangen ...

Die Zeitung war umgeschlagen, so dass die Innenseite zuoberst lag. Den Artikel von *Cornelius Fürchtegott Puch – Berlin* fand Gontard in der rechten Spalte. In drei Absätzen ließ sich der Autor über Berliner Abgeordnete in der Nationalversammlung aus, die für eine konstitutionelle Monarchie eintraten. Dafür seien die Helden auf den Barrikaden nicht gefallen, schrieb Puch.

Der Artikel schloss mit den Worten:

Nicht nur die Monarchie gehört ein für alle Male in die Geschichtsbücher verbannt. Nein, auch das Adelsprivileg hat in der Republik nichts zu suchen. Denn nichts anderes als die Republik freier gleicher Bürger darf das Ziel einer Verfassung für das geeinte Deutschland sein.

Vor zwei Jahren wäre Gontard dieser Text radikal erschienen, nicht zuletzt, da er selbst als Adliger den Schulterschluss aller Liberalen, unabhängig von ihrem Stande, bevorzugt hatte. Heute klangen Puchs Worte wie aus der Zeit gefallen. Gontard erinnerte sich, wie Friedrich Wilhelm IV. die Abordnung der Nationalversammlung behandelt hatte. Im April 1849 hatte er die Kaiserdeputation durch den Lieferanteneingang ins Schloss gelassen und ihr dann einen Korb gegeben. Eine »Krone aus der Gosse« wolle er nicht, hatte der Dicke seinen Vertrauten gesagt, so ein »Hundehalsband« trage er niemals.

Und nun? Der Dicke hatte gewonnen: Es gab keinen Kaiser, dafür das Dreiklassenwahlrecht, und jede Menge Zeitungen waren verboten ... Die letzte Ausgabe der *Neuen Rheinischen Zeitung* war im Mai 1849 in roten Lettern erschienen. Die halbe Redaktion und Chefredakteur Karl Marx hatten die preußische Rheinprovinz verlassen. Die Männer lebten im Exil – wie ganze Scharen von Demokraten.

Gontard dachte an Rudolf Virchow in Heidelberg. Wo lag dessen Correspondenz mit Puch? Er kramte in den Papieren, die sich vor ihm auf dem Schreibtisch stapelten. Auf dem Secretär sah es aus, als ob jemand sämtliche Schubladen darauf ausgeschüttet hätte. Doch aufräumen konnte er später. Gontard fand das Bündel mit den Briefen und zog das oberste Schreiben hervor.

Es klopfte an der Tür. Jetzt passte ihm das gar nicht, Gontard blieb still.

Erneut pochte es.

Gontard maulte: »Ja bitte, herein!«

Herrmann von Traunstein öffnete die Tür und sagte: »Guten Tag, Herr Oberst-Lieutenant! Der Diensthabende hat mir gesagt, dass ich Sie hier finde. Sie haben doch einen Moment für mich?«

Gontard schaute auf seine Taschenuhr, es ging auf die Mittagsstunde zu. Er zuckte mit den Achseln und bat Herrmann von Traunstein, Platz zu nehmen.

Der Alte setzte sich und sagte: »Ich habe mich am Wochenende ein wenig um meine Güter gekümmert. Herrlich, so ein Spätsommer auf dem Lande!«

Wollte der Alte übers Wetter reden?

»Nun bin ich seit gestern wieder in der Residenzstadt. Hier dreht sich die Welt viel schneller. Ständig passiert etwas.«

Gontard fragte sich, wann sein Gast zur Sache kam.

»Und hier in Berlin wird so viel geredet.«

Aha. Wollte Traunstein ihm ein Gerücht stecken? Gontard fragte: »Was hören Sie denn so?«

Herrmann von Traunstein beugte sich nach vorn, zeigte mit dem Finger auf Gontard und flüstere beinahe, als er antwortete: »Man erzählt, Sie konzentrierten Ihre Ermittlungen derzeit hauptsächlich auf die Befragung meiner Frau.«

Gontard erstarrte. Beinahe wäre ihm die Kinnlade nach unten geklappt.

Der Alte richtete sich auf und tippte mit dem Zeigefinger auf den Tisch. »Verstehen Sie mich nicht falsch! Ich möchte mich auf keinen Fall in Ihre Angelegenheiten einmischen. Und selbstverständlich dürfen Sie alle ... Methoden bei den Ermittlungen anwenden, die Ihnen nötig und angemessen erscheinen. Ich bitte Sie nur um eines ...« Der Alte schaute Gontard an und sah dabei aus wie ein Raubvogel, der seine Beute fixierte.

Gontard wartete regungslos. Am liebsten hätte er sich seines Waffenrocks entledigt, so heiß war ihm.

Der Alte ließ sich Zeit. Endlich lächelte er und sagte: »Sie müssen wissen, dass meine Gattin ein empfindsames Wesen ist. Das gilt insbesondere für ihren Ruf. Ich erwarte, dass Sie darauf äußerste Rücksicht nehmen.« Herrmann von Traunstein erhob sich, deutete einen Gruß an und fügte hinzu: »Herr Oberst-Lieutenant, ich mag ein alter Mann sein. Dennoch verfüge ich weiterhin über beste Verbindungen.«

Paul Quappe fror. Er lehnte an einer der Linden. Immerhin boten die Bäume ein wenig Schutz vor dem Wind. Die Temperaturen waren jedoch nicht der Grund für sein Frösteln. Quappe schaute hinüber zur Vereinigten Artillerie- und Ingenieurschule und stellte sich vor, wie der Herr Oberst-Lieutenant aus dem Portal trat und ihn hier sah – neben Ferdinand von Gontard.

Ihm reichte noch die Gardinenpredigt vom Morgen. Mäßigend solle er auf den Sohn des Hauses einwirken, Obacht geben und den Jungen vor Dummheiten bewahren. Als wenn der sich etwas sagen ließe! Immerhin hatte der Oberst-Lieutenant ihn nicht verdroschen.

»Herr von Traunstein kommt bestimmt gleich wieder heraus«, zischelte Ferdinand. »Und dann führt er uns zu weiteren Mordverdächtigen.«

»Un wenna nur wat einkoofen jeht?«

»Dann schadet es ihm auch nicht, wenn wir es erfahren.« Ferdinand stieß Quappe in die Seite. »Ach, kommen Sie, Herr Quappe! Ich mach das auch alleine. Aber es ist bestimmt besser, wenn Sie auf mich aufpassen.«

Da hatte Quappe seine Zweifel. Er hätte sich am liebsten selbst eine Ohrfeige gegeben. Dann könnte er dem Herrn Oberst-Lieutenant wenigstens sagen, er sei bereits bestraft. Denn noch einmal würde er sicher nicht so glimpflich davonkommen.

»Was macht der Alte nur? Ich wette, der ist bei meinem Vater«, mutmaßte Ferdinand.

Quappe überlegte, wie lange der Gast schon da drinnen war. Fünf Minuten, zehn, zwanzig? Er war nicht gut im Schätzen der Zeit. Vor allem nicht, wenn er wartete.

»Da ist er«, flüsterte Ferdinand. »Los, kommen Sie, hinterher!«

Der alte von Traunstein trug einen pechschwarzen Anzug und einen riesigen, ebenso schwarzen Zylinder. Dem Mann zu folgen durfte nicht allzu schwer werden. Er fiel im Volk Unter den Linden auf wie ein Löwe in einem Rudel Straßenköter. Traunstein spazierte vor der Ingenieurschule Richtung Friedrichstraße. Quappe und Ferdinand folgten ihm zwischen den Bäumen auf dem Mittelstreifen.

Der Alte lief schneller, als es zunächst schien. Quappe eilte Ferdinand hinterher. Dennoch gewann Traunstein einen Vorsprung. Vermutlich lag das an der Autorität der feinen Herren, überlegte Quappe. Vor Traunstein wichen die Bettler, Kolporteure, Hausierer und Lumpensammler zurück. Für Ferdinand und ihn selbst trat niemand einen Schritt zur Seite.

An der Kreuzung zur Friedrichstraße musste auch Traunstein warten. Die Gefährte auf dem Pflaster nahmen keine Rücksicht auf exklusive Kleidung. Ferdinand blieb hinter einer Linde stehen. Quappe tat es ihm gleich. Hier warteten sie, bis Traunstein die Friedrichstraße überquerte.

Nun aber schnell! Ferdinand rannte los. Quappe eilte ihm nach. Zwischen einem Pferdeomnibus und einer Postkutsche flitzten sie bis auf die Mitte der Straße. Dort polterte aus der anderen Richtung ein Gespann vorüber, das dem Klang nach Blechnäpfe oder alte Ritterrüstungen auf der Ladefläche transportierte. Vor der nächsten Kutsche hasteten Quappe und Ferdinand auf die andere Straßenseite.

Traunstein überquerte bereits die Charlottenstraße. Dort gab es weniger Verkehr. Also hielten sie Abstand. So bekam die Verfolgung etwas von einem Spaziergang. Wenn nur nicht so viele Menschen durch die Residenzstadt wuseln würden! Die Menschenmassen machten Quappe mürbe. Er blickte jetzt einfach geradeaus, so dass er die Passanten zur Rechten und Linken nicht mehr sah. Das hatte er in Berlin gelernt. Bei seiner Familie auf dem Dorf sorgte er für manchen Lacher, weil er mitunter auch über den Hof lief, ohne nach links und rechts zu schauen, und dabei sogar die Verwandten übersah.

»Halt!«, zischte Ferdinand und zog ihn hinter einen Baum. Er wies mit der Hand über die Straße.

Der alte von Traunstein stand vor der Akademie der Wissenschaften und plauderte mit einem anderen alten Mann – der Uniform nach einem hohen Offizier. Von dem Militär war nicht viel zu erkennen, da er hinter einem Pferd stand.

»Den kenn ich.« Ferdinand klang aufgeregt. »Wenn mir nur einfiele, wer das ist!«

Der hohe Offizier drehte sich um, und Quappe murmelte: »Dit is da Herr Generalmajor von Schnöden.«

»Vaters Schulleiter, natürlich!«

»Der hat sein Jaul jeholt.« Quappe wies auf das Pferd. »Wird die Mähre irjenwo innen Stall hier ham.«

»Da haben Sie wohl recht, Herr Quappe«, sagte der junge Herr. Es klang erstaunt, als habe er Quappe das erste Mal etwas Schlaues sagen hören.

Der Generalmajor von Schnöden stieg auf sein Pferd und ritt die Linden hinunter gen Brandenburger Thor. Traunstein schlenderte auf dem Gehweg in die Gegenrichtung weiter.

»Los!« Ferdinand zerrte Quappe am Ärmel.

Traunstein bog hinter der Akademie in die Universitätsstraße ein. Wo ging der Alte nur hin?, fragte sich Quappe. Und wie lange wollten sie den Alten noch verfolgen?

Gontard nahm den obersten Brief aus dem Bündel. Er war von Rudolf Virchow unterzeichnet. Gontard kannte die Handschrift des berühmten Arztes. Nicht zuletzt dank seiner Freundschaft zu Kußmaul hatte Gontard den bekannten Charité-Arzt des Öfteren getroffen – und bei seinen Mordermittlungen mehr als einmal von den Fähigkeiten Virchows profitiert. Der war schließlich ein ausgewiesener Experte für die moderne Pathologie.

Die Anrede lautete: *Lieber Cornelius!* Selbst für alte Kampfgefährten handelte es sich um eine ausgesprochen herzliche Formulierung, fand Gontard. Wen seiner Freunde würde er so anschreiben? Kußmaul sicher – aber sonst? Nein, auch bei weiterem Nachdenken fiel ihm niemand ein.

Gontard überflog die Zeilen. Virchow dankte Puch für dessen letztes Schreiben und berichtete in kurzen Worten aus dem fernen Heidelberg. Dann schrieb Virchow:

Ich weiß, auch Du, mein lieber Freund, hältst es in der Residenzstadt kaum noch aus. Mir ist bekannt, dass die Zeiten nicht so trefflich sind für die schreibende Zunft. Doch sollst Du nicht verzagen. Ich kann Dir leider nur in bescheidenem Maße Mittel zukommen lassen. Doch nicht all unsere Gefährten müssen so darben wie Du.

Gontard stutzte. Puch hatte also bei Virchow um Geld gebettelt ... und kurz vor seinem Tode größere Summen erwartet. Gontard schaute auf das Datum des Briefes. Virchow hatte das Schreiben Ende des vergangenen Jahres verfasst. Seitdem war eine Menge Wasser die Spree hinabgeflossen. Sicher hatte Puch die Zeit genutzt, um auch andere Weggefährten um Geld zu bitten. Gontard beschloss, Häußler bei nächster Gelegenheit danach zu fragen.

Er zog den nächsten Brief aus dem Bündel und hielt in der Bewegung inne. An diesem Tag war er beim Lesen stets unterbrochen worden. Bestimmt klopfte es auch diesmal wieder an der Tür. Gontard schaute auf seine Uhr: kurz nach zwölf, Zeit für ein Mittagessen. Er zog den Waffenrock an, setzte die Pickelhaube auf und verließ sein Bureau. Im Flur der Schule überlegte er, wo er das Mahl einnehmen sollte. Im Casino lief er Gefahr, auf von Schnöden zu treffen. Der Schulleiter würde bestimmt nach den Untersuchungsergebnissen zum Kanalunglück fragen. Sollte er lieber nach Hause gehen? Die Mamsell bereitete das Essen ohne Tadel. Doch wollte er Henriette treffen?

Gontard trottete die Treppe hinunter. Er hatte keine Eile. Am besten, er setzte sich allein in eine Wirtschaft. So wie ein Reisender, der geschäftlich unterwegs war. Oder so, wie er es früher hin und wieder getan hatte, als Henriette und die Kinder noch auf Wutike weilten ...

Auf den letzten Stufen beschleunigte er seine Schritte. Durch die Residenzstadt schleppten Menschen ganz andere Bürden mit sich herum, überall in den überlaufenen Straßen. Gontard war sich sicher, dass er da draußen schon nach wenigen Metern einem sorgenvollen Menschen begegnete, der jederzeit mit ihm tauschen würde. Er hatte ein Techtelmechtel mit einer der schönsten Frauen der Stadt. Das waren seine Sorgen ...

Als Gontard dem Ausgang der Schule zustrebte, traute er seinen Augen kaum. Dort stand Martha von Traunstein beim Diensthabenden, einem jungen Lieutenant. Gontard fragte sich, ob er träumte, Fieber hatte oder gar verrückt wurde. Nein, ohne Zweifel stand Martha da vorn und redete auf den Soldaten ein – mit großen Gesten und ohne Unterlass. Der Arme sah aus wie ein Waldschrat, der zum ersten Mal auf eine Frau trifft. Selbstverständlich kam er nicht zu Wort.

Gontard wurde langsamer und achtete darauf, dass seine Schritte möglichst nicht durch den Flur hallten. Ganz nah an der Wand schritt er den Weg bis zum Ausgang im Schatten des Lichts, das von den Linden durch das offene Portal hereinfiel. Vielleicht konnte er hören, was Martha in der Vereinigten Artillerie- und Ingenieurschule suchte. War Sie auf dem Weg zu ihm? Und wenn nicht, zu wem dann?

»... muss es doch einen Weg geben! Wenn ich nun hier ausharre, würden Sie meine Nachricht dann übermitteln?« Bevor der Diensthabende zum Antworten kam, fuhr sie fort: »Ach, seien Sie doch kein Unmensch, Herr Offizier!«

Gontard sah Marthas Gesicht nicht, aber er stellte sich vor, wie sie den armen Lieutenant mit ihren Augenaufschlägen becircte. Der Mann brauchte Unterstützung.

»Gibt es Vorkommnisse, Herr Lieutenant?«, fragte Gontard laut.

Der Soldat und Martha drehten sich abrupt zu ihm. Sie guckten für einen Augenblick, als würden sie Gespenster sehen. Dann lösten sie sich aus ihrer Erstarrung.

»Ach, was für ein Glück!«, zwitscherte Martha.

»Gott sei Dank!«, seufzte der Diensthabende.

»Ich höre eine Meldung.« Gontard schaute den Soldaten an und unterdrückte ein Lachen.

»Die Dame ... also, Madame von Traunstein hat eine Botschaft ... also eine dringende ... für Sie, Herr Oberst-Lieutenant.« Der arme Kerl stammelte, als erlernte er gerade erst das Sprechen.

»Stehen Sie bequem, Herr Lieutenant!«, sagte Gontard. »Ich werde mich um das Anliegen der Dame kümmern.«

Der Diensthabende hielt sich weiterhin so gerade, als habe er einen Spatenstiel in die Uniform eingenäht bekommen. Immerhin entspannten sich seine Gesichtszüge.

Gontard wandte sich Martha zu. »Wollen wir die dringenden Angelegenheiten an der frischen Luft erörtern?«

»Nichts lieber als das«, flötete Martha.

Der Diensthabende eilte zum Eingang und öffnete die Tür. So devot, wie er das mächtige Portal aufhielt, war er sichtlich froh, die Dame loszuwerden und seine Ruhe wiederzugewinnen.

Gontard trat mit Martha ins Freie und wies in Richtung Brandenburger Thor. Auf dieser Strecke erschien es ihm eher unwahrscheinlich, Bekannten zu begegnen.

Kurz nach dem Mittag waren nur ein paar Passanten auf dem Weg zum Thiergarten.

Martha fragte: »War Herrmann bei dir?«

»Ja, heute Morgen.«

»Mach dir um ihn keine Sorgen!«

Gontard schaute zu Martha. Jegliche Koketterie schien verschwunden. Sie blickte so ernst, wie es Frauen tun, wenn sie etwas wollten – oder etwas nicht wollten. Gontard erschrak. Würde sie ihm nach ihrer gemeinsamen Nacht einen Korb geben? Aber wer weiß, vielleicht war das sogar besser ...

»Herrmann hat mir angesehen, dass ...« Martha unterbrach den Satz und seufzte. »Er hat nur ein paar Minuten gebraucht, bis er mir auf die Schliche kam. Er weiß von uns.«

Sie gingen ein paar Meter, ohne zu sprechen. Ein Bettler fragte nach einem Groschen – zum falschen Zeitpunkt.

»Er wird die Sache ignorieren. Wir sollten nur dafür sorgen, dass er das kann.« Martha klang wie jemand, der einen Handel abschloss.

Gontard schwieg.

Martha trat vor ihn und sagte: »Ich will dich wiedersehen, unbedingt!«

Quappe hastete Ferdinand hinterher. Sie eilten durch finstere Gassen voller Menschen. Er durfte den Jungen nicht verlieren. Abgesehen von seiner Verantwortung für den Sohn seines Herrn – allein würde er gar nicht zurück in die Dorotheenstraße finden.

Bestimmt seit einer Viertelstunde irrten sie dem alten Traunstein durch die engen Gassen hinterher. Sie hielten Abstand, um nicht entdeckt zu werden. Immer wieder blieben sie hinter den Hausecken stehen und flitzten dann dem Alten nach, bevor der im Gewirr des Scheunenviertels verschwinden konnte.

Quappe fragte sich, wo Traunstein wohl hinwollte. Diese Gegend sah nicht so aus, als würde seinesgleichen hier verkehren. Eher trieben sich Quappes Cousins hier herum. Die suchten bislang ohne Erfolg nach dem Glück in der großen Stadt und schlugen sich als Tagelöhner durchs Leben. Am Wochenende bei Tante Irma sahen sie genauso abgerissen aus wie die Gestalten hier.

Sie bogen um eine Ecke. In den Gassen stank es, als wenn es in den letzten Wochen unentwegt Jauche geregnet hätte. Ferdinand tippte Quappe an und zeigte auf den Platz vor ihnen. An einer Kreuzung wuchs eine Eiche. Drumherum boten Kolporteure ihre Waren feil: Nähzeug, Seife, billige Romane und Zeitschriften. Ein Messerschärfer rief nach Kundschaft. Der alte Traunstein stand dort im Schatten des Baumes und schaute nervös nach links, nach rechts, nach links ...

Der junge Herr drückte Quappes Schulter herunter. Gebückt schlichen sie an der Hauswand entlang. Ferdinand schien ein Ziel zu haben. Jedenfalls pirschte er vorsichtig, aber ohne Zögern über die Straße zur nächsten Hausecke. Dort wartete er einen Augenblick. Und nun? Quappe wollte gerade fragen, da zog Ferdinand ihn über den Platz.

Der Markt war nicht allzu groß. Obschon Ferdinand sich in der Hocke fortbewegte, erreichte er den Stand des Messerschleifers mit wenigen Schritten. Der Schleifer trug eine speckige Mütze und eine Joppe, die der Oberst-Lieutenant allenfalls als Putzlappen verwendet hätte. Er erblickte Ferdinand und Quappe. Als sie sich hinter seinen Stand knieten, stellte er für einen Moment das Rufen ein.

Ferdinand legte den Zeigefinger über den Mund. »Psst!«

Der Schleifer schaute sich um, und seine Augen wurden zu zwei Schlitzen. Dann grinste er ... Ferdinand zog einen Groschen aus dem Rock und warf ihn dem Mann zu. Der grinste noch breiter. Ein zweiter und ein dritter Groschen ließen ihn nicken. Der Schleifer steckte die Münzen in die Tasche. Er wedelte mit der Hand, und Ferdinand und Quappe krochen unter den Stand. Hier kauerten sie unter dem Brett, das dem Schleifer als Ablage diente, hinter einem großen Leinentuch. Der Stoff stank und war löchrig wie ein Käse.

Oben rief der Schleifer wieder nach Kundschaft. Quappe sah durch die Löcher in der Decke Traunsteins Stiefel. Der Alte stand nach wie vor allein im Schatten der Eiche. Quappe senkte den Kopf noch weiter. So konnte er Schultern und Kopf des Alten sehen. Traunstein hielt die rechte Hand an die Stirn und schaute weiter ins Rund.

Nun schien er etwas entdeckt zu haben. Zunächst hob er die Hand, dann winkte er über das Versteck hinweg. Zum Glück ging er seiner Verabredung nicht entgegen, denn Ferdinand und Quappe hatten ihn gut im Blick und hockten nah genug, um eine Unterhaltung verfolgen zu können.

»Gut, dass Sie es einrichten konnten«, begrüßte Traunstein die andere Person.

Quappe konnte den Gesprächspartner des Alten nicht sehen. Er guckte zu Ferdinand. Der zuckte mit den Schultern. Dabei stieß er gegen das Brett und erstarrte. Auch Quappe hielt die Luft an ... Doch nichts fiel zu Boden. Glück gehabt!

»Wieso kommen Sie nicht einfach zu mir in die Werkstatt?«, fragte oben ein Mann mit einer Bärenstimme.

Quappe fragte sich, ob der Bär auf die Begrüßung einfach verzichtet hatte. Und woher kannte er diese Stimme?

»Mir war ein neutraler Ort angenehmer«, sagte Traunstein. »Ich befürchte, Ihre Werkstatt steht unter Beobachtung.«

»Und hier sind wir unbeobachtet?«, fragte der Bär mit einem Anflug von Ironie in der Stimme.

»Ich sehe hier zumindest niemanden, der mich kennt.« Traunstein lachte.

»Wie Sie meinen«, brummte der Bär. »Lassen Sie uns zur Sache kommen!«

»Sie kennen diesen Offizier, der überall herumschnüffelt?«

Der Bär antwortete nicht. Vielleicht nickte er, das konnte Quappe nicht sehen ...

»Oberst-Lieutenant von Gontard«, fuhr Traunstein fort, »er wühlt in Sachen herum, die ihn nichts angehen.«

Der Alte hielt einen Monolog, der Bär schwieg weiter.

»Mir ist es sehr wichtig, dass ich im Bilde bin. Am besten über alles, was dieser Gontard erfährt.«

»Ich hab ihm nichts gesagt«, antwortete der Bär trotzig.

Dieser Grimm in der Stimme ... Endlich fiel es Quappe ein: Das war der Kerl mit dem Bart. Er tippte Ferdinand in die Seite und flüsterte: »Häußler.«

Der junge Herr nickte und guckte wieder nach draußen.

Dort sagte Traunstein: »Auch nicht, als er nach Puchs ominösem Reichtum gefragt hat?«

»Dazu habe ich nichts gesagt, weil ich keine Ahnung davon habe.«

»Wenn Ihnen etwas einfällt, kommen Sie zuerst zu

mir!« Traunsteins Gesicht wurde hart. »Mir sind da Geschichten von den Märzkämpfen zu Ohren gekommen – wenn ich die Behörden davon in Kenntnis setze ...« Der Alte sprach den Satz nicht zu Ende.

Häußler fiel ihm ins Wort: »Drohen Sie mir nicht! Sonst fallen mir noch ganz andere Dinge ein, die ich den Behörden erzählen könnte.«

Es wurde dunkel vor dem kleinen Loch in der Decke. Häußler trat zu Traunstein und flüsterte ihm etwas ins Ohr. Dann drehte er sich um und ging. Dabei schaute er nach unten, genau zu dem Loch in der Decke – oder bildete sich Quappe das nur ein?

Friedrich Kußmaul trank einen Schluck Kaffee. Er stellte die Tasse ab und hielt die *Vossische Zeitung* hoch.

»Was willst du damit?«, fragte Gontard und zeigte auf die Postille. »Die Conditorei-Waren einpacken?«

»Dieses Blatt legt immerhin noch die Unfähigkeit der preußischen Verwaltung offen.«

»Aber nur dann, wenn sie sich gar nicht mehr verbergen lässt.«

Kußmaul kicherte. Der Arzt legte die aufgeschlagene Zeitung auf den Tisch und sagte: »Wenn es um die Stadtentwicklung geht, steht Tante Voss wenigstens auf der richtigen Seite. Hier«, Kußmaul tippte auf einen kleinen Artikel, »geht es um die Pflasterung der Schönhauser Allee.«

Gontard kannte die Straße, die im Norden aus der Residenzstadt führte. Er ritt gelegentlich über die Allee hinaus in den Barnim. Bei schlechtem Wetter war sie kaum passierbar. Er nahm die Zeitung und las, dass eine Abordnung der Grundbesitzer beim Polizeipräsidium vorstellig geworden war, um den *schleppenden Gang der Geschäfts-Ver-*

waltung zu beklagen. Die *Vossische* stellte sich in dem kurzen Artikel auf die Seite der Anwohner. Gontard las: *Wie wir zur Zeit erwähnt, haben sowohl das Polizei-Präsidium als der Magistrat die Notwendigkeit einer solchen Verbesserung anerkannt und haben sich außerdem die Grundbesitzer der Schönhauser Allee noch bereit erklärt, eine Pflasterung auf eigene Kosten zu bewirken, so dass der Commune nur die Herstellung eines Rinnsteins übrig bleiben würde.*

Gontard schob die Zeitung auf die Mitte des Tisches. Kußmaul nahm das Blatt, faltete es und steckte es in seine Tasche. Der Arzt sah müde aus. Zwar lächelte er, davon schien ihn nichts abbringen zu können, die Augen aber ließen keinen Zweifel: Ohne den Kaffee wären die Lider längst zugefallen.

Kußmaul nippte noch einmal am Kaffee. »Du willst sicher wissen, was ich heute Morgen in der Charité erfahren habe.«

»Ja, natürlich, ich brenne darauf!« Gontard war dankbar, dass der Freund das Thema selbst ansprach. Das ersparte ihm das schlechte Gewissen, den übermüdeten Kußmaul zum Bleiben gedrängt zu haben.

»Alle Untersuchungen lassen nur einen Schluss zu: Der Mann kam durch den Schuss aus einer Waffe zu Tode. Das Kaliber muss enorm gewesen sein.« Kußmaul zeigte mit Finger und Daumen die Größe an. »Sicher ein Gewehr, vielleicht ein Fusil, wie es die Armee einsetzt. Der Schuss hat Puch von vorn in die Brust getroffen und sofort getötet.«

»Da musste er immerhin nicht lange leiden.«

»Nein. Der hat bestimmt nicht mal mehr gemerkt, wie er ins Wasser gefallen ist. Ein beneidenswertes Ende. Wenn es für Herrn Puch nicht so früh gekommen wäre.«

Gontard kam ein Gedanke: Wählte Puch den Freitod, nachdem Martha von Traunstein ihr Verhältnis beendet hatte? Er fragte: »Könnte er sich selbst erschossen haben?«

Kußmaul wiegte den Kopf. Es sah aus, als ginge der Arzt die Untersuchungsergebnisse noch einmal durch. Dann wurde aus dem Wiegen ein Schütteln. »Das halte ich für nahezu ausgeschlossen.« Kußmaul streckte den rechten Arm über den Tisch und richtete die Hand auf sich. »Es ist gar nicht so einfach, sich mit einem Schießgewehr selbst zu richten – bei so einem langen Lauf und ohne fremde Hilfe eigentlich unmöglich.«

Gontard beobachtete, wie der Arzt die imaginäre Waffe ausrichtete und dabei beinahe die Kaffeetassen umstieß.

»Nein, mit so einem Ding würde ich mir nicht in die Brust schießen.« Kußmaul senkte den Arm und hob den Kopf. »Da stecke ich mir den Lauf lieber in den Mund und löse den Abzug aus.«

Als Gontard sich die Verrenkungen vorstellte, mit der ein Selbstmörder eine Flinte auf die eigene Brust richtete, musste er fast lachen. Der Freund runzelte die Stirn. Ja, Kußmaul hatte recht, das Thema eignete sich nicht für Frohsinn ...

»Er könnte sich natürlich einen Schützen bestellt haben.« Kußmaul trank den letzten Schluck von seinem Kaffee und zögerte einen Augenblick, bevor er fortfuhr: »Aber warum sollte er sich dazu an den neuen Landwehrkanal begeben?«

»Das klingt tatsächlich unwahrscheinlich.«

»Unwahrscheinlich ist nicht unmöglich.«

Gontard dachte einen Augenblick nach. Sollte er einen Selbstmord in Betracht ziehen? Es sprach nichts dafür, vom Ende der Affäre mit Martha mal abgesehen. Puch hatte allem Anschein nach ein Vermögen in Aussicht gehabt, woher auch immer – das erschien Gontard nicht der rechte Moment für einen Freitod. Er sagte: »Unmöglich ist das nicht, da hast du recht. Es erscheint mir nur überhaupt nicht plausibel. Da suche ich lieber nach einem fremden Gewehrschützen.«

»Das würde ich an deiner Stelle auch tun«, sagte Kußmaul. »Wenn ich dir helfen kann, stehe ich ab morgen wieder zur Verfügung.« Der Arzt schob seine Kaffeetasse weg. Mitten in der Bewegung hielt er inne. »Ist das nicht der Herr Gartendirektor Lenné?« Er wies zur Tür.

Gontard drehte sich zum Eingang. »Tatsächlich.«

Lenné betrat das Stehely. Ihm folgte ein zweiter Mann, der, obwohl er schmal von Statur war, einen erheblichen Bauch hatte.

»Und den kenne ich auch«, flüsterte Kußmaul. »Erhardt von Richtenau, Oberregierungsrath im Handelsministerium von Herrn Minister August von der Heydt. Den sehe ich öfter. Er hat eine alte Kriegsverletzung. Die Narbe macht bis heute Ärger.«

Gontard musste ein Grinsen unterdrücken. Kußmaul traf in einem fort Leute, deren Zipperlein er genau kannte: eine schlechte Verdauung, eine Gürtelrose, die Syphilis und so weiter.

Lenné erkannte Gontard und kam zum Tisch. Er stellte Richtenau als den für die Wasserwege in der Berliner Region zuständigen Beamten vor.

Noch ein Casus, bei dem ich nicht vorwärts komme, dachte Gontard und sagte: »Ich werde morgen noch einmal zum Kanal reiten.«

»Sehr gut, Herr Oberst-Lieutenant! Meister Häußler ist dort und steht Ihnen zur Verfügung.«

Tagebucheintrag No. 6, 27. August 1850
Ein guter Weinjahrgang, der 1848er. Da hat dieses vermaledeite Jahr doch etwas Gutes. Der Tropfen schmeckt vorzüglich – und dabei war der Wein geradezu billig.
Geld. Immer geht es ums Geld. So ist die Zeit heute. Wo immer ich hinkomme, reden alle darüber. Habe sogar ich wegen des Geldes getötet? Nein. Selbstredend wollte ich nicht bezahlen. Doch die Summe hätte ich verschmerzt. Nein, mir ging es um das Prinzip – das wird mir immer klarer, je länger ich darüber nachdenke.
Ich bin nichts schuldig gewesen, deshalb hatte ich nichts zu begleichen. Es mag sein, dass dieser Wicht im ganzen Leben zu kurz gekommen ist. Doch das konnte er mir nicht vorwerfen. Meine Tür stand stets offen. Ich lieh ihm Geld, als er es brauchte. Meine Geduld war endlos, als er es nicht zurückzahlen konnte.
Geld, Geld, Geld. Für Adam Smith war der Egoismus sogar eine schaffende Kraft. Es ist die Gier, die uns vorantreibt, das stimmt wohl – nur führt der Weg direkt in den Untergang. Puch ist tot. Und auch im Großen steuern wir auf den Abgrund zu. Der dicke König wird den Lauf der Dinge nicht aufhalten. Die Geldsäcke werde ich vom Thron schubsen.
Ist der Kleine mit dem langen Bart die Rettung? Führt Karl Marx den Pöbel an die Macht? Und was stellen die Lumpen an, wenn sie den Thron erobert haben? Vielleicht schaffen sie das Geld ab – und alles, was Spaß macht, gleich mit. Wenn die Revolutionäre in deutschen Landen nur nicht so humorlos wären!
Das ist Zukunftsmusik. Vielleicht erlebe ich das nicht einmal. Immerhin treiben meine Gedanken in die Ferne. Noch vor wenigen Tagen habe ich an nichts anderes gedacht als an diesen Kerl und wie er, von meinem Schuss getroffen, ins Gewässer taumelte.
Meine Strategie geht auf. Ich beobachte und bleibe dabei unsichtbar. Vielleicht kann ich den Oberst-Lieutenant noch ein bisschen mehr mit dem Kanal beschäftigen.

Sieben

Mittwoch, 28. August 1850

Christian Philipp von Gontard kam von seiner Lehrstunde, und ihm brummte der Kopf. Er schleppte sich durch den Gang der Vereinigten Artillerie- und Ingenieurschule und genoss die Stille. Nur seine Schritte hallten über den Flur, keine jungen Offiziere weit und breit.

Nicht etwa, dass die Schüler soeben viel geredet hätten. Aber ihre wenigen Fragen ließen jegliches Verständnis für die simpelsten Grundlagen der Physik vermissen. Wurden die immer dümmer, oder kam ihm das nur so vor? Wenn es nach denen ginge, müsste man nur ein Vorzeichen vertauschen, und schon fiele die Kanonenkugel nach oben. Gontard rieb sich beim Gehen die Schläfen. Das half.

Er hob den Kopf und wäre am liebsten auf der Stelle umgekehrt. Vor seinem Bureau stand Generalmajor von Schnöden. Der Schulleiter zog eine Miene, als habe ihm jemand die Stiefel geklaut, und machte nicht den Eindruck, als würde er sich abwimmeln lassen. Gontard trottete den Gang entlang und begrüßte den Schulleiter mit einem Handschlag.

Von Schnöden hielt Gontards Hand noch, als er entgegnete: »Sie haben einen Augenblick für mich, Herr Oberst-Lieutenant.«

Das war keine Frage, dennoch nickte Gontard und bat

den General ins Bureau. Schnöden trat ein. Ungefragt setzte er sich. Zwar wartete er, bis auch Gontard Platz genommen hatte, dabei blickte er aber drein, als würde das Haus unter seinem Hintern brennen.

»Lassen Sie mich ohne Umschweife zur Sache kommen«, sagte von Schnöden. »Wie kommen Sie in der Causa des Unglücks am Kanal voran?«

»Meinen Sie den Mordfall oder den Erdrutsch?«

»Ich befürchte, mit Ihrer Frage kommen wir dem Problem schon auf die Spur, Herr Oberst-Lieutenant.« Von Schnöden sprach die Worte leise, aber so deutlich, als habe er einen Begriffsstutzigen vor sich. Das gewöhnte sich ein Schulleiter wohl im Laufe der Jahre an. »Sie setzen die Prioritäten nicht klar genug. Der Kanal wird in wenigen Tagen eingeweiht. Es ist nicht einmal mehr eine Woche Zeit. Der Termin ist unumstößlich.«

»Das ist mir bekannt, Herr Generalmajor. Wir haben umfangreiche Untersuchungen durchgeführt.«

»Und? Was ist dabei herausgekommen?«

Gontard zeigte auf seinen Schreibtisch, wo der Stapel mit den Laborergebnissen lag. »Das Baumaterial ist in Ordnung.«

»Dann hätte das Unglück also gar nicht passieren dürfen?«

Gontard schwieg.

»Es ist aber passiert, Herr Oberst-Lieutenant.« Von Schnöden hob die Hand und wies mit dem Finger zur Decke. »Die da oben werden ungeduldig. Ich durfte soeben beim Herrn Kriegsminister von Stockhausen rapportieren. Auf dieser Ebene ist die Causa bereits angekommen.«

Gontard schwieg weiterhin.

»Noch stellen die Herren unsere Expertise nicht in Frage. Zumindest nicht offen. Aber durch die Blume hat mir der werte Herr Minister durchaus zu erkennen gegeben, dass sich unser Königreich so eine Einrichtung wie die Vereinigte Artillerie- und Ingenieurschule mit so einem Lehrkörper nicht zum Spaß hält.«

»Herr Generalmajor, seit Jahrzehnten wird an diesem Kanal gebaut.« Gontard beugte sich vor und merkte, dass er lauter wurde. »Ich aber befasse mich noch nicht einmal eine Woche mit dem Thema.«

»Das, glauben Sie, wird uns retten?« Dann zeigte von Schnöden eine Milde, wie sie nur Männer ausstrahlten, die schon jede Menge Ärger kommen und gehen sehen haben. »Nein, mein lieber Oberst-Lieutenant. Vielleicht ist einem neutralen Beobachter klar, dass die Herren im Handelsministerium für das Dilemma zuständig sind. Nur bringt uns das nicht weiter. Wir wurden zu Rate gezogen und können nicht helfen. Deshalb sind wir die Dummen.«

Gontard schaute den Schulleiter an. Der sah nicht aus, als habe er ein persönliches Interesse an der Aufklärung irgendwelcher Unglücke. Vor ihm saß ein Mann, der seine Ruhe haben wollte. »Darf ich fragen, wer in dieser Angelegenheit derart drängelt?«

»Das geruhte der Herr Minister nicht näher auszuführen.«

Gontard schnaufte. »Wir drehen hier jedes Staubkorn um. So etwas dauert seine Zeit. Die Herren aus den Ministerien können sich gern höchstselbst im Labor davon überzeugen.«

»Sie erlauben, dass ich ganz offen spreche?« Der Schulleiter bekam einen väterlichen Ton. »Sie suchen da in Ihrem Labor nach Krümeln im Dreck. Vielleicht modert der Unrat ganz woanders.«

Gontard stutzte. Was wollte von Schnöden damit andeuten?

»Ich bin kein Fachmann auf diesem Gebiet«, fuhr der Schulleiter fort, »doch es will mir scheinen, als könnte beim größten Bauwerk unserer Residenzstadt eine Menge schiefgegangen sein.«

»Sie meinen ... Lenné?«

»Werter Herr Oberst-Lieutenant, selbstredend meine ich nichts dergleichen. Ich möchte nur darauf drängen, dass wir bei unseren Untersuchungen gänzlich unvoreingenommen vorgehen.« Von Schnöden legte das väterliche Gebaren ab und fuhr getragen wie ein Staatsmann fort: »Wir agieren mit der gebotenen Obacht und provozieren niemanden. Zugleich erfüllen wir unsere Pflicht mit allem Nachdruck.«

Gontard führte die Hand zur Stirn. »So wird es gemacht, Herr Generalmajor. Ich werde sogleich noch einmal zur Unfallstelle reiten und den Zustand der Böschung in Augenschein nehmen.«

»Machen Sie das, Herr Oberst-Lieutenant! Lassen Sie derweil Ihre Männer alle Papiere prüfen – vom ersten Bauantrag bis zur letzten Schraubenrechnung.« Von Schnöden erhob sich und trat zur Tür. Dort drehte er sich noch einmal um und sagte: »Ab jetzt informieren Sie mich bitte täglich über den Stand Ihrer Nachforschungen!«

Gontard band die Zügel seines Pferdes an der Tränke fest. Er war fast allein hier draußen im Grünen vor der Stadt. Vorn am Kanal arbeiteten nur Häußler und seine Stifte. Verbissen hämmerte der Baumeister auf einen Balken ein. Er führte die Schläge aus, indem er die Wucht des ganzen

Oberkörpers nutzte. Bei jedem Schlag flogen die Haare des kräftigen Mannes durch die Luft.

Häußler befestigte offenbar eine neue Stütze am Bassin. Das Ufer sah schon wieder aus wie mit dem Lineal gezogen, allein die Klinkerverschalung im Bassin fehlte noch. Häußler und seine Stifte bekamen den Kanal bis zum Wochenende wieder in Schuss, daran hegte Gontard nicht den geringsten Zweifel.

Das Grün der Wiese leuchtete wie frisch getüncht. Auch den Pflanzen schienen die Wolken am Himmel gutzutun. Wenn die wüssten, dass bald der Herbst kommt, würden die Halme nicht so unverschämt durch die Gegend glitzern, dachte Gontard. Er war keine zwanzig Meter mehr von Häußler entfernt, doch der Baumeister hämmerte noch immer und bemerkte ihn nicht.

»Herr Häußler!«, rief Gontard.

Der Baumeister reagierte nicht, sondern drosch weiter mit dem Hammer aufs Gebälk. Dabei machte er einen Lärm, dass Gontard seine eigenen Worte kaum verstand. Dennoch rief er noch einmal – ohne Erfolg.

Sollte er warten, bis der Baumeister aufhörte zu hämmern? Oder ihm an die Schulter tippen – und dabei vielleicht einen Hammerschlag abbekommen? Gontard stand etwas hilflos herum. Häußler setzte weitere Schläge, bis er eine kurze Pause machte und mit der linken Hand über das Holz strich.

Gontard nutzte den Moment und rief eilig: »Herr Häußler!«

Der Baumeister zuckte zusammen und drehte sich ruckartig zu ihm um. Der Hammer fiel auf den Balken.

»Herr Häußler«, wiederholte Gontard leiser. »Pardon, ich wollte Sie nicht erschrecken.«

»Und warum schleichen Sie sich dann von hinten an mich heran, Herr Oberst-Lieutenant?« Häußler hob seinen Hammer auf und trat einen Schritt zu Gontard. »Zugegeben, von vorn konnten Sie schlecht kommen. Ich war nur etwas überrascht«, fügte er hinzu und streckte Gontard die Hand entgegen.

»Es ist gut, dass ich Sie antreffe«, sagte Gontard und ergriff Häußlers Hand. »Ich sehe, Sie und Ihre Männer bekommen den Uferabschnitt wieder hin.«

»Ich habe ein paar Stützbalken zusätzlich angebracht. Wenn das nicht hält, dann weiß ich auch nicht, was ich machen soll.« Häußler winkte Gontard heran und zeigte auf die Konstruktion, die das Ufer befestigte.

»Waren zuvor zu wenige Stützen angebracht?«

»Herr Oberst-Lieutenant!« Häußler klang vorwurfsvoll. »Ich habe selbstverständlich genau nach den Plänen gebaut. Und ich habe sie mir auch im Detail angeschaut. Sie waren, soweit ich das feststellen konnte, in Ordnung.«

»Das wollte ich nicht in Zweifel ziehen, Herr Häußler. Bei den Plänen mussten Sie sich auf die Arbeit anderer verlassen, oder?«

Häußler guckte skeptisch. Anscheinend überlegte er, wem ein falsches Wort schaden würde. Er schritt von der Böschung und seinen Stiften weg und sagte: »Ich bin kein Architekt, Herr Oberst-Lieutenant. Und ich habe natürlich keine Erfahrungen in der Konstruktion solch großer Kanalanlagen. Aber ich baue schon mein ganzes Leben hier in der Gegend, auf diesem Boden mit dem hiesigen Baumaterial. Ich erkenne, wenn ein Bauplan zum Fiasko führt.«

Gontard wollte etwas entgegnen, den Baumeister beruhigen, aber der hatte sich in Rage geredet.

»Ich sage Ihnen noch etwas, Herr Oberst-Lieutenant.«

Häußler hob die Hand und wies zum Kanal. »Wir stehen hier neben dem größten Bauwerk von Berlin. Niemand hat so etwas schon einmal ausgeführt. Die Schleusen, die Brücken, die Hafenanlagen, der Kanalausbau – das alles war für die Planer in dieser Größe Neuland. Und dann die Bauzeit! Vor Jahren wurden die ersten Pläne gezeichnet, und jetzt stehe ich hier und füge die letzten Balken zusammen.« Häußler ließ die Hände sinken und schüttelte den Kopf. »Da kommen Sie und beschweren sich über so eine Kleinigkeit.«

»Das verstehen Sie falsch, Herr Häußler. Diese Kleinigkeit hat dazu geführt, dass die Herren im Handelsministerium die Hilfe des Militärs angefordert haben.«

»Und?« Häußler verschränkte die Arme vor der Brust. »Was hat das gebracht?«

»Bislang sind die Ergebnisse so dürftig, dass der Herr Kriegsminister von Stockhausen am Morgen persönlich bei meinem Schulleiter interveniert hat.«

»Dann stehen Sie genauso dumm da wie ich?« Häußler entspannte sich und grinste.

»Hm.«

»Das erleichtert mich.«

Gontard lachte und wechselte das Thema. »Vielleicht können Sie mir in einer ganz anderen Angelegenheit noch eine Auskunft geben. Ich habe gelesen, dass der verstorbene Herr Puch bei vielen Personen um Geld gebeten hat. Bei Ihnen auch?«

»Ja, ich habe ihm mit einer kleinen Summe ausgeholfen. Das war voriges Jahr. Ich würde sagen, im Herbst.«

Gontard überlegte. Im Sommer Virchow, im Herbst Häußler – da blieb genug Zeit für weitere Spender. Er fragte: »Wissen Sie, wer Puch außerdem unterstützt hat?«

Häußler wurde ernst und, wie es Gontard vorkam, auch misstrauisch. Der Baumeister schwieg und strich sich dabei den Bart glatt. Gontard ließ ihm Zeit.

Häußler seufzte schließlich und sagte: »Also gut, Herr Oberst-Lieutenant, auch ich habe mich erkundigt. Von allen Seiten hört man, dass Sie ein vertrauenswürdiger Mann sind.«

»Das ist schön«, sagte Gontard und wusste nicht, ob es eine gute Nachricht war, dass Häußlers Bekanntenkreis so über ihn dachte.

»Ich schaue noch einmal durch meine Correspondenzen von damals. Bei meinen alten Bekannten frage ich auch nach. Dann kommen Sie in meine Werkstatt. Morgen bin ich noch hier, aber übermorgen habe ich Zeit.«

»Geht das nicht ein bisschen schneller?« So würde schon wieder ein Tag ins Land gehen, ohne dass er in dem Fall vorankäme, fürchtete Gontard.

»Ich muss mir selbst erst ein Bild verschaffen. Haben Sie Geduld bis übermorgen, Herr Oberst-Lieutenant! Dann erzähle ich Ihnen alles, was ich über Puch und den Fall in Erfahrung bringen konnte – ganz in Ruhe und nur Ihnen.« Häußler zeigte auf die Wiese in Gontards Rücken.

Dort trottete Criminal-Commisarius Waldemar Werpel mit seinem Constabler herbei.

Der Criminal-Commissarius und sein Constabler waren nur noch kleine Punkte am Ende der Wiese. Reichte das? Paul Quappe blieb lieber noch hinter dem Baum versteckt. Wo die Polizisten hingehen wollten, schien ihm klar. Da vorn – gleich hinter der Stelle, an der jetzt ein Gaul an der Tränke stand – war die Leiche ans Ufer des Kanals geschwemmt worden.

Quappe betrachtete das Pferd genauer und bekam einen Schreck. Das war doch der Rappe seines Herrn! Der Herr Oberst-Lieutenant musste sich also in der Nähe aufhalten.

»Kommen Sie, hinterher!« Ferdinand von Gontard stand schon hinter dem nächsten Baum.

»Halt, junga Herr! Ham Se nicht dit Pferd jesehen?«

»Das schwarze?«

»Jenau. Dit is doch der Jaul von Ihrm Herrn Papa.«

»Und?«

»Da kann da Oberst-Lieutenant ja nich weit wech sein.«

»Wir sind ganz vorsichtig.« Ferdinand hielt die Hand wie einen Schirm über die Augen und spähte über die Wiese. »Sehen Sie die Baumgruppe da vorn? Zu der schleichen wir hin und verschaffen uns von dort aus einen Überblick.« Ferdinand zeigte mit dem Arm über Quappes Schulter.

Ein Stück flussaufwärts standen ein paar Kiefern, der Boden unter der Baumgruppe war mit Farnen bewachsen. Da könnten sie sich verstecken – wenn sie unentdeckt bis dorthin kamen.

»Nun fassen Sie sich doch ein Herz, Herr Quappe!«

»Und wat ist, wenn der Herr ufftaucht – jerade, wenn wa üba die Wiese strolchen?«

»Wir kriechen auf allen vieren. Da sieht uns keiner.«

Das Gras stand beinahe hüfthoch. Dennoch war Quappe noch nicht überzeugt.

»Nun kommen Sie, Herr Quappe! Wenn mein Vater nach Hause reitet, kommt er hier vorbei und nicht an der Baumgruppe.«

Da hatte der junge Herr recht. Ferdinand robbte los. Quappe blieb nicht einmal Zeit zu nicken. Auch er warf sich ins Gras.

Der Boden war feucht. Das bemerkte Quappe erst, als er auf allen vieren kroch. Es musste in der Nacht einen Schauer gegeben haben. Die Nässe kroch durch die Hose. Der Stoff klebte an den Knien und schmatzte bei jeder Bewegung. Das würde schöne Flecke geben! Für den jungen Herrn war das kein Problem. Dessen Kleidung flog einfach auf den Haufen für die Waschmamsell. Aber Quappe musste seine Hose noch bis zum Wochenende tragen und den Waffenrock ebenso. Er schob die Ärmel nach oben.

»Runter!«, zischte Ferdinand.

Verflixt! Quappe warf sich zu Boden. Er hatte nicht aufgepasst und sich aufgerichtet. Nun lag er im Dreck – mit seinem Waffenrock. Warum hatte er sich auf diesen Unsinn eingelassen?

»Weiter!«, flüsterte Ferdinand.

Quappe hätte ihm am liebsten eine Maulschelle verpasst.

»Es sind nur noch ein paar Meter. Kommen Sie, bevor wir entdeckt werden!«

Mit zusammengebissenen Zähnen folgte Quappe dem jungen Herrn. Nun schmatzten Knie und Ellenbogen im Takt. Zum Glück war es nicht mehr weit. Die ersten Bäume standen direkt vor ihnen. Sie krochen in das Wäldchen. Der Farn reichte Quappe beinahe bis zur Brust. Er schlich in der Hocke weiter.

Ferdinand erreichte eine kräftige Kiefer. Er richtete sich auf und winkte Quappe zu. Als ginge es hier um Sekunden ...

Quappe schlich etwas langsamer. Und er wurde noch etwas gemächlicher, als der junge Herr heftiger winkte.

»Schauen Sie doch, Herr Quappe!« Ferdinand zeigte zum Kanalufer.

Neben dem jungen Herrn blieb kein Platz hinter dem Baum. Also pirschte Quappe zur nächsten Kiefer und blickte vor zum Kanal. Dort standen der Herr Oberst-Lieutenant, der Criminal-Commissarius, der Constabler und der bärtige Handwerker. Der Polizist redete.

»Von hier sieht man gut«, sagte Ferdinand.

»Ick vasteh dafür jar nix.«

»Ich auch nicht«, sagte Ferdinand. Er streckte den Arm aus und hob den Daumen. Dann kniff er ein Auge zu und lugte mit dem anderen über den Arm, als wolle er zielen. »Wenn ich ein guter Schütze wäre, könnte ich Werpel bestimmt von hier aus erschießen.«

»Aba warum solltn Se ditte denn tun, junga Herr?«

»Herr Quappe! Verstehen Sie nicht?«

»Nee. Wattn?

»Herr Quappe, da vorn ist die Stelle, an der Herr Puch aus dem Wasser gefischt wurde.«

»Na, dit weeß ick.«

»Er kann von hier aus erschossen worden sein, aus dem Hinterhalt. Von einem Mörder, der nicht entdeckt werden wollte.«

Der junge Herr hatte manchmal ganz schön viel Phantasie, fand Quappe und sagte: »Na, wenn Se meen.«

»Vielleicht haben Sie ihn umgebracht, weil er Ihnen das Geld nicht zurückgeben wollte.« Criminal-Commissarius Werpel tippte Häußler vor die Brust. »Geben Sie es zu!«

Der Baumeister trat einen Schritt nach vorn. Seine Hand zuckte.

»Herr Häußler, bleiben Sie ruhig!« Gontard schaute den Baumeister scharf an und wandte sich dem Polizisten zu. »Und Sie, Herr Criminal-Commissarius, hören auf mit Ihren Unterstellungen!«

»Ich führe meine Ermittlungen, wie ich es für richtig erachte, Herr Oberst-Lieutenant! Hier handelt es sich schließlich um ein Kapitalverbrechen. Und wenn Sie ein noch so hoher Offizier sind – ich kann keinerlei Rücksicht auf Befindlichkeiten nehmen.«

Häußler ballte die Fäuste.

»Meine Herren! Es reicht!« Gontard schob Werpel zur Seite.

Baumeister und Commissarius standen sich gegenüber. Wenn sie Hörner gehabt hätten, wären sie sicher aufeinander losgegangen. So aber guckten die beiden nur, als wollten sie sich gegenseitig auffressen. Wobei Gontard sicher war, dass in diesem Falle von dem Polizisten nicht viel übriggeblieben wäre.

»Ich bringe doch niemanden wegen zwanzig Thalern um. Und schon gar nicht einen wie Cornelius Puch.« Häußler streckte die Brust heraus. Gontard fürchtete beinahe, der Baumeister könnte vornüber kippen.

Der Polizist schwieg. Wenigstens das, dachte Gontard.

»Außerdem«, Häußlers Stimme klang hämisch, »erklären Sie mir doch bitte, wie ich den armen Kerl zu Tode befördert haben soll!«

»Sie haben ihn erschossen«, entgegnete Werpel.

»Und«, Häußler hob die Hände, »wo ist die Waffe? Sehen Sie eine?«

»Lassen Sie den Sarkasmus, Herr Häußler!«, mischte Gontard sich ein. »Das bringt uns nicht voran.«

»Ich meine das ganz ernst«, sagte Häußler höhnisch. »Soll er mir doch die Waffe bringen. Ohne Pistole kein Schuss. So einfach ist das.«

Gontard stutzte. Warum sprach Häußler von einer Pistole? War das nur so dahingesagt? Kußmaul hatte von einer großen Waffe gesprochen, einem Gewehr etwa - aber das wusste Häußler nicht. Gontard beschloss, diese Information zunächst für sich zu behalten. Er sagte lediglich: »Herr Häußler hat recht, Herr Criminal-Commissarius. Die Waffe ist der Schlüssel zu jedem Mord. Lassen Sie uns nach der Waffe suchen, und wir finden den Mörder.«

»Vielleicht durchsuche ich die Werkstatt des Herrn Baumeister. Wer weiß, was ich dort finde«, sagte Werpel.

Warum hörte der Polizist nicht auf zu stänkern? Gontard ging nicht auf die Worte ein, und auch Häußler schien sich nicht weiter provozieren zu lassen.

»Sagen Sie, Herr Häußler«, sagte Gontard nach einem Moment der Stille, »wenn Puch direkt am Ufer zu Tode kam, wird wohl das Projektil im Wasser verschwunden sein ...«

Der Baumeister stampfte mit dem rechten Fuß zweimal auf den Boden. »Entweder das, oder die Kugel ist bei dem Erdrutsch sonst wo verschwunden. Da werden Sie nichts mehr finden.«

Auch Gontard betrachtete den frischbefestigten Grund unter seinen Füßen. Erste Halme wuchsen aus dem Erdreich. Die Wiese war von den Arbeiten der letzten Tage bis zur Tränke ruiniert. Das Areal in der Nähe des Bassins sah aus wie ein Hexentanzplatz nach der Walpurgisnacht. Wenn jemand Puchs Leiche zum Kanal gezerrt und versenkt hatte, war auch das nicht mehr zu erkennen. Warum hatte er darauf nicht vor knapp einer Woche geachtet, als die Leiche ans Ufer geschwemmt worden war! Gontard wies in Richtung der Tränke und sagte: »Aber wenn der

Mörder Puch dort vorn erschossen hat, dann läge das Projektil im Dreck.«

Häußler fuhr mit der Hand durch den Bart, wiegte den Kopf und entgegnete: »Möglicherweise. Aber dann müssten wir bis in eine Elle Tiefe alles umgraben.« Der Baumeister grinste und wies mit der Hand kanalaufwärts. »Vielleicht wurde er ja dort hinten erschossen. Da sucht es sich leichter.«

Gontard lachte und schaute zum Criminal-Commissarius. Werpel zog ein Gesicht, als müsse er den Dreck zu seinen Füßen mit den Fingernägeln umgraben. Gontard wandte sich von dem Polizisten ab und blickte stromabwärts. In Steinwurfweite stand eine Baumgruppe. Wie dunkel wurde es dort in der Nacht? War das nicht ein guter Ort für einen Mord?

»Ick könnt ja schon ma anfang. Ick meene, mitm Suchen.« Constabler Krause bückte sich und fingerte an den Grashalmen neben seinen Füßen herum.

Häußler hob seine Augenbraue und schien einen Augenblick zu überlegen, ob der Constabler ihn veralberte. Werpel waren die Worte seines Constabler peinlich – er sackte in sich zusammen, als hätte jemand die Luft aus seinem Bauch gelassen.

»Vielleicht ist das gar keine schlechte Idee, Constabler. Falls Sie tatsächlich ein Projektil finden, wissen wir zumindest, wo Herr Puch zu Tode kam«, sagte Gontard und dachte: Im besten Falle bekommen wir sogar Klarheit über die Waffe. Dabei schaute er Häußler an. Der verzog keine Miene.

Dafür sagte Constabler Krause: »Jenau. Dit meen ick ooch. Un außerdem mach ick da wat Sinnvollet.«

»Könnten Sie Ihren Constabler so lange entbehren, bis

er das gesamte Areal abgesucht hat?«, fragte Gontard den Criminal-Commissarius. »Am besten beginnt er mit dem Waldstück dort vorn.«

Werpel betrachtete den Constabler, wie er auf allen vieren über die Wiese kroch, und sagte: »Ja, das kann ich wohl. Was soll ich mit dem Mann auch sonst anfangen?« Der Polizist schüttelte erneut den Kopf und fügte an: »Und Sie meinen, selbst die Baumgruppe kommt als Tatort in Frage?«

Gontard schaute noch einmal zu den Kiefern. Er hatte keine Ahnung, was ihm an den Bäumen so seltsam vorkam. Vielleicht war es der Farn, der wogte, ohne dass ein Wind blies. War dort nicht gar ein Kopf zwischen den Blättern? Und gehörte der nicht seinem Burschen?

Quappe hockte sich zwischen die Farne. Auch wenn die Knie noch so sehr schmerzten – das war besser, als entdeckt zu werden. Der Herr Oberst-Lieutenant guckte schon wieder her. Quappe hüpfte hinter die Kiefer. Wenn sich das Grünzeug nur nicht so bewegen würde! Trotz des grauen Himmels herrschte Windstille. Da fiel das vermaledeite Kraut bestimmt auf – selbst auf die Entfernung ...

Quappe blickte zwischen zwei Ästen Richtung Kanal. So ein Mist! Jetzt sahen alle drei zu ihnen herüber. Der Polizist, der bärtige Baumeister und der Oberst-Lieutenant. Nur der bekloppte Constabler kroch über die Wiese, als hätte er einen Knopf verloren und dürfe sich ohne das Stück nicht bei Mama sehen lassen. Auch die beiden Stifte wurstelten am Ufer herum. Der Herr Oberst-Lieutenant allerdings zeigte nun mit dem Finger auf Quappes Versteck. Und nicht nur das – die drei Männer liefen los. Genau auf die Baumgruppe zu.

»O nein!« Ferdinand schlug die Hand vor den Mund.

»Wat mach man jetze?«, fragte Quappe.

»Woher soll ich das wissen?«

Der junge Herr hatte recht. Eigentlich müsste er selbst die Anweisungen geben, dachte Quappe. Er war schließlich der Ältere, der Erwachsene. Nur fiel ihm nichts ein. Er schloss die Augen und wartete einen Moment. Das half nichts. Als Quappe das nächste Mal zur Wiese sah, hatten die drei Männer schon die Hälfte des Weges geschafft. Lohnte sich eine Flucht noch? Wenn, dann sofort.

»Ferdinand! Weg hier!« Quappe warf sich zu Boden und robbte los.

»Quappe! Bleiben Sie da!« Die Stimme von Oberst-Lieutenant von Gontard donnerte über die Wiese.

Quappe stockte mitten in der Bewegung. Der Herr schien nicht zu Späßen aufgelegt.

»Stehen Sie auf und kommen Sie her!« Gontard wartete vor dem Waldstück und wies mit der Hand auf den Boden vor seinen Fußspitzen.

Quappe stapfte durch die Farne. Ferdinand kauerte hinter dem Baum. Den hatte noch gar keiner bemerkt. Vielleicht war das Quappes Rettung. Er eilte auf die Wiese. Mit einer guten Ausrede kam er womöglich glimpflich davon. Nur, was sollte er vorbringen?

»Wo ist Ferdinand?«, fragte der Oberst-Lieutenant.

Quappe fiel so schnell keine Antwort ein. Eigentlich war er gut im Flunkern. Nur stand der junge Herr keine zehn Meter weiter hinter einer Kiefer. Konnte er sich auf den Jungen verlassen, wenn er log? Blieb der in seinem Versteck?

»Ich habe Sie etwas gefragt, Herr Quappe!«

»Ich bin hier, Vater.« Ferdinand tapste über die Wiese.

Zum Glück hatte er seine Klappe gehalten, dachte

Quappe. Oberst-Lieutenant von Gontard sah ihn so an, als wollte er sagen: Die Abreibung gibt es später!

»Vater, bitte sei nicht böse auf Herrn Quappe! Ich musste ihn überreden, hierher zu kommen.«

Das war ein feiner Zug vom jungen Herrn, fand Quappe.

»Sie feixen nicht so, Quappe!« Oberst-Lieutenant von Gontard hob drohend den Zeigefinger und wandte sich an Häußler und Werpel. »Meine Herren, darf ich ein paar Worte mit meinem Sohn und meinem Burschen allein sprechen?«

Baumeister und Polizist drehten sich um und liefen wieder auf den Constabler zu.

Als sie ein paar Meter zurückgelegt hatten, sagte der Oberst-Lieutenant: »Nun sag mir, Ferdinand – was sucht ihr hier draußen?«

Ferdinand senkte den Kopf und schwieg.

Der Oberst-Lieutenant wandte sich an Quappe. »Dann verraten Sie es mir!«

»Nein, Vater.« Ferdinand hob den Kopf. Nun stand er da, als erwarte er den Ritterschlag. »Ich sage dir die Wahrheit. Wir möchten dich bei den Mordermittlungen unterstützen. Wenn du uns lässt, würden wir eine große Hilfe für dich sein. Da bin ich sicher.«

Der Oberst-Lieutenant guckte entsetzt und sagte: »Ferdinand, ich glaube, ich höre nicht recht. Du wirst mir auf der Stelle jedes Detail schildern!«

Quappe zog den Kopf ein, obwohl das im Augenblick überflüssig war. Der Herr Oberst-Lieutenant hatte keinerlei Interesse an ihm und sah Ferdinand streng an.

»Also, mein Sohn, wie lange spielt ihr schon die Schnüffler?«

»Vater, du musst uns glauben, dass wir sehr vorsichtig sind ...«

»Ferdinand«, Oberst-Lieutenant von Gontard unterbrach seinen Sohn in scharfem Ton, »ich möchte jetzt Fakten hören.«

»Seit vorgestern halten wir die Ohren offen. Zumeist haben wir die Leute, denen wir gefolgt sind, über Geld reden hören. Wir haben Herrn Häußler beobachtet. Er sprach mit Herrn von Traunstein und auch mit dessen Frau darüber.«

Ferdinand erzählte von dem Gespräch zwischen Häußler und Martha von Traunstein vor der Oper. Dann schilderte er, wie sie Herrmann von Traunstein beschattet hatten. Schließlich unterrichtete er seinen Vater über das Versteck in der Baumgruppe und wie gut dies als Hinterhalt geeignet sei.

Der Oberst-Lieutenant hörte den Ausführungen aufmerksam zu. Was für ein schlauer Kerl Ferdinand war, dachte Quappe. Er beeindruckte seinen Vater mit ihren Beobachtungen. Anstatt Maulschellen zu verteilen, nickte der Herr immer wieder. Zum Schluss nahm der Junge alle Schuld auf sich.

Der Oberst-Lieutenant wandte sich Quappe zu. »Gucken Sie nicht so blöde, Quappe! Über Ihre Rolle bei den Sperenzchen meines Sohnes reden wir später. Und jetzt – mitkommen! Du auch, Ferdinand.«

Der Oberst-Lieutenant stapfte über die Wiese. Er rief dem Commissarius zu: »Mein Sohn und mein Stiefelknecht haben zufällig nichts anderes vor und wollen sich nützlich machen. Sie werden Ihren werten Herrn Constabler bei der Suche nach Projektilen unterstützen.«

Werpel grinste. Selbst Häußler lächelte. Quappe ahnte nichts Gutes.

»Ich möchte, dass Sie unter jedem einzelnen Grashalm nachschauen, Herr Quappe. Haben Sie mich verstanden?«

»Bis janz dahinta?«

»Ganz genau. Und wenn Sie die Wiese einmal abgesucht haben, beginnen Sie zur Vorsicht von vorn! Ist das klar?«

»Jawoll, Herr Oberst-Lieutenant!«, parierte Quappe. Da hatten sie sich etwas eingebrockt.

Oberst-Lieutenant von Gontard wandte sich zu Häußler. »Würden Sie die beiden im Auge behalten, Herr Häußler? Und Herrn Quappe im Zweifelsfall an die Ernsthaftigkeit dieser Arbeit erinnern?«

»Aber gerne.«

Der Kaffee war stark und schwarz, genau das brauchte Gontard jetzt. Die viele frische Luft machte müde. Zudem schlief er in letzter Zeit nicht besonders gut. Wenn er mit Kußmaul hier säße, hätte er über den Grund für seinen schlechten Schlaf sprechen können, aber Grahsen war nicht der Mensch, vor dem Gontard sein Herz ausschütten wollte.

Der Journalist bettelte schon seit einer halben Stunde um Informationen zu dem Mordfall, aber Gontard hatte keine. Dass Puch erschossen worden war, hatte sich schon bis zu Grahsen herumgesprochen. Auch von dem ominösen Geld wusste der Journalist bereits.

»Sie haben bestimmt schon jemanden unter Verdacht«, drängelte Grahsen.

»Ich habe nicht die leiseste Ahnung, wer es gewesen sein könnte, Herr Grahsen.«

»Vielleicht will jemand von ganz oben den Mörder decken.« Grahsen blickte zur Decke, so sah seine Stirn noch höher aus. »Die Reaktion ermordet die alten Widersacher.«

»Ich habe nicht den geringsten Hinweis darauf«, sagte Gontard und dachte an den Besuch des Schulleiters am Morgen. War es nicht doch ein Zeichen, dass der Kriegsminister persönlich ihn zur Arbeit an einem anderen Unglücksfall trieb? Gontard überlegte noch einen Moment und musste lächeln. »Und selbst wenn es so wäre, dann würden Sie es bei Tante Voss nicht ins Blatt bekommen.«

Grahsen guckte, als hätte Gontard ihm den Kaffee auf die Hose geschüttet, und schwieg.

»Im Ernst, Herr Grahsen. Wir kennen uns schon sehr lange. Daher können wir offen reden. Puch mag ein Liberaler gewesen sein, aber er hat für einen alten Adligen gearbeitet. Für einen Mann mit erheblichem Einfluss.« Gontard dachte an die Drohung Traunsteins, er solle es ja nicht an Diskretion über sein Verhältnis mit Martha mangeln lassen.

»Über Traunstein habe ich schon so einiges gehört. Auch er soll liberalen Ideen gegenüber durchaus aufgeschlossen sein.«

»Tatsächlich?« Das hätte Gontard nicht gedacht. Der alte Knochen hatte sich zwar väterlich über Puch geäußert, aber keinerlei Sympathien für dessen Ansichten erkennen lassen.

»Ich würde sagen, der alte Herr von Traunstein gehörte zu den Adligen, die sich seinerzeit bei der Inthronisierung des dicken Königs ein offeneres Preußen erhofft hatten.« Grahsen flüsterte beinahe. »Nun hält er es wie die Herausgeber meiner Zeitung: Bloß keine politischen Äußerungen machen, sondern Arsch an die Wand und die guten Beziehungen pflegen! Vielleicht war ihm das mit der Freiheit letztlich nicht ganz so wichtig.«

Nur musste Tante Voss für ihre Haltung im Unterschied zu Traunstein Häme einstecken, fügte Gontard in Gedanken hinzu.

»Sie gucken so hochmütig. Als hätten sie damals nicht gehofft, dass sich alles zum Guten wenden würde.« Grahsen sprach weiter so leise, dass er sich über den Tisch beugen musste. »Und was tun Sie jetzt, Herr Oberst-Lieutenant? Sie schieben Dienst.«

Über seine Rolle in den letzten zwei Jahren wollte Gontard nicht sprechen. Er blieb lieber beim Mordfall. »Vielleicht haben Sie recht, Herr Grahsen. Vielleicht habe ich Traunstein falsch eingeschätzt.«

Grahsen zögerte einen Moment. Er schien dem Einlenken Gontards nicht ganz zu trauen. »Was meinen Sie?« Grahsen fragte langsam, als prüfe er seine Gedanken beim Reden. »Hat Traunstein seinen Secretär erschossen? Vielleicht, weil Puch etwas über den Alten wusste und ihn erpresst hat?«

»Das sind wilde Spekulationen.«

»Aber eine Erpressung würde erklären, woher Puchs Geld kam.«

»Das mag schon sein. Nur kann Puch sonst wen erpresst haben.« Gontard dachte an Häußler, der die alten Weggefährten befragen wollte. Dem Baumeister musste er ganz genau auf den Zahn fühlen. Von dem bekam er bestimmt noch ein paar Namen.

»Herr von Gontard, ich brauche Informationen. Was soll ich denn in meinen Artikel schreiben?«

»Das soll ich Ihnen sagen?« Gontard lachte.

»Sie ahnen ja nicht, was bei der *Vossischen* los ist.«

»Erzählen Sie es mir!«

Grahsen guckte erneut, als traue er den Worten Gontards nicht. Der Journalist nippte an seinem Kaffee und stellte die leere Tasse dann an den Rand des Tischchens. Nach einem Blick auf Gontards Tasse orderte er Nachschub für beide, indem er zwei seiner dünnen Finger in die Luft streckte.

»Meine Arbeit macht keinen Spaß mehr.« Der Journalist seufzte und zeigte durch den Raum des Caféhauses. »Schauen Sie sich die Leute an! Grau sind sie geworden. Sie schimpfen zwar auf die alte Tante Voss, aber viele lesen sie weiterhin ... genauso wie die anderen Zeitungen – die Menschen benutzen sie zur Ablenkung. Vielleicht empören sie sich im stillen Kämmerlein. Und sicher verhöhnen sie uns bei privaten Empfängen. Doch sie tun nichts. Die Stadt liegt in Lethargie. Es scheint beinahe, als sei es völlig egal, was wir schreiben.«

Gontard dachte an den Stapel mit den Ausgaben der *Vossischen* zu Hause in der Dorotheenstraße. Jeden Tag blätterte er die Zeitung durch. Meist las er ein paar Artikel, und häufig ärgerte er sich. Dennoch kaufte er am nächsten Tag die neue Nummer ...

»Und jetzt auch noch die Sache mit Bernhard Wolff. Haben Sie schon davon gehört?«

Gontard wusste, dass Bernhard Wolff der Besitzer der *National-Zeitung* war. Von seinen neusten Unternehmungen war ihm nichts bekannt. Also zuckte er mit den Schultern.

»Ich spreche vom ›Telegraphischen Correspondenz-Bureau B. Wolff‹. Mit diesem Bureau holt er die Börsennachrichten aus Frankfurt und London. Und zwar für verschiedene Zeitungen.« Grahsen hob die Arme, als kapituliere er vor Wolffs Treiben. »Einmal Nachrichten für alle Zeitungen. Das heißt, die Herren Verleger müssen nur einmal bezahlen und haben alle etwas zum Abdrucken.«

»Es handelt sich doch nur um die Börsennachrichten.«

»Jetzt noch.«

»Ach Herr Grahsen, die Verleger drucken doch nicht alle das Gleiche in ihre Zeitungen!«

Grahsen lachte. »Wie oft haben Sie die *National-Zeitung* und die *Vossische* in letzter Zeit miteinander verglichen?«

»Hm.« Gontard las gelegentlich im Caféhaus in der *National-Zeitung*, die Börsenberichte übersprang er jedoch stets. Würde ihm auffallen, wenn Artikel in beiden Blättern gleichlautend erschienen? Vielleicht, vielleicht auch nicht. Wenn er es bemerken würde, wäre er vermutlich verwundert.

»Ich brauche eine gute Geschichte, Herr von Gontard. Geben Sie mir einen Hinweis in der Mordsache!« Grahsen ergriff Gontards Hand und drückte fest zu. »Oder können Sie mir in einer anderen Sache helfen? Haben Sie schon etwas von dem neuen Verhältnis gehört, das die junge Frau Traunsteins haben soll?«

-

Tagebucheintrag No. 7, 28. 08. 1850

Ein Nachmittag in der Schreibstube ist ein verlorener Tag. Wenigstens am Abend bin ich zu einem kleinen Ausritt gekommen. Der Thiergarten ist wochentags nicht so überlaufen. Da bekommt der Rappe mal ein paar Schritte Auslauf. Ich reite vom Zoo weiter und weiter – Bewegung ohne Ziel, das gibt es in den neuen Zeiten viel zu selten.

Ich denke an Puch. Vielleicht bringt der Tod ihm Dichterruhm. Sein Name ist gerade in der Zeitung gewesen, und vielleicht gibt es noch eine Notiz in der Presse zu seiner Beerdigung. Ob ein Blatt einen Vers von ihm abdrucken würde? Ich werde gleich morgen anfragen. Das rührt die Menschen: Ein Freund, der sich um das Vermächtnis eines Verstorbenen kümmert. Hach, da wird mir schon von der Vorfreude warm ums Herz. Ich werde ganz bescheiden darum bitten, meinen Einfluss auf die Veröffentlichung nicht zu erwähnen. Nur im engsten Bekanntenkreis lasse ich meine Hilfetat im Gespräch wie am Rande fallen. Oh, mein Edelmut wird honoriert werden, ganz besonders von Martha und den alten Gefährten, die mir so etwas gar nicht zutrauen.

Solche Gedanken kommen mir in der freien Natur. Deswegen trinke ich in einer Reitpause stets nur einen Humpen Bier. Dann steige ich flugs wieder in den Sattel. Gerade heute. Ich reite und reite und möchte überhaupt nicht mehr aufhören. Hinaus aus dem Thiergarten, auf die Wiesen und Felder vor der Stadt.

Ich reite ohne Ziel. Doch plötzlich, es beginnt bereits zu dämmern, erkenne ich das Areal. Und ich frage mich noch im Sattel: Ist es Zufall, dass mich mein Weg am neuen Landwehrkanal vorbeiführt? Oder handelt es sich um ein Zeichen des Schicksals?

Und dann der Schreck – am Bassin herrscht geradezu Trubel. Ich drehe ab. Nach ein paar Metern steigert sich meine Neugier jedoch ins Unermessliche. Also wage ich es. Ich steige ab, mache das Pferd an einer Weide fest und schleiche mich von hinten durch das Waldstück, bis ich an genau der Stelle stehe, von der aus ich geschossen habe.

Auf der Wiese vor meinen Augen kriechen drei Gestalten herum. Wegen des einfältigen Constablers mache ich mir keine Sorgen. Auch der Bursche bereitet mir kein Kopfzerbrechen, und der Junge ist nur ein Bengel. Dennoch ist da etwas, das mich stört. Die Polizei und Gontard arbeiten zusammen. Da muss ich auf der Hut sein. Gleich morgen werde ich mich um den Criminal-Commissarius kümmern.

Acht

Donnerstag, 29. August 1850

Das Tor zur Vereinigten Artillerie- und Ingenieurschule fiel hinter Christian Philipp von Gontard ins Schloss. Er hatte es durch den Vormittag geschafft, ohne von Schnöden zu begegnen. Das Gewimmel Unter den Linden verschaffte ihm etwas Ablenkung, zumindest für ein paar Augenblicke. Gleich würde er Henriette zu Hause beim Mittagessen treffen. Sein schlechtes Gewissen wuchs mit jedem Schritt, den er seinem Haus in der Dorotheenstraße näher kam.

Was blieb einem Mann, wenn er sich in seiner Dienststelle und auch in seinem Zuhause nicht mehr wohl fühlte? Wo sollte er hin? Im Stehely, bei den Treffen mit seinem Freund Friedrich Kußmaul, fand Gontard gewöhnlich seine Ruhe. Die Straßen der Residenzstadt und ein Caféhaus – das sollte seine Heimat sein? Gontard verspürte ein Gefühl der Leere im Bauch, so als sei ihm etwas aus dem Leib herausgeschnitten worden. Und sobald er an das Mittagessen und an Henriette dachte, wurde dieses Gefühl noch stärker.

»Herr Oberst-Lieutenant! Das ist ja ein glücklicher Zufall.«

Gontard schaute zur Seite. Lieutenant von Heye stand breitbeinig neben ihm. Der junge Mann sah aus, als zöge er in den Kampf.

»Guten Tag, Herr Lieutenant!«, sagte Gontard. »Ich bin auf dem Weg zu einer Verabredung und habe daher nicht viel Zeit.«

»Selbstverständlich, Herr Oberst-Lieutenant. Dürfte ich Sie ein Stück des Weges begleiten, um etwas mit Ihnen zu besprechen?«

»Sie haben Zeit bis vor zur Friedrichstraße.«

Heye verneigte sich. »Verbindlichsten Dank, Herr Oberst-Lieutenant.«

Gontard schritt los. Er bemühte sich, nicht zu schnell zu gehen, schließlich handelte es sich bei von Heye um einen Schüler der Vereinigten Artillerie- und Ingenieurschule von altem Adel. Eine Beschwerde beim Schulleiter konnte Gontard nicht gebrauchen.

»Darf ich Sie etwas fragen, Herr Oberst-Lieutenant?«

Gontard schaute seinen Schüler an. Der guckte, als stünde er in einer Physik-Prüfung. Gontard nickte.

»Es geht um Martha von Traunstein.« Heyes Stimme zitterte, von der Überheblichkeit war nichts zu spüren. »Ich kenne die Dame schon sehr lange. Derzeit verhält sie sich sehr eigentümlich. Ich weiß nicht so recht, wie ich es beschreiben soll. Es kommt mir vor, als wäre sie an den irdischen Angelegenheiten nicht mehr interessiert.«

Gontard lief nun doch schneller. Was sollte er dem jungen Lieutenant ausgerechnet zu diesem Thema sagen? Von Heye war nicht sein Sohn. Allerdings schlich er so neben ihm her, dass Gontard beinahe Mitleid bekam.

»Meinen Sie, ihr geht der Tod des Herrn Puch so nahe?«, fragte von Heye.

»Das ist möglich«, antwortete Gontard und merkte, dass er eine Spur zu erleichtert über diese Wendung des Gesprächs klang.

»Sie meinen, sie könnte diesen Schreiberling tatsächlich geliebt haben? Der war doch weit unter ihrem Stand!«

»Die Liebe geht mitunter die seltsamsten Wege«, sagte Gontard und schaffte es, bei dieser Plattitüde völlig ernsthaft zu bleiben.

»Das sagt jeder, mit dem ich darüber spreche.«

Heye schien das Thema durch die Berliner Gesellschaft zu tragen. Gontard beschloss, jedes Wort dem Lieutenant gegenüber genau zu überlegen. Zum Glück würde das Gespräch bald enden. Sie überquerten bereits die Neustädtische Kirchstraße.

»Bitte setzen Sie die Dame nicht weiter unter Druck, Herr Oberst-Lieutenant!«

»Ich werde meine Ermittlungen so behutsam führen, wie es irgend möglich ist.«

Bis zur Friedrichstraße blieben nur noch ein paar Meter. Gontard lächelte dem jungen Offizier aufmunternd zu. Der schritt neben ihm her wie das Unglück in Stiefeln und schwieg.

An der Kreuzung, direkt vis-à-vis dem eleganten Caféhaus Kranzler, blieb der Lieutenant stehen. Seine Gesichtszüge wurden hart, und er sagte: »Eines noch, es wird gemunkelt, Frau von Traunstein tröste sich in den Armen eines anderen Mannes. Wenn Sie dem Kerl bei Ihren Ermittlungen begegnen, unterrichten Sie ihn bitte von meiner Verachtung. Das Leid einer armen Frau auszunutzen ist eine Schande.« Der Lieutenant verbeugte sich auf militärische Art und marschierte zackig ins Kranzler.

Gontard überquerte die Friedrichstraße. Er lief wie durch Nebel und nahm kaum noch den Lärm der Stadt wahr – das Gekeife der Mamsellen, die Rufe der Kolporteure und das Donnern der Fuhrwerke drangen wie aus einem anderen Raum an seine Ohren. Es war, als steckte er in einem Kokon. Die Passanten wichen ihm aus. Gontard bog in die Dorotheenstraße und fragte sich, ob jeder in Berlin schon das Gerücht von Marthas neuer Liaison gehört hatte. Der Pfaffe, der die Straße herunterschlenderte, oder der Handwerker, der ihm im Abstand von wenigen Metern folgte, der Jude mit der Kippa, der vorn aus der Charlottenstraße kam. Am liebsten hätte er all die Männer am Schlafittchen gepackt, durchgeschüttelt und so lange verprügelt, bis sie ihm die Quelle des Gerüchtes verrieten.

Aber diese Gedanken führten zu nichts. Wenn es jemanden gab, der im Hintergrund die Fäden in der Hand hielt, dann spielte der ein Spiel. Je mehr Gontard darüber nachdachte, desto wahrscheinlicher erschien ihm diese Vermutung. Der Druck aus dem Kriegsministerium, die Gerüchte über Martha sowie die Drohungen, Andeutungen und Nachfragen lenkten von einem ab: vom Mord an Puch. Wenn es sich so verhielt, dann musste er sich auf die Ermittlungen konzentrieren, und schon würde der andere Ärger verschwinden. Er musste den Mörder suchen und nicht Gerüchten nachspüren. In der Kanalsache wandte er am besten die Methode des Schattenmannes an: Heye auf Trab halten, damit der nicht auf dumme Gedanken kam. Gleich nach dem Mittagessen würde er den Lieutenant mit Arbeit zuschütten.

Frohgemut öffnete Gontard die Tür zu seinem Haus, und seine Laune wurde noch besser, als er die Kartoffelsuppe bis in den Flur roch. Er eilte ins Esszimmer.

Henriette rührte in der dampfenden Schüssel. »Schön, dass du pünktlich bist, mein Lieber. So sehen wir uns heute noch.«

Gontard setzte sich an den Tisch. Henriette lächelte dieses Lächeln, mit dem junge Mädchen die Buben verrückt machten. Bis vor kurzem hätte Gontard geschworen, dass sie diesen Ausdruck verlernt hatte.

Henriette reichte ihm einen Teller Suppe und sagte: »Ich werde heute Abend in den Salon gehen. Du brauchst in der Abendplanung keine Rücksicht auf mich zu nehmen.«

Criminal-Commissarius Waldemar Werpel führte sich auf, als sei ein Staatsbesuch im Anmarsch. Gontard registrierte den blitzblank gewienerten Boden. Auf dem Secretär lagen die Akten so akkurat, als seien sie zum Exerzieren angetreten. Nach Arbeit sah das Bureau jedenfalls nicht aus.

»Setzen Sie sich doch, werter Herr Oberst-Lieutenant!« Werpel verbeugte sich und wies Gontard einen Platz an einem kleinen Tisch. Dort hatte der Commissarius eine Kanne Kaffee hinstellen lassen. Drei Tässchen ruhten auf einem Silbertablett. Wurde eine dritte Person erwartet?

Gontard fragte: »Kommt Ihr Constabler noch zu unserem Gespräch hinzu?«

Werpel schaute zunächst, als habe er die Frage nicht verstanden. Dann folgte er Gontards Blick zu den Kaffeetassen und lachte. »Nein, Constabler Krause sucht weiter nach gebrauchter Munition. Das kann noch eine Weile dauern. Ihr Knecht hat offenbar Wichtigeres zu tun.«

Wurde Werpel frech? Gontard schaute den Commissarius scharf an, doch der guckte nicht aufmüpfig, sondern schien eher die fehlende Hilfe zu bedauern.

»Ich werde den Burschen gleich nach unserem Gespräch an den Landwehrkanal schicken.«

»Das ist sehr aufmerksam, Herr Oberst-Lieutenant. Mir

sitzt die halbe Obrigkeit im Nacken. Das ist kein schönes Gefühl.« Der Commissarius seufzte. »Stellen Sie sich vor, mit der Causa beschäftigen sich inzwischen auch andere Behörden. Keiner kennt den Mörder, aber alle zeigen mit dem Finger auf mich.«

Gontard dachte an den Schattenmann. Erzeugte dieser den Druck auf Werpel? Und wenn ja, warum? Welcher Mörder forderte Ermittlungen gegen sich selbst? Gontard kam ein Verdacht: Wollte der Mörder Werpel vorführen? Glaubte der Mann im Hintergrund, der Commissarius werde den Fall sowieso nicht lösen?

»Aus welcher Richtung bekommen Sie Feuer?«, fragte Gontard.

»Bis vor ein paar Tagen vor allem vom Herrn Criminaldirector. Doch neuerdings drängelt auch eine andere Behörde. Herr Dr. Wiesenburg muss jeden Augenblick kommen.«

Gontard zuckte zusammen. Dr. Wilhelm Wiesenburg, der berüchtigte Leiter der polizeilichen Sonderkommission – verantwortlich für die Politische Polizei. Hunderte, wenn nicht gar Tausende hatten wegen Wiesenburgs Truppe das Land verlassen oder waren im Kerker gelandet. Nach dem März '48 war der Halsabschneider kurz in der Versenkung verschwunden. Nun setzte er schon wieder die Criminalpolizei unter Druck.

Es klopfte an der Tür.

»Das muss er sein«, sagte Werpel und tappte zur Tür.

Wiesenburg trat ein. Er überragte Werpel mindestens um einen Kopf. An seiner Uniform glänzten die Auszeichnungen Seiner Majestät, selbst der Schnurrbart sah mächtiger aus als der des Commissarius. Wiesenburg grüßte in die Runde – zackig, wie ein Mann, der keine Zeit für Förmlichkeiten hat. Werpel schob den Sitz für Wiesenburg zurecht und schenkte Kaffee ein.

»Lassen Sie uns gleich zur Sache kommen, meine Herren.« Wiesenburg sprach forsch, aber nicht laut. Ein bisschen klang sein Stettiner Dialekt durch, obwohl er schon seit über einem Jahrzehnt bei der Politischen Polizei in Berlin sein Unwesen trieb. »Mir ist völlig egal, wer diesen Puch umgebracht hat. Um diesen Mann trauere ich nicht. Doch eines muss klar sein: Es darf nicht der geringste Verdacht auf einen Diener Seiner Majestät fallen. Insbesondere nicht auf einen meiner Männer.«

Werpel nickte eifrig. »Selbstverständlich, Herr Polizeidirector. Wir tun, was in unserer Macht steht.«

»So? Was in Ihrer Macht steht?«, höhnte Wiesenburg. »Das scheint mir nicht genug zu sein.«

»Werter Herr Doktor Wiesenburg«, mischte Gontard sich ein, »erlauben Sie, dass ich Ihnen eine Frage stelle.« Im Augenwinkel sah er, wie Werpel in seinen Sitz fiel, augenscheinlich erleichtert darüber, nicht mehr im Mittelpunkt des Gesprächs zu stehen.

»Aber bitte, Herr Oberst-Lieutenant. Dafür bin ich hier.« Wiesenburg nahm die Tasse und trank einen Schluck Kaffee.

»Ich gehe davon aus, dass Sie Puch zu seinen Lebzeiten im Blick hatten, ebenso wie sein Umfeld.« Gontard zögerte einen Augenblick. Wiesenburg schwieg, also fuhr er fort: »Hatte Ihre Behörde den Eindruck, dass Herr von Traunstein Puchs politische Ansichten teilte?«

Wiesenburg stellte die Tasse ab. Er sah Gontard durchdringend an und antwortete: »Der alte Herrmann von Traunstein hat die liberalen Umtriebe seines Schreibers geduldet. Wir vermuten, er hielt sie für eine harmlose

Spinnerei.« Wiesenburgs Ton ließ keinen Zweifel daran, dass er selbst das anders sah. »Dagegen glauben wir, dass seine Frau in ihrer Naivität dem gefährlichen Treiben Puchs wohlgesonnen gegenüberstand.«

Gontard unterdrückte ein Grinsen. So ließ sich eine Liebesbeziehung auch umschreiben.

»Ich finde das ganz und gar nicht erheiternd.« Wiesenburgs Schnurrbart wippte. »Martha von Traunstein hat einen Salon veranstaltet, bei dem sich allerlei Gesindel herumtrieb.«

»War Herrmann von Traunstein bei den Treffen auch zugegen?«, fragte Gontard.

»Ich habe an keiner Stelle behauptet, dass ausschließlich Gesindel anwesend war, werter Herr Oberst-Lieutenant.« Wiesenburgs Blick war giftig wie ein Fliegenpilz. »Dennoch kann es nicht falsch sein, in diesen Kreisen nach einem gemeinen Mörder zu suchen.«

»Können Sie mir Namen nennen?«, fragte Gontard.

»Nein, da müsste ich erst die Akten heraussuchen lassen, Herr Oberst-Lieutenant.« Wiesenburgs Ärger wich einem selbstgefälligen Lächeln. »Aber wenn ich darüber nachdenke ... Eine Person ist mir geläufig. Ihre Frau wurde vor Jahren auf so einer Veranstaltung gesehen. Sie sollten öfter mit ihr sprechen.«

Paul Quappe roch die Suppe und kam sich vor wie im Märchen. Wieder einmal stellte er fest, dass er es bei den Gontards gut getroffen hatte. Er durfte die Reste der herrschaftlichen Speisen essen. Die Arbeit hielt sich in Grenzen – zumindest meistens. Die Suche nach den Projektilen im Gras gestern war kein Spaß. Der bärtige Baumeister hatte eine lockere Hand. Bei der kleinsten Pause hatte es eine

Maulschelle gesetzt. Der Herr Oberst-Lieutenant schlug ihn fast nie. Und heute eilte er von Termin zu Termin. Quappe hatte seit dem Morgen nichts zu tun. Nicht mal Ferdinand hielt ihn mit Verfolgungen auf Trab. Der Junge war mit Frau von Gontard weggegangen. Selbst die Mamsell hatte sich vor einer halben Stunde verabschiedet. Im ganzen Haus herrschte Stille. Ach, wenn das nur so bliebe!

Quappe löffelte die Suppe und überlegte. Sollte er nach dem Essen ein Schläfchen halten? Oder ging er lieber auf die Straße und schaute Weiberröcken nach? Erst mal in Ruhe essen, entschied Quappe. Dann würde er sehen ...

Die Haustür quietschte. Dann fiel sie krachend ins Schloss. Es sah den Herrschaften gar nicht ähnlich, so einen Lärm zu machen. Ob die Küchenmamsell neue Speisen vom Markt herbeischaffte? Das war um diese Uhrzeit eigentlich unwahrscheinlich. Quappe aß weiter. Er hatte den Topf beinahe geleert.

Die Küchentür schlug auf. Der Oberst-Lieutenant trat ein. Besser gesagt, er polterte in die Küche.

»Quappe! Fertig werden!«

Hatte der eine miese Laune! Erschrocken legte Quappe den Löffel zur Seite.

»Die ganzen letzten Tage schnüffeln Sie mit meinem Sohn wildfremden Menschen hinterher. Und heute? Sitzen Sie hier untätig herum!«

Quappe schluckte die Suppe runter und sagte: »Aba ick sollte doch jar nich ...«

»Sie sollten auf meinen Sohn achtgeben!« Gontard trat auf den Tisch zu. Nun stand er so nah, dass seine Hand bis in Quappes Gesicht schwingen konnte. »Stattdessen kriechen Sie mit ihm am Tatort herum!«

Quappe schwieg lieber.

»Nun? Haben Sie etwas dazu zu sagen?«

»Ick weeß doch ooch nich, wat ick da machen soll, Herr Oberst-Lieutenant.« Quappe blieben die Worte im Halse stecken. Sollte er alles auf Ferdinand schieben? Würde das beim Herrn gut ankommen? Sicher nicht. Und außerdem wäre es gemein. Lieber spielte er den Dummkopf. »Ick meene, ick hab nich weita nachjedacht.«

Gontard lachte. »Das sieht Ihnen ähnlich! Mit dem Denken ist das so 'ne Sache, was?« Der Oberst-Lieutenant seufzte und fuhr leiser fort: »Immerhin haben Sie Ferdinand nicht verpfiffen. Im Grunde sind Sie ein guter Kerl, Quappe.«

Quappe atmete tief durch. Es sah so aus, als hätte er Glück gehabt und auf die richtige Seite der Münze gewettet.

»Wo ist mein Sohn eigentlich?«, fragte der Oberst-Lieutenant.

»Inne Stadt jejangen.«

»Allein?

»Nee. Mitte jnädigen Frau.«

»Quappe, muss man Ihnen jedes Wort aus der Nase ziehen? Wohin sind die beiden gegangen?«

»Die wolltn zu so nen Büchafritze. Irjendwat koofn, Jedichte oda so. Mehr kann ick nich sagn. Nichma mitte Mund.«

Der Oberst-Lieutenant schien nicht zu wissen, ob er wütend sein oder lachen sollte. Quappe hielt den Atem an. Irgendwann brachte ihm seine große Klappe noch einmal ernsthaften Ärger ein. Dabei war ihm der Spruch mit dem Mund nur rausgerutscht.

»Ihnen fällt nicht ein, was für Gedichte die beiden kaufen wollten? Oder wo? Auch nicht, wenn Sie noch einmal nachdenken?« Die Sache schien dem Oberst-Lieutenant ernst zu sein. Es setzte keine neue Standpauke.

Quappe hätte gern geholfen. Er dachte nach, mit aller Mühe. Dabei konnte er sich grundsätzlich kaum Namen merken. Und jetzt sollte er sich an irgendwelche Dichter erinnern ... Doch dann kam ihm eine Idee. »Ick kann ja bei den jungen Herr fragn. Jleich wenna wieda da is.«

Der Oberst-Lieutenant schwieg.

»Ick würd so tun, wie wenn ick ditte selbst wissn wollt.«

Der Herr lachte. »Du meinst, das würde Ferdinand glauben?«

»Da junge Herr azählt jerne üba seine Bücha. Ick frag ihn manchma, wat ditte für Sachn sin. Ick meene, dit is ja auch jut füa mich. Zuhöän is viel leichta, wie wemma selba liest.«

Der Oberst-Lieutenant lachte erneut. Es klang herzlich. »Quappe, Sie sind mir schon einer. Also gut, versuchen Sie das für mich herauszufinden!« Der Herr wurde nun wieder ernsthaft. »Leider können Sie das erst heute Abend in Angriff nehmen. Zuvor müssen Sie Constabler Krause noch einmal bei der Suche am Kanal helfen.«

Ach du lieber Himmel! Quappes Mittagsschläfchen fiel wohl aus. Vielleicht sah er auf dem Weg wenigstens ein paar Frauenzimmer. Dort am Kanal wartete das Grauen – ein bekloppter Constabler und ein Kobold in der Gestalt eines Baumeisters.

»Kommen Sie, Herr Quappe, machen Sie sich auf den Weg! Ich hab es dem Herrn Criminal-Commissarius versprochen.«

Quappe hob seinen Löffel und fragte: »Darf ick nochn Rest vonne Suppe vadrückn?«

»Sie haben also keinerlei neue Erkenntnisse«, fasste der Königliche Gartendirektor den Bericht Gontards zusammen. Lenné nickte bedächtig und schaute in die Runde. Auch Oberregierungsrath Richtenau und Bauinspektor Johann Jakob Helfft saßen an dem Tisch in Lenné Arbeitszimmer und blickten wichtig drein, augenscheinlich ohne Interesse an den Ausführungen.

»Nun, wenn schon die führenden Militärs Seiner Majestät keine Unregelmäßigkeiten entdecken, dann werden wir das Unglück wohl als bedauerliche Verkettung misslicher Umstände zu den Akten legen müssen«, sagte Helfft. Es klang wie »Endlich bin ich diese Schmeißfliegen los!«.

In das folgende Schweigen stellte der Lakai ein Tablett mit Kaffeetassen. Der Diener wünschte »Bon appétit!« und schlich wieder nach draußen. Der Kerl war so dünn, dass seine Livree beim Gehen schlotterte.

Gontard beobachtete die Männer am Tisch. Lenné stellte seine Tasse zunächst vor sich ab, der dicke Richtenau nippte und machte dann ein verzücktes Gesicht, der kleine Helfft schluckte den Kaffee wie Medicin.

Gontard tat es Lenné gleich und sagte: »Ich würde gern noch wissen, wie sich die Pläne für Ihre Vorhaben von der Idee bis zum fertigen Bau verändern.«

Lenné lachte und entgegnete: »Haben Sie eine Woche Zeit für meinen Vortrag?«

»Vielen Dank für das Angebot, Herr Gartendirektor. Aber mir würde ein kurzer Überblick genügen.«

»Nun gut, Herr Oberst-Lieutenant. Alles beginnt an meinem Tisch. Ich zeichne einen Plan und überprüfe und verbessere ihn so lange, bis ich mit der Idee zu Seiner Majestät gehe.« Lenné machte eine Pause.

Gontard wusste um die vorzüglichen persönlichen Beziehungen Lennés zu Friedrich Willhelm IV. so wie jeder andere in der Residenzstadt auch. Der Gartendirektor besprach wichtige Vorhaben mit dem König zunächst unter vier Augen und pflegte das auch nicht zu verheimlichen.

»Natürlich ist das nicht das Ende der Arbeit«, fuhr Lenné fort. »Auch meine Pläne müssen von berufenen Fachleuten abgesegnet werden.« Lenné wies zuerst auf Helfft und dann auf Richtenau. »Und das leidige Geld muss mir auch jemand geben.«

»Sie überprüfen die Arbeit des Herrn Lenné?«, fragte Gontard und schaute dabei zu Helfft.

»Mit dem gebotenen Respekt und in enger Absprache mit dem Stab des Herrn Gartendirektors.« Helfft wand sich vor Förmlichkeit. »Wir werfen einen Blick auf die Unterlagen, uns obliegt schließlich die Umsetzung der Vorhaben.«

Gontard nahm seine Tasse. Helfft schien auf seinem Sitz zu schrumpfen. Sicher war der kleine Mann gleich gänzlich verschwunden.

»Sie dürfen nicht vergessen, Herr Oberst-Lieutenant: Der Landwehrkanal ist das mit Abstand größte Bauwerk in der Residenzstadt, ach was, im ganzen Königreich. So etwas gab es noch nie, und wir haben auch keine Erfahrungen mit derartigen Unternehmungen.«

»So ein Bau ist keine Scheune«, sprang Lenné dem armen Helfft zur Seite. »Ein Bauwerk in der Landschaft verändert sich stetig. Sehen Sie, wir haben Pläne für die Baumbepflanzung bis ins nächste Jahrzehnt.« Lenné stand auf und trat an das Fenster seines Arbeitsraumes. Von hier konnte er durch den Garten auf die Nachbarvilla blicken. Das Grün dahinter ließ den Thiergarten in der Ferne erahnen. Lenné sagte: »Unser geliebtes Berlin wächst, und durch den Kanal wird es noch schneller wachsen. Bald bekommen wir das Baumaterial auf Lastkähnen in die Residenzstadt gebracht.« Der Blick des Gartendirektors wurde verträumt. »Eine Million Menschen werden hier wohnen. Hören Sie das, Herr Oberst-Lieutenant? Eine Million! Vielleicht müssen wir schon in ein paar Jahren den Kanal ausbauen.«

Helfft und Richtenau stöhnten leise.

Auch Gontard führten Lennés Visionen zu weit vom Thema weg. Er wandte sich Richtenau zu und fragte: »Sie schauen auch noch einmal über die Pläne?«

»Wir sind keine Ingenieure, aber das Handelsministerium hat natürlich schon viele große Bauwerke im Namen Seiner Majestät errichten lassen.« Richtenau lehnte sich zurück und stützte den Ellenbogen auf. Seine weiteren Worte begleitete er mit einer gönnerhaften Handbewegung. »Unser Ziel ist es, dass die Antragsteller schon bei den Vorlagen maßvoll arbeiten. Wir machen stets deutlich, dass wir verantwortungsvoll mit den Thalern Seiner Majestät umgehen. In aller Regel gelingt das einwandfrei. Mit Herrn Helfft gab es in dieser Hinsicht noch nie Probleme.«

Lenné kam zum Tisch zurück und setzte sich. Er nahm seine Kaffeetasse und wandte sich an Gontard. »Ich glaube, es ist hinlänglich bekannt, dass ich so manche große Idee den Möglichkeiten im Preußenlande anpassen musste. Zugleich ist mir bewusst, welches Privileg wir hier genießen. Seine Majestät haben ein offenes Ohr für meine Visionen, und Berlin ist eine Metropole. Nicht auszudenken, wie unser aller Arbeit in den Provinzen aussehen würde.« Lenné unterbrach seine Rede und nippte am Kaffee. Dann fuhr er fort: »Unsere Zusammenarbeit verläuft nicht ohne Konflikte, aber wir alle haben ein gemeinsames Ziel: Wir wollen unsere Stadt in eine blühende Zukunft führen.«

Helfft und Richtenau nickten andächtig. Gontard wurde die Stimmung zu blumig. Er fragte: »Wir haben im Labor Ihre Pläne liegen, Herr Gartendirektor. Wurde nach denen gebaut?«

»Eventuell wurden Details verändert. Allenfalls Kleinigkeiten.«

»Bekomme ich die endgültigen Pläne bei Ihnen, Herr Helfft?«

Der kleine Mann blickte Lenné fragend an. Als der Gartendirektor väterlich den Kopf neigte, sagte Helfft: »Sie können die Unterlagen bei uns im Bureau einsehen.«

Das trifft sich gut, dachte Gontard. Damit würde Heye eine Weile beschäftigt sein.

Der Kellner brachte zwei Cigarren auf einem Tablett, und Dr. Friedrich Kußmaul nahm sich eine davon. Er hob den Glimmstengel und betrachtete ihn wie ein Schmuckstück.

»Welch wunderbares Kraut haben uns die Hugenotten über den Rhein mitgebracht!«, sagte der Arzt.

»Nun, eigentlich waren es die Seefahrer«, murmelte Gontard und nahm die zweite Cigarre vom Tablett.

»Ja, ja, der werte Freund. Immer eine Weisheit auf den Lippen«, frotzelte Kußmaul und entzündete seine Cigarre.

Schweigend rauchten die beiden in der Tabagiere. Ringsherum redeten Männer übers Wetter, die bevorstehenden Communalwahlen, die Cholera – zumindest waren das die Themen, die Gontard den Wortfetzen entnahm.

»Gibt es Neuigkeiten in der Mordsache?«, fragte Kußmaul.

»Nun ja, neue Fakten kann ich dir nicht nennen.«

»Ihr habt also keine Kugeln gefunden?«

»Constabler Krause und Quappe suchen noch. Das ist ein ganz schön großes Stück Wiese.«

Kußmaul guckte durch den Rauch, als habe Gontard gerade von seiner Degradierung berichtet. »Du arbeitest Hand in Hand mit dem Herrn Criminal-Commissarius?«

»Es geschehen seltsame Dinge, mein Freund.« Gontard rauchte. Wie sollte er von dem ominösen Schattenmann sprechen, ohne dass es klang, als würde er Gespenster sehen? Ach was, Kußmaul würde ihn schon verstehen. Gontard sagte: »Ich habe den Eindruck, jemand treibt hier üble Späße. Von Schnöden mischt sich in die Kanalsache ein. Werpel muss zum Rapport. Selbst Dr. Wiesenburg kommt vorbei und gibt uns schlaue Ratschläge, wo wir den Täter suchen sollen. Mir scheint, da zieht jemand heimlich die Fäden.«

»Du meinst, der Mörder führt dich wie eine Marionette?«

»Nicht nur mich.«

Kußmaul blies einen Kringel Qualm in die Luft. »Ich habe dich gewarnt, mein Lieber. Doch wenn die Interventionen verschiedene Ursachen haben? Glaubst du wirklich, da steckt ein und dieselbe Person dahinter?«

»Ich weiß es nicht. Aber mich ärgert das alles sehr.«

»Das kann ich verstehen.« Kußmaul kratzte sich an der Stirn. »Wenn ich so darüber nachdenke, erscheint mir das recht abenteuerlich. Ich meine, wer soll die Criminalpolizei, das Militär und die Politischen auf Trab halten? Der dicke König selbst?« Kußmaul lachte. »Und warum sollte Seine Majestät den Puch umbringen?«

Auch Gontard schmunzelte. Das hatte etwas Befreiendes. Er war froh, nach diesem Tag voller Termine nicht gleich nach Hause geeilt zu sein. Eine Cigarre mit Kußmaul löste zwar keine Probleme, machte aber wenigstens den Ärger kleiner. Andererseits war der Scherz des Freundes bedenkenswert. Sehr viele Leute mit einem solch großen Einfluss, wie ihn der Schattenmann haben musste, gab es selbst in der Residenzstadt nicht. Gontard wunderte sich einmal mehr, wie oft gute Gedanken aus einem Witz entstanden.

»Na, war es doch der Dicke?«, fragte Kußmaul.

»Eher nicht. Aber wer hat sonst noch Einfluss?«

»Du meinst das ernst.« Das Grinsen verschwand aus Kußmauls Gesicht.

»Hm.«

»Also gut. Wer fällt dir ein?«

Gontard überlegte und schaute sich um. Der Verdacht erschien ihm gewagt. Er flüsterte: »Der Gartendirektor bespricht seine Vorhaben in persönlichen Audienzen bei Seiner Majestät. Er hat beste Beziehungen in alle möglichen Behörden.«

»Hörst du, was du da sagst?« Auch Kußmaul schaute sich im Hinterzimmer um.

»Er verkehrte mit Liberalen. Nach dem März hat ihm das nicht geschadet. Vielleicht ist er erpressbar ...«

Kußmaul wandte seinen Blick wieder Gontard zu. Erneut begann er zu feixen. »Im Großen und Ganzen trifft das auch auf einen hohen Militär zu. Auf einen langjährigen Lehrer der Vereinigten Artillerie- und Ingenieurschule. Stellen wir uns nur vor, jemand hätte Beweise für die Tatsache, dass ein hoher Offizier dereinst als Totengräber auf der Barrikade stand ...«

Gontard reichte es mit den Scherzen. Er winkte ab und rauchte.

»Ja, schon gut.« Kußmaul hob beschwichtigend die Hände. »Im Ernst, mir scheinen alle Zeichen eher auf den alten Traunstein zu weisen. Alter Adel. Kriegsheld. Mordmotiv.«

»Stell dir vor, seine Frau hat sogar eine Zeitlang einen Salon unterhalten.« Gontard dachte an seine Frau, die an diesem Abend auch unterwegs war. »Von Wiesenburg musste ich mir sagen lassen, dass Henriette dort zugegen war.«

Kußmaul rauchte. Viel Cigarre blieb dem Arzt nicht mehr.

»Eigentlich müsste ich mit ihr darüber sprechen. Nur …« Gontard dachte kurz nach, wie er es sagen sollte. »Sie ist in den letzten Tagen so seltsam.«

»Das kommt bei Frauen vor.«

»Nein, das meine ich nicht. Sie strahlt, als hätte sie aus einem Jungbrunnen getrunken. Wenn sie spricht, klingt ihre Stimme heller. Und sie behandelt mich so sanft.«

Kußmaul schien die Luft beim Rauchen anzuhalten. Für einen Moment saß der Freund regungslos, dann sagte er: »Wenn es nicht deine Henriette wäre, würde ich sagen, sie ist verliebt.«

»Aber in wen?« Gontard hörte seinen eigenen Worten hinterher. Eigentlich müsste er selbst wissen, mit wem sich seine Frau die Abende vertrieb. Er legte seinen Cigarrenstummel auf den Aschenbecher. Ihm war die Lust aufs Rauchen vergangen.

Kußmaul zeigte sich verständnisvoll und hielt die Verabschiedung kurz. Gontard bahnte sich einen Weg durch die Conditorei. Im vorderen Raum wurde nicht geraucht. Die Luft war allerdings kaum besser, denn hier zwängten sich die Männer dicht an dicht. Manchmal war es besser, wenn es nach Tabak roch.

Gontard trat auf den Gensdarmen-Markt. Die Stadt versank in der Dämmerung. Henriette war mit Sicherheit schon in einem der Bürgerhäuser beim Salon – vielleicht in den Armen eines anderen. In der letzten Zeit hatte er sich nicht für Henriettes Angelegenheiten interessiert, jetzt bekam er die Quittung dafür. Zumindest wenn Kußmaul mit seiner Vermutung recht hatte. Henriette und ein anderer Mann – das überstieg seine Vorstellungskraft.

»Christian, es ist so schön, dass ich dich gefunden habe!« Martha von Traunstein trat aus einem Hauseingang auf ihn zu.

»Martha!« Gontard fühlte sich überrumpelt. »Wo kommst du denn her?«

»Ich habe erfahren, dass du den Feierabend gern hier oder im Stehely verbringst ... und habe auf dich gewartet.«

»Wie lange denn schon?« Das war eine ziemlich dumme Frage, fand Gontard, kaum dass er sie ausgesprochen hatte.

Martha antwortete mit sanfter Stimme: »Ich komme von der Probe und bin ein wenig über den Platz spaziert. Mir war nicht langweilig.«

»Gibt es einen besonderen Grund, aus dem du mich sprechen willst?« Seine Fragen wurden nicht besser.

»Natürlich«, sagte sie, und es klang wie »Mein kleiner Dummkopf«. »Du bist der Grund. Ich habe mich verzehrt nach dir.«

Gontard merkte, wie unbeholfen er dastand. Ihm fiel nicht mal mehr eine blöde Frage ein.

»Komm, mein Lieber!« Martha stieß ihn sanft an. »Mein Mann ist heute lange unterwegs.«

Tagebucheintrag No. 8, 29. August 1850
Ich kann kaum die Augen aufhalten. In meinem Alter ist der Donnerstag der Samstag. Eigentlich müsste die Woche langsam aufhören. Und doch bleibt noch eine schier endlose Zeit bis zum Tag des Herrn.
Vielleicht sind es auch die Abende in der Schenke, die mir die Kraft rauben. Früher, ja früher, da konnte ich nicht genug vom Bier bekommen. Heute denke ich bei jedem Schluck an den nächsten Morgen. Nach einer Stunde schon könnte ich den Heimweg antreten. Aber wer will schon als Spielverderber gelten? Zudem müssen gute Freundschaften gepflegt werden. Wer weiß, wann ich eine der Herrschaften noch einmal gebrauchen kann. Also sitze ich wieder einmal bis zur Polizeistunde in der Wirtschaft. Noch eine Runde und noch eine Runde. Das klingt nach Langeweile. Doch was bleibt einem in diesem Land? Ohne Bier ist es auch nicht spannender.
Ich will nicht ungerecht sein. Am Stammtisch bekomme ich wichtige Informationen. Da redet doch dieser Kerl aus der Polizeibehörde vom Puch-Mord. Ich spiele sofort den Betrunkenen und tue so, als höre ich gar nicht hin. Das ist nicht schwer, der Kerl brüllt wie ein Ochse.
Die Kugeln am Kanal sind immer noch nicht gefunden, berichtet er. Gut so, finde ich.
Morgen aber kommt endlich Schwung in den Fall, meint der Ochse. Natürlich nicht wegen Criminal-Commissarius Werpel, sondern weil Oberst-Lieutenant von Gontard Nägel mit Köpfen mache.
Bei diesen Worten bekomme ich natürlich lange Ohren. Es fällt mir beinahe schwer, den Unbeteiligten zu spielen. Aber eigentlich bekomme ich das ganz gut hin. Das ist der Vorteil am Alter: Mit den Jahren wird die Notlüge zur Gewohnheit. Im neuen Preußen ist sie sogar so eine Art Normalzustand. Da muss man nur einmal

in die Kerker für die Politischen gucken: lauter junge Hitzköpfe. Na gut, auch ein paar Unverbesserliche, aber die gibt es immer. Diese kleine Gruppe von Leuten, die sich nicht anpassen können. Der Ochse sagt jedenfalls, dass die Politischen den Häußler beschatten und der Baumeister sich den halben Tag mit zwielichtigen Gestalten getroffen habe. Da ahne ich Schreckliches. Es ist nur eine Frage der Zeit, bis mein Name fällt. Schon morgen wolle Häußler sich mit Gontard treffen ...
Das verlangt mehr als das übliche Programm. Ich gebe mir alle Mühe, nicht zu erstarren, mein Bier nicht fallen zu lassen, nicht zum Ochsen zu gucken.
Zum Glück macht der Ochse Späße darüber, was Werpel und sein Constabler für Esel seien. Die könnten bei der Polizei glatt einen Zoo aufmachen.
Bei diesem Gedanken beruhige ich mich. Nur mit dem Bier bin ich den restlichen Abend über vorsichtig.
Dennoch bin ich müde, während ich diese Zeilen schreibe. Dabei sitze ich hier, um Kraft zu sammeln. Denn eines ist klar: Die Sache mit Häußler muss umgehend erledigt werden. Hier kann jedes Zaudern zum Verhängnis werden. Wäre doch nur nicht Donnerstagnacht!
Doch das zählt jetzt nicht. Mit jedem geschriebenen Wort wächst mein Entschluss. Danke, mein Tagebuch! Du zeigst mir, dass jegliches seine Zeit hat. Den Worten müssen nun Taten folgen.

Neun

Freitag, 30. August 1850

Christian Philipp von Gontard saß in seinem Bureau in der Vereinigten Artillerie- und Ingenieurschule. Er starrte schon seit einer Ewigkeit die Wand an – unfähig, etwas zu tun. Vor ihm lagen die Correspondenzen des ermordeten Privat-Secretärs. Nur stand ihm der Sinn heute nicht nach Mordermittlungen. Nicht, nachdem er des Nachts vom Liebeslager bei Martha durch die Residenzstadt nach Hause geschlichen war. Und vor allem nicht, nachdem er zu Hause in ein leeres Bett hatte steigen müssen.

Henriette war gar nicht lange nach ihm gekommen. Er hatte Schlaf vorgetäuscht, um nicht mit seiner Frau sprechen zu müssen. Im Gegensatz zu ihm war Henriette eingeschlafen, kaum dass sie im Bett lag.

Am Morgen hatte er einen Zettel in der Küche gefunden, das Blatt lag nun neben Puchs Briefen auf dem Schreibtisch. Gontard kannte die Worte auswendig, so oft hatte er den Text gelesen:

Mein liebster Christian,
nun ist es schon wieder so spät geworden. Ich weiß, Du wirst morgen in der Frühe Deinen Erledigungen nachgehen. Daher bitte ich auf diesem Wege um Verständnis und Vergebung.
Deine Henriette

Verständnis und Vergebung – welch große Worte! Sollte er um das Gleiche bitten? Hatte er das Recht, seine Frau zu verurteilen? Was war hier Ursache und was Wirkung?

Und Martha? Kaum kannte er sie ein wenig näher, erschien die Sängerin nicht mehr als die flatterhafte Dame. Sie behauptete, ihn zu lieben. War das möglich – nach dieser kurzen Zeit?

Gontard brummte der Kopf. Er wollte nicht denken. Noch weniger Lust verspürte er, einen dieser Briefe zu lesen. Briefe von Martha an einen Liebhaber, bei dem das Attribut »verflossen« in doppelter Hinsicht zutraf.

Gontard sah den toten Privat-Secretär vor seinem inneren Auge aus dem Kanal auftauchen. Auch nach über einer Woche Ermittlungen hatte er nur ein ungenügendes Bild von Puch. Er erschien ihm auf der einen Seite als armer Schlucker, dem die politischen Verhältnisse nicht behagten. Auf der anderen Seite war er aber auch der Liebhaber einer schönen Frau gewesen, einer berühmten Sängerin an der Königlichen Oper, der allabendlich die Männer zu Füßen lagen. Das passte nicht zusammen.

Die Erklärung lag vielleicht in den Briefen. Gontard legte die Hand auf das Papier. Wenn Martha wüsste, dass er ihre Briefe an Puch in Besitz hatte ... Er hinterging nicht nur Henriette, sondern auch die Sängerin. Immerhin war das auf gewisse Weise gerecht. Nur, wurde Unbill besser, wenn sie sich gegen alle Seiten gleichermaßen richtete?

Gontard wurde regelrecht schwindelig von seinen Gedanken. Er nahm das oberste Blatt vom Stapel. Marthas Handschrift war die einer Künstlerin – mit elegantem Schwung leistete sie sich Extravaganzen, das kleine »l« etwa schrieb sie wie einen Druckbuchstaben. Und im Wort *Cornelius* glichen sich das große »C« und das kleine

»l«. Schon das Anschreiben bekam dadurch eine private Note, als seien die Worte direkt aus dem Herzen geflossen. Gontard hielt den Zettel von Henriette daneben. Seine Frau schrieb nüchtern, als notierte sie die Einkaufsliste. Er steckte Henriettes Schreiben in die Hosentasche und widmete sich wieder Martha Brief.

Sie dankte Puch darin für *die wundervollen Stunden*. Von den *Spaziergängen in der Natur* und den *tiefsinnigen Gespräche über die Kunst* könne sie nicht genug bekommen, *wenn doch nur bald wieder Wochenende wäre* und so weiter und so fort. Gontard merkte, dass ihn Marthas Worte kaum berührten. Der Brief war aus dem Sommer des letzten Jahres, aber ihm kam es vor, als habe er Fundstücke aus der Antike vor sich.

Gontard blätterte den Stapel durch und überflog die Zeilen. Puch musste ein belesener Mann gewesen sein. Martha dankte für Buchempfehlungen. Offenkundig hatte sie mit ihm auch die Texte für ihre Aufführungen geübt.

Eines fiel Gontard beim Blättern auf: Martha hatte im Laufe der Zeit immer seltener geschrieben. Im Sommer vor einem Jahr waren die Briefe beinahe täglich aufeinander gefolgt. Von diesem Mai lagen nur noch zwei Briefe auf dem Stapel, der letzte war schließlich vom 30. Juni.

Ganz unten lag ein Schreiben mit einem völlig anderen Schriftbild. Gontard betrachtete das Blatt. Es handelte sich um einen Brief, den Puch verfasst, aber offenkundig nicht abgeschickt hatte. Die Schrift wirkte äußerst akkurat, viel gleichmäßiger würde ein Drucker mit seinen Bleilettern die Buchstaben auch nicht hinbekommen. Puch schrieb augenscheinlich nicht nur mit viel Routine, sondern nahm sich auch Zeit für die äußere Form.

Das Schreiben war auf den 25. Juli 1850 datiert. Puch hatte es also etwa einen Monat vor seinem Tod verfasst. Im Text flehte er die *heiß geliebte Martha* an, sie möge auf ihr Herz hören. Er beschwor *all die Stunden voller Zärtlichkeit und Nächte voller Flammen*. Peinlich berührt schob Gontard den Zettel weg und bedeckte ihn mit Marthas Briefen. Diese Worte gingen ihn nichts an. Puch hatte sich nicht einmal getraut, den Brief an Martha zu senden.

Gontard fragte sich, ob er irgendwann einmal auch solche Briefe verfassen würde. Und wenn ja, an wen? An Martha? Oder an Henriette?

So ging das nicht weiter. Gontard stand auf. Er musste weg. An einen Ort, an dem er abgelenkt war und nicht an Frauen dachte. Er machte sich auf den Weg ins Scheunenviertel zu Baumeister Häußler. Dort bekam er hoffentlich die Namen von Puchs Kumpanen und dessen Version der Pläne für die Kanalbefestigung.

Gontard stand vor Häußlers Wohn- und Arbeitsstätte, und das Brummen im Schädel war verschwunden. Es mochte auf zehn Uhr gehen. Im Scheunenviertel zerrten Händler ihre Karren durch die Gassen, ein Handwerker trieb seinen Stift zur Baustelle, eine Gruppe Juden in schwarzen Anzügen eilte um die Ecke.

Er klopfte an Häußlers Tür.

»Wer da?« Diese Stimme gehörte nicht dem Baumeister, dennoch kam sie Gontard bekannt vor.

»Oberst-Lieutenant von Gontard!«

Schritte klangen aus Häußlers Hausflur. Die Tür ging auf. Criminal-Commissarius Waldemar Werpel erschien. »Sie? Hier?«

»Das könnte ich genauso fragen. Was machen Sie hier?«

»Nun, ich bin da, wo ein Criminalbeamter sein muss.« Werpel wies mit einer Handbewegung nach drinnen.

Die Dielen der Treppe knarzten, als Gontard dem Polizisten ins Obergeschoss des Wohnhauses folgte. Dort stand eine Tür offen. Trotzdem war es finster, offenbar waren die Fenster noch von der Nacht verdunkelt. Werpel stapfte schweigend die letzten Stufen hinauf. Auf dem Treppenabsatz blieb der Commissarius stehen.

»Sein Stift kam heute früh hierher und hat sich gewundert, warum der Meister noch nicht aufgestanden war. Er hat erst in der Werkstatt nachgeschaut und ist dann ins Haus gekommen.« Werpel zeigte durch die offene Tür. »Und hier fand er ihn.«

Gontard spähte ins Zimmer. Links an der Wand stand ein Bett. Darin waren Füße zu erkennen. Wenn da einer schlief, würde Werpel nicht so ein Gesicht machen. Je näher Gontard dem Bett kam, umso drückender wurde die Stille.

Im Bett lag Häußler, vom Knöchel bis zum Hals in eine Wolldecke gehüllt. Die Augen waren geöffnet. Der Baumeister schien zur Decke zu starren. Mitten auf der Stirn befand sich ein schwarzer Punkt, der aussah wie ein drittes Auge. Der Baumeister lag da, als hätte er des Nachts ein Gespenst gesehen und wäre erstarrt. Das Gesicht war kreidebleich – was umso mehr auffiel, als ein schwarzes Kissen unter dem Kopf lag. Bei genauerer Betrachtung war die Färbung jedoch dunkelrot. Blut. Neben dem Bett lag eine Pistole.

»So hat ihn der Stift heute Morgen gefunden.« Werpels Stimme klang, als habe der Polizist seit Tagen nichts zu trinken bekommen.

»Seit wann sind Sie hier?«

»Etwa seit einer Stunde.«

»Wo ist der Stift?«

»Der holt den Nasenquetscher. Die müssten jeden Moment ankommen.«

Gontard trat zum Fenster. Es war verschlossen und mit einem Tuch bedeckt. Er schob den Stoff beiseite und blickte hinaus. Unten zog ein Lumpensammler seinen Handwagen vorbei, eine Mamsell trat mit einem Wäschekorb aus dem Haus gegenüber.

»Den Schuss muss jemand gehört haben«, sagte Gontard.

»Ja.« Werpel klang resigniert. »Ich war schon beim Nachbarn. Gegen Mitternacht habe es geknallt. Er sei zum Fenster und habe ›Ruhe!‹ gebrüllt. Dann habe er sich zurück ins Bett gelegt, weil ja wieder Ruhe war, hat er gesagt.«

Gontard drehte sich vom Fenster weg und schaute sich im Zimmer um. Im Hellen sah die Blutlache auf dem Kopfkissen fleckig aus wie ein Gebirge auf einer Landkarte. Gontard betrachtete die Waffe. Sie lag etwa in Höhe des Kopfes der Leiche neben dem Bett. Es war eine Pistole, wie sie bei den Berittenen im preußischen Militär zur Ausrüstung gehörte.

»So nen Meuchelpuffer hat seit dem 48er-März jeder zu Hause liegen«, sagte Werpel.

Der Commissarius mochte etwas übertreiben, zugleich erschien es Gontard durchaus möglich, dass Häußler eine Beutewaffe von damals im Besitz hatte. Etwas anderes kam ihm aber seltsam vor ...

»Wenn ich mich recht erinnere, war Häußler Rechtshänder«, sagte Gontard und zeigte auf das Bett. »Aber seine rechte Hand liegt unter der Decke.«

»Warum machen Sie alles so kompliziert?« Werpel stöhnte. »Er kann doch die Waffe weggeworfen und sich dann beim Sterben wieder zugedeckt haben.« Der Criminal-Commissarius klang nicht, als glaube er seinen eigenen Worten.

»Mein Freund, der Arzt Friedrich Kußmaul, darf sicher einen Blick auf den Leichnam werfen, bevor Herr Häußler bestattet wird?«

»Sie meinen, Herr Kußmaul findet heraus, dass der Mann erschossen wurde? Mit einer Pistole? Da wären wir ohne seine Hilfe nie drauf gekommen«, ätzte der Criminal-Commissarius.

»Wenn ich vorher wüsste, was der Arzt herausfindet, müsste ich ihn nicht fragen.«

»Na meinetwegen. Sie geben ja doch keine Ruhe. Und am Ende beschwert sich wieder jemand bei der Obrigkeit über mich.«

Gontard hätte dem Commissarius gern erklärt, dass er keinerlei Beschwerde vorgebracht habe und auch nicht gedenke, dergleichen zu tun. Er ließ es bleiben. Werpel suhlte sich in seiner schlechten Laune. Sollte er doch.

Trotzig fuhr der Criminal-Commissarius fort: »Ich habe mich im ganzen Haus umgesehen. Nirgends gibt es einen Hinweis auf die Anwesenheit einer weiteren Person.«

Erwartete Werpel, dass ein Mörder seine Visitenkarte auf dem Esstisch hinterlegte?, fragte sich Gontard, sagte aber nichts.

»Dafür habe ich etwas anderes gefunden«, fuhr Werpel fort und zog ein Buch aus der Uniform. »Häußler hat Tagebuch geführt. Darin befinden sich nur Einträge aus den letzten Tagen. Aber was ich da gelesen habe, hat mir einen ganz schönen Schreck eingejagt.«

Paul Quappe lag im Gras und pfiff ein Lied. Die Grillen spielten den Chor. Zwischen zwei Wolken guckte die Sonne hindurch. Was für ein schöner Auftrag die Suche nach den Kugeln doch war, seit der bärtige Kobold nicht mehr am Kanal arbeitete! Und was für ein Glück er mit seinen beiden Mitstreitern hatte! Ferdinand von Gontard hatte so lange gebettelt, bis er mitkommen durfte. Der Herr Oberst-Lieutenant wusste nichts davon. Nun war sein Sohn aus lauter Dankbarkeit fleißig wie ein Bienchen. Und der Constabler war so doof – Quappe musste schon bei dem Gedanken lachen ... Der glaubte wirklich alles. Dem hatte er erzählt, dass jeder nur eine Kugel finden müsse. Als würden hier drei herumliegen ...

In Quappes Tasche befand sich jedenfalls eine Kugel. Die stammte aber nicht von einem Fusil, dafür war sie viel zu klein. Und der Herr hatte ausdrücklich die Suche nach einer Gewehrkugel befohlen. Quappe glaubte zwar nicht, dass sie auf der Wiese noch etwas finden würden, doch der Befehl des Herrn Oberst-Lieutenant lautete: So lange suchen, bis das Projektil sichergestellt ist! Quappe sollte es recht sein. Solange die beiden anderen durch das Gras krochen.

»Herr Quappe, Herr Quappe!« Ferdinand klang so aufgeregt, als habe er einen Schatz gehoben. »Ich habe eine Kugel gefunden!«

Das hatte ihm gerade noch gefehlt. Kaum lag er ein bisschen herum, war der Spaß auch schon wieder vorbei. Quappe stand auf. Ferdinand kam herbeigeeilt. Die rechte Hand streckte er gen Himmel. Er reckte das winzige Ding zwischen Daumen und Zeigefinger in die Höhe wie einen zu klein geratenen Orden.

»Schauen Sie nur, Herr Quappe! Wir haben es geschafft.« Ferdinand blieb vor ihm stehen und präsentierte die Kugel.

Quappe nahm sie dem Jungen ab und atmete tief durch. »Dit is ooch ne Pistolenkuchl.« Da war der Ärger also immer noch nicht beendet.

Der Junge senkte den Kopf.

Das tat Quappe leid. »Kieckn Se ma, Herr Ferdinand, nun hamm wa schon zweje von de kleene Mumpeln. Da finden wa die jroße ooch noch.«

»Meinen Sie, Herr Quappe?« Der Junge guckte niedergeschlagen. »Wir haben vorgestern zu dritt gesucht, Sie und der Constabler gestern zu zweit. Und heute sind wir auch schon seit Stunden hier.«

»Da muss ma Jeduld ham, Herr Ferdinand. Denne wird ditte schon.« Quappe glaubte kaum, was er sich selbst sagen hörte.

»Ach Herr Quappe, wenn Sie nur recht haben!«

»Wo ham Se die Kuchel denn jefunden?«

»Da hinten.« Der Junge zeigte zum Bassin. »Vielleicht zehn Meter vom Wasser entfernt.«

»Wo allet so zatramplt is?«

»Kurz davor.«

Quappe überlegte. Seine Kugel hatte beinahe am Waldstück gelegen. Zwischen den Fundstellen lagen vielleicht dreißig Meter.

Von der Baumgruppe trabte der Constabler herbei. »Da hatta junge Herr ooch ne Mumpel«, rief Krause. »Nun muss ick allene suchn.«

War der doof!

»Herr Quappe wird uns ab jetzt wieder unterstützen. Da bin ich mir sicher«, sagte Ferdinand.

So etwas hatte Quappe befürchtet. Doch was blieb ihm

für eine Wahl? Wenn der junge Herr sich beim Oberst-Lieutenant beschwerte, war er geliefert. Außerdem guckte der Junge so traurig. Also dann! Er nickte.

»Sehr gut.« Die Augen des Jungen leuchteten. »Dann mache ich dort weiter, wo ich eben die Pistolenkugel gefunden habe. Constabler Krause, würden Sie die Suche hinten am Wäldchen fortsetzen? Und Sie, Herr Quappe, suchen sich einen Platz in der Mitte!«

Der Junge flitzte los, und der Constabler trottete von dannen. Quappe blieb noch kurz stehen. Wie sollten sie auf dieser riesigen Fläche so ein kleines Stück Blei finden? Andererseits hatte es schon zwei Mal geklappt. Wenn nur das Gras nicht so hoch wäre! Am besten, sie brannten die Wiese nieder. Doch das war keine gute Idee. Da würde das Blei schmelzen. Es half alles nichts, Quappe musste runter auf alle viere und jeden Grashalm zur Seite legen.

Die Sonne verschwand hinter einer Wolke. Es würde doch hoffentlich nicht regnen? Quappe schaute gen Stadt. Dunkle Wolken türmten sich am Himmel, und am Horizont erkannte er zwei Reiter, die sich näherten. Au Backe, das war doch nicht etwa der Herr Oberst-Lieutenant? Vielleicht in Begleitung des bärtigen Kobolds oder des Polizisten? Noch konnte er nichts erkennen.

»Ich habe noch eine!«, rief Ferdinand.

So ein Durcheinander! Quappe guckte zu den Reitern. Die schienen auf der Stelle zu stehen. Allerdings mussten sie sich bewegt haben, denn eben waren sie noch weiter entfernt gewesen. Quappe drehte sich herum. Der Junge eilte herbei.

»Eine große Kugel, Herr Quappe. Schauen Sie nur!«

Der Constabler hatte Ferdinands Rufe ebenfalls gehört. Er kam angetrabt.

»Die ist bestimmt von einem Gewehr.« Der Junge drückte Quappe die Kugel in die Hand.

»Kiecken Se ma dorte!« Quappe zeigte auf die Reiter. Die kamen so langsam näher, als seien sie auf Mauleseln unterwegs.

Ferdinand warf sich zu Boden. »Was machen wir, wenn das mein Vater ist?«

Das war eine gute Frage, fand Quappe. Eine Antwort fiel ihm nicht ein.

»Ich krieche am besten in den Wald. Sie haben ja jetzt die Kugeln, Herr Quappe.« Der Junge zeigte noch einmal zum Wasser. »Dort habe ich sie gefunden. Wenn mein Vater die gewünschten Informationen hat, reitet er bestimmt zurück nach Berlin.«

Ferdinand kroch los. Jetzt war Quappe froh, dass die Halme so hoch standen.

Er wandte sich zum Constabler und sagte: »Wenn da Herr Obast-Leutnant da is, rede icke. Een Wort von Ihn, un es jibt wat uffs Maul!«

Quappe und der Constabler Krause standen da wie zwei Ganoven vorm Raubzug. Gontard band das Pferd an der provisorischen Tränke fest. Werpel brauchte seinen lahmen Gaul nicht anseilen, der lief ohnehin nur, wenn er unbedingt musste, und selbst dann widerwillig. Gontard hatte Mühe, seine Wut zu unterdrücken. Erst stahl der Criminal-Commissarius ihm mit seiner langsamen Reiterei die Zeit, und nun standen diese beiden Deppen herum wie Marktweiber. Wenn die keine gute Ausrede für ihr Päuschen hatten, würde er ihnen ordentlich den Marsch blasen.

»Quappe, zu mir!«

»Zu Befehl! Ick flije.«

»Es reicht, wenn Sie hurtig laufen.«

Gontard wartete. Immerhin schien Quappe den Ernst der Lage erkannt zu haben. Er rannte über die Wiese. Der trottelige Constabler schlurfte hinterher.

»Nun erklären Sie mir, Quappe, warum stehen Sie herum, anstatt das Projektil zu suchen?«

»Weil wart jefunden ham. Und zwa nich nur dit eene.«

»Sie haben zwei Gewehrkugeln gefunden?«

»Na ja, so kann ma ditte nich sachn.«

»Nein? Kann man nicht? Warum?« Gontard wurde ungeduldig.

»Also, wia hamm eene Jewehrkuchl un zwee vonne Pistole.«

»Pistolenkugeln? Hab ich das richtig gehört?« Werpel hatte es geschafft, von seinem Gaul zu klettern, und versuchte, Anschluss an das Gespräch zu gewinnen.

»So scheint es.« Gontard seufzte und wandte sich wieder Quappe zu. »Zeigen Sie mal her!«

Quappe kramte in der Tasche seines Waffenrocks und zog drei Kugeln heraus. Er rubbelte sie am Stoff seiner Uniformjacke sauber. Das dauerte. Gontard ballte die Faust.

»Eene jroße und zwee kleene. Hia, Herr Oberst-Lieutenant.« Quappe reichte Gontard die Kugeln.

»Und? Welches ist das richtige Projektil?«, fragte der Criminal-Commissarius.

Gontard betrachtete die große Kugel. Sie war mit Sicherheit mit einem der neuen Perkussionsgewehre abgefeuert worden. »Das ist eine Kugel von einem Fusil«, sagte er und drehte sich wieder zu Quappe. »Wer hat die Kugeln denn gefunden?«

»Die eene Pistolnmumpel hab ick jefunden.« Quappe guckte blöde und fügte eilig an: »Die andan bedn ooch.«

Die Antwort kam Gontard komisch vor, er schaute zum Constabler. Der guckte zu Quappe und nickte dann eifrig.

»Wo haben Sie die Kugeln denn genau gefunden?«, fragte Gontard.

»Jestan hab ick eene Pistolnmumpel dahintn jefundn.« Quappe zeigte zum Waldstück. »Un die beedn andarn wan da untn.« Die Hand Quappes wies Richtung Wasser.

»Na dann gehen wir doch erst mal zu der Stelle, wo die Gewehrkugel lag.«

Quappe zuckte mit den Schultern und trottete los. Werpel, Constabler Krause und Gontard folgten ihm.

»Sie haben keine einzige von den drei Kugeln gefunden?«, fragte Werpel unterwegs seinen Constabler, als sei das eine Beleidigung für die Berliner Polizei.

Der Constabler blickte erneut zu Quappe und schüttelte dann mit dem Kopf.

»Alle Funde gehen auf Herrn Quappe«, sagte Werpel frustriert. »Alle Achtung!«

Constabler Krause nickte erneut.

»Hia waret.« Quappe stand auf der Wiese und zeigte auf den Boden. »Also, die Jewehrmumpel hamm wa jenau an diesa Stelle jefunden. Die Pistolnkuchl lach 'n paa Meta weita weg. Unjefähr da, wo da Constabla jrad rumlatscht.«

Gontard schaute zu Boden. Er konnte nichts Auffälliges erkennen. Die Erde war nicht besonders zertrampelt, das Gras nicht zerstört. Allerdings konnten sich Grashalme auch wiederaufrichten und zu blühendem Leben erwachen, acht Tage, nachdem ein Mörder einen Leichnam bis zum Wasser gezerrt hatte.

Bis zum Waldstück waren es vielleicht dreißig oder vierzig Meter. Gontard kniete nieder und schaute zu den Bäumen. Ein geübter Schütze würde einen Mann auf diese Entfernung treffen.

»Sie glauben an einen Mord aus dem Hinterhalt?«, fragte Werpel.

»Ich würde es nicht ausschließen«, antwortete Gontard. »Allerdings bleiben eine Reihe von Fragen. Warum kommt Puch hierher? Und woher weiß der Mörder das?«

»Warum musste Häußler sterben?«, fügte der Criminal-Commissarius hinzu.

»Da Kobold ist tot?«, fragte Quappe.

»Quappe!«, fuhr Gontard seinen Burschen an. »Wie reden Sie über den Herrn Baumeister?«

»Tschuldjung.«

»Ist schon gut, Herr Quappe.« Gontard verzieh dem Bengel seine große Klappe. »Ja, Herr Häußler ist verstorben. Er wurde erschossen.«

»Es ist noch nicht klar, ob er erschossen wurde«, mischte sich Werpel ein, »oder ob er in den Freitod gegangen ist.«

»Ach du meene Jüte!« Quappe guckte so erschrocken, als ginge es ihm selber an den Kragen.

Gontard steckte die Kugeln in seinen Waffenrock und sagte: »Wir werden den Mörder von Herrn Puch finden. Und wenn Herr Häußler gemeuchelt wurde, werden wir auch diesen Täter dingfest machen.« Gontard ging einen Schritt auf seinen Knecht zu und klopfte Quappe auf die Schulter. »Sie haben Ihren Beitrag zu den Ermittlungen geleistet. Darauf können Sie stolz sein!«

Der Knecht schien zu wachsen. Ausnahmsweise machte Quappe den Moment nicht mit einem dummen Spruch kaputt. Gontard fand, dass der junge Mann sich in der letzten Zeit gemausert hatte.

Bevor die Situation peinlich wurde, sagte Gontard: »Ich werde in die Residenzstadt reiten. Mal sehen, ob mein Freund Kußmaul den Leichnam schon inspizieren konnte. Herr Quappe, Sie können sich ebenfalls auf den Heimweg machen. Gehaben Sie sich wohl, meine Herren!«

Es herrschte Stille auf der Wiese. Quappe lag wieder im Gras. Der Constabler trottete schon nach Berlin, neben dem Commissarius auf dem lahmen Gaul. Ferdinand hingegen blieb noch in seinem Versteck. Quappe fand das ein bisschen übertrieben. Die beiden Polizeibeamten waren kaum noch zu erkennen. Andererseits hatte er keine Eile. Ein paar Minuten Ruhe hatten noch niemandem geschadet.

Quappe riss einen Halm ab und kaute auf dem Gras. Er verspürte Hunger. Langsam könnte es doch losgehen mit dem Marsch nach Hause. Er schaute hinüber zum Waldstück. Dort kam Bewegung in die Farne. Der junge Herr kam aus dem Grün gekrochen. Quappe stand auf und ging dem Jungen entgegen.

»War mein Vater zufrieden?«, rief der Junge ihm auf halbem Weg entgegen.

»Da Herr Oberst-Lieutenant hat mir jelobt. Und ditte jibt et nich oft.«

Der Junge lachte.

»Der Herr denkt ja ooch, ick hätt die janzen Mumpeln jefundn.«

»Das soll so bleiben, Herr Quappe. Ich bin eigentlich gar nicht hier.«

Sie liefen querfeldein Richtung Stadt. Quappe sah zum Himmel. Die Wolken wurden dichter. Bestimmt gab es heute noch einen Guss. Also stapfte er schneller. Ferdinand musste er nicht zur Eile anhalten, der Junge hüpfte vor Freude über die Wiese.

Ferdinand drehte sich noch einmal um und wurde plötzlich ernst. »Wenn mein Vater nach einem Projektil aus einem Fusil suchen ließ, dann ahnt er sicher schon, wie der Mord geschehen ist.«

Quappe wollte das lieber nicht wissen. Da war einer tot. Das reichte ihm.

»Eine Gewehrkugel, da vorn am Wasser«, murmelte Ferdinand vor sich hin. »Der Mörder könnte genau dort geschossen haben, wo ich mich gerade versteckt habe.«

Quappe lief ein kalter Schauer über den Rücken. Dieser Gedanke war ihm vorgestern in dem Waldstück auch schon gekommen. Hatte der Mörder gar hinter *seinem* Baum gestanden? Quappe war nicht besonders abergläubig – aber das konnte kein Glück bringen, oder?

»Würden Sie auf diese Entfernung einen Menschen treffen, Herr Quappe?«

Quappe zuckte zusammen. Der Junge stellte vielleicht Fragen! »Ick bin Bursche un nich vonne Infanterie.«

»Sie sind nicht so ein guter Schütze, meinen Sie?«

»Ick würd vonne Pariser Platz aus dit Brandenburga Thor nich treffn, glob ick.«

Ferdinand lachte kurz. Dann kratzte sich der Junge am Hinterkopf und sagte: »Ein Infanterist ...«

»Da jibts ne janze Menge von.« Der Junge und seine Flausen, dachte Quappe. Der ging in Berlin noch los und verhörte die Soldaten Seiner Majestät.

»Ein Infanterist ...«

»Muss aba nich sein. Ick meene, 'n Jäger kann ooch mit ne Flinte umjehen.«

»Ein Infanterist oder ein Jäger.«

»Un wat weeß ick, wer noch so schießn kann.«

»Sie haben recht, Herr Quappe.« Der Junge seufzte. »So kommen wir nicht weiter. Ich werde mit Vater sprechen.«

Quappe bekam einen Schreck. »Aba Se sin doch jar nich hier jewesen, junga Herr. Und vonne Mumpeln könn' Se ooch nix wissen.«

»Das haben Sie mir verraten.«

Ob das besser war? Quappe bezweifelte das. Wie konnte er den Jungen nur vor Dummheiten bewahren – und sich selbst Ärger ersparen?

»Ich sage am besten die Wahrheit. Vater schätzt Ehrlichkeit.«

Es wurde immer schlimmer. Warum hatte er den Jungen bloß mitgenommen?

»Wenn ich vollends aufrichtig bin, wird Vater mich verstehen.«

Quappe stöhnte.

»Wenn ich ihm erzähle, was für eine Hilfe ich Ihnen war, wird er mir erlauben, bei den Ermittlungen zu helfen.«

»Ditte glob ick nich.«

»Warum nicht, Herr Quappe? Mein Vater ist ein verständiger Mann. Einem guten Argument hat er sich noch nie verschlossen.«

»Aba jetze, wo ooch da Kobold tot is ... Nee, ick kann mir ditte nich voastelln.«

»Wer ist tot?«

Das wusste der Junge noch gar nicht, fiel Quappe jetzt ein. Der Oberst-Lieutenant hatte es soeben erst erzählt. Quappe berichtete Ferdinand in kurzen Worten, was er wusste. Dabei stellte er die Freitod-Version als die unwahrscheinliche dar. Der Baumeister war ihm in den letzten Tagen am Kanal nicht wie ein Lebensmüder vorgekommen.

»Sie haben mich überzeugt, Herr Quappe. Vater wird nicht wollen, dass ich mich mit dieser Angelegenheit befasse. Was mach ich nur?«

Quappe stapfte schweigend durch das Gras. Am besten, der Junge machte gar nichts. Vielleicht kam er von selbst drauf. Dann hielt er sich wenigstens daran.

»Ich hab's!« Ferdinand jubilierte, als habe er ein Geschenk bekommen.

Quappe schwante Schlimmes.

»Ich werde mit Mutter sprechen. Die weiß immer einen Rat.«

Das erschien Quappe als eine harmlose Variante. »Machn Se ditte!«

Ein Regentropfen traf Quappes Gesicht. Am Himmel tummelten sich pechschwarze Wolken. Bis zur Stadt brauchten sie bestimmt noch eine halbe Stunde. Wenn sie rannten, vielleicht eine Viertelstunde. Er schaute zu Ferdinand.

Der Junge rief: »Los!«

Draußen auf dem Gensdarmen-Markt schüttete es wie aus Kübeln. Gontard war froh, im Stehely zu sitzen. Der Gastraum war proppenvoll. Das Wetter trieb immer mehr Herrschaften ins Caféhaus.

Seinem Freund Friedrich Kußmaul fehlte heute die Ruhe. Der Kaffee war gerade erst gebracht worden, und dennoch schaute der Arzt auf seine Taschenuhr. Er müsse gleich noch einmal in seine Praxis, weil er die Geldbörse dort vergessen habe. Da half auch kein Zureden und keine Einladung auf den Kaffee. Kußmaul ging es ums Prinzip: Die Geldbörse gehöre an den Mann, ohne Wenn und Aber. Gontard schätzte die Akkuratesse seines Freundes, nur fand er sie manchmal übertrieben. Vielleicht lenkte den Arzt ein Mordfall ab.

»Konntest du schon einen Blick auf den Leichnam von Baumeister Häußler werfen?«

»Was soll ich dazu sagen?«, entgegnete Kußmaul unwirsch. »Ihm ist in die Stirn geschossen worden.«

»Keine Auffälligkeiten?«

»Ich habe selten eine Leiche gesehen, wo der Fall so klar lag.« Kußmaul zuckte mit den Schultern. »Er hat keine Verletzungen, die auf einen Kampf schließen lassen. Vielleicht ist er im Schlaf gemeuchelt worden. Der Polizist hat ihn im Bett gefunden, sagte er.«

»Commissarius Werpel glaubt an Selbstmord.«

»Das hätte er gern. So richtig glauben tut er es nicht, will mir scheinen.« Kußmaul lachte. »Er hat sich beschwert, dass da ein Offizier herumläuft und ihm in einem fort zusätzliche Arbeit verschafft.«

»Nun, eigentlich ist es der Mörder, der uns alle auf Trab hält.«

»Du meinst, der Schattenmann im Hintergrund.« Kußmaul grinste.

Immerhin konnte der Freund wieder herumfrotzeln, dachte Gontard und trank einen Schluck Kaffee. Er stellte die Tasse ab und sagte: »Wir haben es mit einem gerissenen Kerl zu tun. Mein Knecht hat am Kanal drei Kugeln gefunden. Zwei von einer Pistole und eine aus einem Fusil.«

»Quappe hat etwas gefunden?« Kußmaul klopfte

auf den Tisch. »Das hätte ich dem Bengel gar nicht zugetraut.«

»Ich auch nicht. Aber es ist schön, überrascht zu werden.«

»Drei Kugeln ...« Kußmaul ließ die Worte einen Augenblick im Raum stehen und fuhr dann fort: »So wie du guckst, hast du schon eine Theorie.«

»Die habe ich tatsächlich.« Kunstpausen beherrschte Gontard auch. Er genoss den erwartungsvollen Blick Kußmauls für einen Moment.

»Nun sag schon!«

»Da liegen zwei Pistolenkugeln im Abstand von zwanzig bis dreißig Metern. Wonach klingt das wohl?«

»Du meinst, es hat ein Duell gegeben?«

»Genau.«

»Dabei ist Puch aber nicht erschossen worden. Es war die Gewehrkugel, die ihn getroffen hat.«

Gontard grinste. »Stell dir vor, ein dritter Mann liegt im Hinterhalt. Er sieht genau, wie der Sekundant das Zeichen gibt, und schießt zugleich mit den Duellanten.«

Kußmaul fragte entgeistert: »Und der Knall? Wundert sich keiner über den dritten Knall?«

»Der kommt aus einer anderen Richtung. Wie ein Echo.«

»Hm. Du bist der Soldat.« Kußmaul klang nicht überzeugt.

»Also gut, wir haben ein Problem mit dem Knall.« Gontard überlegte. So einfach ließ er sich seine Theorie nicht ausreden. Er trank einen Schluck Kaffee. Kußmaul ebenfalls.

»Wer hört den dritten Schuss?«, fragte Gontard und zählte mit den Fingern. »Die Duellanten und die Sekundanten. Was können die tun? Zur Polizei gehen? Zwar finden alle naselang Duelle statt und gehören in bestimmten Kreisen zum Komment, dennoch sind sie verboten. Besonders wenn es Tote gibt, droht allen Beteiligten Festungshaft.« Gontard legte die Hand auf den Tisch. »Wäre es nicht einfacher, den Mann im Kanal zu versenken?«

»Ich weiß nicht ...« Kußmaul schaute skeptisch. »Das Duell kann auch Wochen vor dem Mord stattgefunden haben.«

»Aber meine Theorie passt zu den Tatsachen. Und sie erklärt, warum Puch am Kanal war.«

Kußmaul hob seine Tasse. »Das mag sein. Einen Beweis hast du aber nicht. Und einen Täter schon gar nicht.«

»Das brauche ich auch nicht.«

Kußmaul bekam große Augen. »Was heckst du nun schon wieder aus?«

»Ich warte ab.« Gontard lehnte sich auf dem Sitz zurück. »Derweil erzähle ich meine These jedem, der sie hören will. Und allen anderen auch.«

Der Arzt guckte, als zweifle er an Gontards Verstand.

»Vielleicht hat wirklich jemand den dritten Schuss gehört. Womöglich ist sogar jemand erleichtert, dass er keinen Menschen auf dem Gewissen hat.«

Kußmaul beugte sich über den Tisch und flüsterte: »Bist du verrückt? Es ist gerade einen Tag her, da hast du mir von einem allmächtigen Schattenmann erzählt. Meinst du, der hört deine Geschichten nicht, wenn du sie überall herumerzählst?« Kußmaul zeigte mit dem Finger über seine Schulter. »Dahinten in der Charité liegt ein toter Mann mit einer Schusswunde im Kopf. Ich möchte nicht, dass du demnächst auch dort liegst.«

Auf diesen Gedanken war Gontard auch schon gekommen. Er jagte schließlich Mörder und keine Hasen – da begab er sich zwangsläufig in Gefahr. Im Gegensatz zu Häußler war er aber ein erfahrener Offizier. Gontard legte seine Hand auf Kußmauls Arm und sagte: »Ich werde auf der Hut sein.«

»Darum möchte ich doch bitten.« Kußmaul sprach, als erkläre er einem Patienten, dass dieser die verschriebene Medicin auch einnehmen müsse. »Hast du überhaupt Zeit für so etwas? Solltest du dich nicht um Henriette kümmern?«

»Morgen, mein lieber Freund, morgen. Heute Abend ziehe ich durch die Schankwirtschaften und verbreite meine Theorie.«

Kußmaul seufzte und sagte: »Tu, was du nicht lassen kannst! Aber vorher muss ich dir noch etwas über Herrmann von Traunstein erzählen.«

Tagebucheintrag No. 9, 30. August 1850
Wo soll das nur hinführen? Die ganze Stadt spricht über Puch. Ich gehe nach Feierabend bloß auf ein Bier in die Wirtschaft, und schon kommen mir die Neuigkeiten zu Ohren. Das Duell. Der Schuss aus dem Hinterhalt. Ich muss mein Staunen nicht einmal spielen. Natürlich ahnen die Herren nicht, warum mein Entsetzen echt ist. Die heben den Humpen und erzählen mir genau, wie sich der Mord zugetragen hat. Als wären sie dabei gewesen und nicht ich. Und warum? Weil dieser nichtsnutzige Knecht die Kugeln gefunden hat. Dieser Dorftrottel! Der sieht aus, als sei er zu blöd, ein Bein vors andere zu setzen. Ausgerechnet der findet die Kugeln! Gleich alle drei.
Nun kann der Oberst-Lieutenant sich alles zusammenreimen. Und sogleich rennt er herum und posaunt das überall heraus. Will er mir eine Botschaft senden?

Das ist mein Spiel. Das lasse ich mir von so einem dahergelaufenen Lehrer nicht aus der Hand nehmen. Und wenn der tausend Mal Oberst-Lieutenant ist! Der soll sich um seine eigenen Angelegenheiten kümmern.
Wenigstens der Commissarius spielt die für ihn vorgesehene Rolle. Dem muss nur einer sagen, dass ein Selbstmord ein Selbstmord ist, und schon spurt der. Auf die Polizei ist in diesen Fragen Verlass. Da reicht es, meinem Freund vom Präsidium zu versichern, wie sehr ich mit den überlasteten Staatsdienern fühle, schon kommt der von ganz allein auf die richtigen Gedanken. Werpel könne sich wahrlich um dringendere Dinge kümmern als um den Tod liberaler Handwerker. Die gehörten ohnehin an die Wand gestellt. Da könne man froh sein, dass die Sache erledigt sei. Punktum. Ich muss nur nicken.
Wenn wir vor zwei Jahren eine richtige Revolution gemacht hätten, wäre der Herr aus dem Präsidium erschossen worden. Nun ist es gut, dass er nichts von meiner Vergangenheit ahnt und zu meinen Freunden gehört. Das Leben bietet doch immer wieder Überraschungen.
Von den alten Kampfgefährten ist nun keiner mehr übrig. Die beiden, die mit mir auf der falschen Seite der Barrikaden standen, sind dahingeschieden. Bei Häußler fiel mir der Schuss leicht. Ich hatte keine Alpträume in der Nacht. Vielleicht lag es an der Dunkelheit. Ich habe die Sauerei mit dem Blut kaum gesehen. Natürlich ist es auch leichter, auf einen Schlafenden zu schießen. Der hat keine Angst, jammert nicht herum und hält stille. Im Grunde ist das ein schöner Tod. Ich würde gern im Schlaf erschossen werden. Es muss ja nicht gleich nächste Woche sein. Denn es gibt noch viel zu tun.
Morgen knöpfe ich mir diesen Gontard vor.

Zehn

Sonnabend, 31. August 1850

Eine Nacht gänzlich ohne Frauen lag hinter ihm. Christian Philipp von Gontard fühlte sich großartig. Henriette hatte schon geschlafen, als er von seinem Streifzug durch die feinen Schankwirtschaften nach Hause gekommen war. Um das Opernhaus und Martha hatte er einen großen Bogen gemacht.

Doch jetzt wurden seine Beine mit jedem Schritt schwerer, seine Schritte langsamer, denn er schlenderte durch das Thiergartenviertel auf das Zuhause der Traunsteins zu. Gerade passierte er die Villa der Gebrüder Grimm. Sein Ziel war nur noch wenige Meter entfernt. Das Gespräch mit dem Alten duldete keinen Aufschub. Nicht nach den Geschichten, die Kußmaul über Herrmann von Traunstein erzählt hatte. Vielleicht hatte er Glück, und Martha ruhte noch.

Gontard blieben nur noch ein paar Schritte in der frischen Morgenluft. Dann erreichte er die Traunstein-Villa und schlug mit dem Klopfeisen mehrfach an die Tür. Hoffentlich war das Dienstmädchen schon wach.

Im Haus blieb es still. Gontard klopfte erneut.

»Ja, ja!« Das Dienstmädchen klang, als habe er es geweckt. Nur Augenblicke später öffnete es die Tür. Die Kleidung saß korrekt. »Ja bitte?«

»Ich bin Oberst-Lieutenant von Gontard.«

»Sie wünschen sicher den Herren zu sprechen, wie vor ein paar Tagen.«

»In der Tat.«

»Treten Sie ein!«

Gontard betrat das Foyer, und das Mädchen verschwand durch die Flügeltür in der Bibliothek. Sie tauchte so schnell wieder auf, dass Gontard den Eindruck bekam, er wurde bereits erwartet.

»Der Herr empfängt Sie. Kommen Sie!«

In der Bibliothek erblickte Gontard Herrmann von Traunstein mit einem Buch in der Hand. Er sah aus, als stünde er Modell für einen Maler. Das Mädchen verharrte in der Tür und schien auf Anweisungen zu warten.

Traunstein wandte sich an Gontard. »Was verschafft mir die Ehre zu dieser frühen Stunde? Oder gedenken Sie etwa, meine Frau zu sprechen?«

»Nein, nein!«

»Martha ruht auch noch.«

Gontard schaute zu dem Mädchen, das herumstand wie bestellt und nicht abgeholt. Er trat einen Schritt auf Traunstein zu und sagte leise: »Wie Sie wissen, ermittle ich in der Mordsache Puch. Es gibt diesbezüglich eine Angelegenheit, die ich dringend mit Ihnen besprechen muss.«

»Bringen Sie uns bitte einen Kaffee!«, trug Traunstein dem Dienstmädchen auf. Als sie aus dem Zimmer war, schaute er Gontard fragend an.

»Sie haben dereinst in der Garnison in Breslau gedient, Herr von Traunstein?«

»Daran ist nichts Ehrenrühriges.«

»In keiner Weise. Der Dienst für Seine Majestät ist nirgends schlecht.« Gontard sprach eilig die Floskeln und fuhr langsamer fort: »Allerdings ist mir ein Vorfall zu Ohren gekommen, in den Sie persönlich involviert waren.«

Traunstein trat bis auf eine Armlänge an Gontard heran. »Wer hat Ihnen davon erzählt?«

»Mir hat das ein Freund berichtet, der es von einem Bekannten weiß. Namen tun nichts zur Sache.« Gontard dachte an Kußmaul. Er hatte ihm versprechen müssen, nicht die geringste Andeutung zu machen, dass ein entfernt bekannter Militärarzt über Traunsteins Vergangenheit berichtet hatte.

»Ich war jung und ein Hitzkopf. Und die Geschichte ist so lange her. Lassen Sie das ruhen, Herr Oberst-Lieutenant!«

»Es stimmt also.«

Traunstein nickte. Das Mädchen betrat die Bibliothek mit einem Tablett, auf dem zwei Tassen Kaffee dampften. Sie stellte die Getränke auf den Tisch, machte einen Knicks und eilte wieder hinaus.

Traunstein schlich zum Tisch. Seine Schritte waren schleppend - Gontard hätte es kaum gewundert, wenn der Alte unterwegs eingeschlafen wäre. Traunstein ließ sich auf einen Stuhl fallen und bat Gontard, sich ebenfalls zu setzen.

»Wollen Sie meine Version der Geschichte hören, Herr Oberst-Lieutenant?«

»Selbstverständlich.«

»Das Ereignis hat sich im Sommer 1822 zugetragen. Ich war Major und, wie Sie offenbar schon wissen, in Breslau stationiert. Eine schöne Stadt mit schönen Frauen, das können Sie mir glauben. Ich habe meine Frau in diesem Sommer kennengelernt.« Traunstein machte eine Pause. Er wirkte so erschöpft, dass Gontard am liebsten einen

Arzt gerufen hätte. Der Alte trank einen Schluck Kaffee und erzählte, wie er seine erste Frau geehelicht hatte. Nur wenige Monate später habe ein junger Militärarzt seinem Weib den Hof gemacht. Die Frau habe die Avancen nicht erwidert. Traunstein habe dem Arzt mehrfach auf freundliche Art deutlich gemacht, dass sein Verhalten unangemessen sei. »Nach vielen Wochen beging ich einen Fehler, Herr Oberst-Lieutenant. Auf der Oderwiese haben wir unseren Konflikt ausgetragen.«

Gontard verglich die Ausführungen mit dem Bericht Kußmauls. Bis auf ein paar Abweichungen stimmten die Geschichten überein. In der Schilderung des Arztes war auch die Frau unsterblich in den Nebenbuhler verliebt gewesen. Freundliche Hinweise Traunsteins an den Konkurrenten hatte der Garnisonsarzt nicht in Erinnerung. Doch das waren Feinheiten.

»Bei dem Duell ist niemand zu Tode gekommen«, stellte Gontard fest.

»In der Tat, Herr Oberst-Lieutenant. Ich war ein Hitzkopf, aber ich habe niemanden getötet.«

»Das klingt so, als hätten Sie eine eigene Verletzung überhaupt nicht einkalkuliert.«

Traunstein lachte. »Ich habe bei der Infanterie gedient. Unter den Offizieren war ich der beste Schütze. Wenn ich gegen einen Arzt antrete, muss ich mir keine Sorgen machen. Ich habe dem Kerl ins Bein geschossen. Daran wird der sich bis heute erinnern.«

In der Tat hinkte der arme Kerl nach Kußmauls Bericht wie der Leibhaftige.

»Ich war ein Hitzkopf, aber ich habe niemanden getötet«, wiederholte Traunstein.

»Wat lesn Sie ’n da?«, fragte Paul Quappe den jungen Herrn Ferdinand von Gontard.

»Eine Criminal-Novelle von Jodocus Donatus Hubertus Temme. Sehr spannend.«

Wenn er nur den Namen hörte, bekam Quappe schon Ohrensausen. Wer hieß denn bitte Jodocus Donatus Hubertus mit Vornamen?

»Un sowat kooft de gnädge Frau?«

»Um Gottes willen!« Ferdinand klang, als hätte Quappe die Mutter als Dienstmagd bezeichnet. »Natürlich liest Mama so etwas nicht. Dieses Heftchen habe ich mir bei einem Kolporteur gekauft, von dem Groschen, den mir Vater für die Hilfe bei der Buchhaltung auf unserem Gut in Wutike zugesteckt hat.« Ferdinand rückte an Quappe heran. »Das dürfen Sie meinen Eltern aber nicht verraten.«

»Ick bin stumm wie ’n Fisch.«

Ferdinand sprang auf das Sofa der Gontard’schen Bibliothek und fragte: »Soll ich Ihnen etwas vorlesen?«

»Ditte wär schön.«

»Und Sie lesen den Rest dann selbst?«

Quappe zögerte. Durfte er den Jungen anlügen? Na ja, vielleicht verbog er die Wahrheit ein bisschen. Zum Lesen hatte er eigentlich nie Lust. »Ick jeb mir Mühe. Vasprochn!«

Ferdindand schlug das Buch auf und las: *»In einem besuchten deutschen Badeorte, den wir A. nennen wollen, waren eines Tages auf der Vormittagspromenade die Badegäste in heller Aufregung. Alles war in eifrigen Gesprächen miteinander.«*

Quappe fielen die Augen zu. Ferdinand las sehr gut vor. In der Geschichte brannte ein Haus lichterloh. Quappe konnte sich die schaulustigen, mondänen Gestalten genau vorstellen. Als das Haus schon einzustürzen drohte, erschien eine schöne Dame am Fenster des brennenden Hauses. »*Sie rief um Hilfe, laut, entsetzlich, in der Angst des Todes. Sie sprang in die Fensterbrüstung; sie wollte sich hinunter stürzen. Sie wagte, sie konnte es nicht. Sie rang verzweiflungsvoll die Hände. Es war ein furchtbarer Anblick. Ihr Schrei um Hilfe wollte das Herz zerreißen.*«

Tod, Angst, Schreie. So etwas musste dem Jungen ja Flausen in den Kopf setzen! Dabei gingen die Geschichten in den Büchern immer gut aus. Auch in dieser wurde die Frau gerettet. Wie immer, dachte Quappe. Vielleicht geriet der Held in Gefahr. Manchmal verletzte er sich sogar. Doch am Ende gewannen stets die Guten. In den Geschichten ...

Wurde der Junge immer leiser? Oder kam ihm das nur so vor? Quappe nahm sich fest vor, nicht zu schnarchen. Sonst wäre Ferdinand beleidigt. Außerdem durfte er den Auftrag des Herrn Oberst-Lieutenant nicht vergessen. Was für vermaledeite Gedichte hatten Ferdinand und die gnädige Frau vorgestern gekauft?

»Den Rest lesen Sie aber selbst, Herr Quappe!«

»Aba nich jetzte, oda?«

Ferdinand lachte und steckte das Büchlein in seine Tasche. »Nein. Sie bekommen das Buch, wenn ich es durchgelesen habe.«

Das würde bei Ferdinand nicht lange dauern. Der Junge las schneller, als Quappe umblätterte.

»Ich lese die Geschichte heute noch zu Ende. Dann haben Sie eine Beschäftigung für den Sonntag.«

Und am Montag würde der Junge ihn ausfragen. Das fehlte noch. »Aba ditte is da Tach des Herrn, da jeh ick inne Kirche.«

»Danach bleibt noch der ganze Nachmittag.« Ferdinand feixte wie ein Schuljunge beim Veralbern des Lehrers. So grinste einer, der um den Rohrstock bettelt.

Da kam Quappe eine Idee. »Ham Se nich ’n paa neuje Jedichte? Die sin nich so lang.«

Ferdinand guckte unschlüssig. »Da muss man aber über die Worte nachdenken.«

Nachdenken konnte Quappe beim Herumliegen auf der Wiese sehr gut. Das machte er gern. Zwar kam nicht viel dabei heraus, doch bislang hatte er immer etwas gequasselt, wenn der Junge einmal nachgefragt hatte.

»Nun gut«, sagte Ferdinand, »wir haben tatsächlich gerade diese Woche einen ganz neuen Band gekauft.« Der Junge trat ans Bücherregal und tippte mehrere Bände nacheinander an. Dann zog er ein schmales Büchlein heraus und schlug es sofort auf. So erkannte Quappe den Titel und den Namen des Dichters nicht. Ferdinand las vor:

Der Himmel hängt wie Blei so schwer
Dicht auf dem wildempörten Meer;
Ein englisch Segel, fast die Quer,
Schießt wie ein Pfeil darüber her.

Wie Blei so schwer, dachte Quappe. Mit so etwas verdarb er sich also den Sonntag. Da wäre das brennende Haus mit einer schönen Madame drin wohl doch die bessere Wahl gewesen.

Ferdinand reichte ihm das Büchlein mit der Aufforderung, er solle sorgsam damit umgehen. Der Mama läge viel an dem Band.

Quappe nahm das Buch und drehte es herum. Nun sah er den Titel: *Gottfried Keller – Gedichte*.

»Herr Oberst-Lieutenant, Sie mögen sich bitte umgehend zur Schulleitung begeben.« Der Diensthabende stand stramm.

»Stehen Sie bequem!«, sagte Gontard. »Ich gehe gleich hin.«

Der Diensthabende blieb steif wie ein Bajonett. »Ich darf anmerken, dass Generalmajor von Schnöden mit Gästen auf Sie wartet und ungehalten wirkte.«

»Was für Gäste?«

»Ich kenne die Herren nicht«, sagte der Diensthabende und bewegte sich endlich – er zuckte mit den Schultern. »Es handelt sich um Zivilisten.«

»Vielen Dank für den Hinweis.« Gontard ließ den Soldaten stehen und schlenderte den Gang der Vereinigten Artillerie- und Ingenieurschule entlang. Er sah keinen Grund für besondere Eile. Die Gäste hatten sich nicht angemeldet, also konnten sie auch warten. Andererseits – war der Zivilbesuch eine Reaktion des Schattenmannes?

Gontard erreichte sein Bureau. Kurz dachte er daran, eine kleine Verschnaufpause am Schreibtisch einzulegen. Nur um die ominösen Gäste zu provozieren. Doch die Neugier überwog, er passierte seine Bureautür und lief den Gang weiter zum Sitz des Schulleiters.

Im Vorzimmer sprang der Soldat auf und rief: »Da sind Sie ja, Her Oberst-Lieutenant! Kommen Sie!« Der Soldat fuchtelte mit den Armen, als sei er in einen Mückenschwarm geraten. Er öffnete die Tür zum Dienstzimmer des Schulleiters und hielt sie auf.

Gontard sah noch immer keinen Grund, sich von der Hektik anstecken zu lassen. Er schritt durch das Vorzimmer auf den aufgeregten Soldaten zu.

»Wo bleibt er denn?«, rief Generalmajor von Schnöden nach draußen.

»Er kommt, er kommt!« Der Soldat winkte erneut Gontard heran.

Gontard nickte dem Soldaten zu und betrat das Bureau des Schulleiters. Von Schnöden saß mit drei Zivilisten am Tisch: mit Gartendirektor Peter Joseph Lenné, Oberregierungsrath Erhardt von Richtenau und Bauinspektor Johann Jakob Helfft. Gontard war enttäuscht. Die Mordsache interessierte ihn derzeit viel mehr als Lennés Kanal.

»Wo waren Sie denn, Herr Oberst-Lieutenant?«, fragte von Schnöden. Die scharfe Stimme passte nicht zu dem alten Offizier, fand Gontard.

»Ich hatte einen dringenden Termin in der Stadt und gerade keine Vorlesung, Herr Generalmajor.«

»Die Herren warten schon fast eine halbe Stunde auf Sie«, sagte der Schulleiter. »Wir alle haben Besseres zu tun, Herr von Gontard. Zudem muss ich Unangenehmes über Sie hören.«

»So? Was denn?«

»Nun setzen Sie sich erst mal!«, maulte der Schulleiter und wandte sich dem Gartendirektor zu. »Bitte, Herr Lenné, der Herr Oberst-Lieutenant steht Ihnen zur Verfügung.«

Lenné nickte dem Schulleiter zu und stützte sich auf den Tisch. »Haben Sie dem jungen Lieutenant von Heye aufgetragen, alle Pläne bei Herrn Helfft abzuzeichnen?«

»Selbstverständlich. Wie sollen wir die Pläne sonst mit denen vergleichen, die wir von Ihnen bekommen haben?«

»Die Pläne wurden nicht verändert.« Helfft sprang auf.

»Allenfalls in Details. Das haben wir Ihnen doch schon gesagt!«

Gontard lehnte sich zurück. Da war er wohl auf der richtigen Spur.

»Sehen Sie, meine Herren Offiziere«, sagte Lenné versöhnlich, »wir haben alle ein großes Interesse an einem sicheren Landwehrkanal. Bereits am Dienstag werden die Honoratioren den Kanal einweihen. Die Uferanlagen sind allesamt fertig. Die geplanten Bepflanzungen werden den Kanal zusätzlich stabilisieren und auch gegen schwere Unwetter wappnen.« Der Gartendirektor lehnte sich zurück und schloss: »Lassen wir die Vergangenheit ruhen!«

»Aber Sie selbst haben doch unsere Unterstützung angefordert«, entgegnete Gontard.

»Ich wollte sichergehen, dass die Eröffnung zum angegebenen Termin stattfinden kann. Allein Ihre Anwesenheit hat uns sehr geholfen. Sie haben dafür meinen verbindlichsten Dank.« Lenné blickte nacheinander zu Helfft, zu Richtenau und zum Schulleiter. »Was ich nicht wollte, ist, dass es zu Verwicklungen zwischen den Behörden und den Ministerien unseres Königreichs kommt. Wie stünden wir vor Seiner Majestät da? Wie Widersacher. Das wäre für uns alle nicht von Vorteil.«

Was redete der für ein gestelztes Zeug? Gontard schaute von Lenné zum Schulleiter. Von Schnöden verzog keine Miene.

»Ich werde Lieutenant von Heye anweisen, seine Arbeiten zu beenden.« Gontard merkte, dass er ärgerlicher klang, als er wollte. Er sprach ruhig weiter. »Mit den bereits gefertigten Zeichnungen müssten wir eine Stichprobe für einen Vergleich haben. Wir schicken Ihnen den Bericht unserer Untersuchungen in der kommenden Woche zu.«

Keiner sagte ein Wort. Die drei Zivilisten schauten zu Generalmajor von Schnöden.

Der Schulleiter seufzte. »Ich weiß nicht, was an den Worten des werten Herrn Lenné missverständlich war, Herr Oberst-Lieutenant. Der Gartendirektor hat uns für die geleistete Arbeit gedankt. Diesen Dank nehmen wir mit Stolz an. Damit ist die Hilfestellung unserer Lehreinrichtung in Sachen Landwehrkanal beendet.«

»Und Sie haben diesen Unsinn die ganze Zeit geduldet, Herr Quappe?« Henriette von Gontard runzelte ärgerlich die Stirn.

Was sollte er darauf antworten?

»Aber Mama«, mischte sich Ferdinand ein, »Vater hat uns vorgestern die Suche selbst aufgetragen.«

»Ich rede mit Herrn Quappe. Der ist erwachsen und kann für sich selbst sprechen.«

Das fand Paul Quappe auch. Nur, was sollte er sagen?

»Nun, Herr Quappe?«

»Ick weeß ooch nich.«

»Das war doch eine ganz einfache Frage, auf die Sie mit Ja oder Nein antworten können, oder?«

»Ja.«

»Was meinen Sie mit ›Ja‹?«

»Na ja – ja. Ick hab ditte jeduldet.«

»Und warum?«

Diese Frage ließ sich nun wirklich nicht mit Ja oder Nein beantworten. Quappe hatte es von vornherein für eine Schnapsidee gehalten, ausgerechnet Ferdinands Mutter in ihre Mordermittlungsabenteuer einzuweihen.

Nun stand er mit Ferdinand und der gnädigen Frau im Esszimmer. Es roch schon nach Suppe. Doch anstatt sich den Bauch vollzustopfen zu können, musste Quappe ein Verhör über sich ergehen lassen.

»Ick weeß ooch nich.«

»Sie wissen nicht allzu viel, Herr Quappe.«

»Ick bin ooch nua da Stieflknecht.«

»Damit reden Sie sich bei mir nicht heraus. Sagen Sie mir endlich, weshalb Sie den Jungen mit zum Kanal genommen haben!«

»Mama, lass doch den armen Herrn Quappe!« Ferdinand quengelte wie ein Kind. Das machte er gut. »Ich hab ihm doch so lange in den Ohren gelegen, bis er eingewilligt hat. Er wollte das gar nicht.«

Da hatte der Junge recht. Dennoch ahnte Quappe, das ihm das nicht helfen würde.

»Das mag sein«, antwortete Henriette von Gontard, »aber Herr Quappe ist ein erwachsener Mann. Er muss für seine Handlungen geradestehen. Schließlich hätte er auch nein sagen können.«

Das bemerkte gerade die Richtige, dachte Quappe. Die gnädige Frau gab auch stets nach, wenn ihr Sohn etwas wollte. Vielleicht half es, wenn er und Ferdinand zusammenhielten.

»Aba ditte stimmt. Der Herr hat uns beede uffe Wiese jeschickt, vorjestern.«

»Ja, da hat Herr Häußler auch noch gelebt und konnte auf meinen Jungen aufpassen.«

Der blöde Kobold, jetzt machte der ihm immer noch Ärger. Obwohl er schon auf dem Weg unter die Erde war. Dabei war es keineswegs so, dass sich der Junge gestern allein am Kanal herumgetrieben hatte. In diesem Fall galt er plötzlich nicht mehr als erwachsener Mann, empörte sich Quappe im Stillen. Aber vielleicht war das die Idee. Er musste den Spieß umdrehen.

»Aba wenne junge Herr bei mir unne Constabler Krause is, dann jibt et zwee Männa, die nachm kiecken.«

»Constabler Krause ist nach den Worten meines Mannes nicht unbedingt die Person, der man seine größten Schätze anvertrauen sollte.«

»Da Constabla Krause varichtet immahin Dienst bei de Pollizei. Unner hatt 'ne Waffe.« Wenn er die benutzte, gefährdete er vermutlich zuallererst sich selbst. Aber das behielt Quappe lieber für sich.

Die gnädige Frau guckte nachdenklich. Für einen Augenblick sagte niemand etwas. Ferdinand sah Quappe an und nickte langsam.

Quappe fühlte sich im Aufwind und fuhr fort: »Kieckn Se ma, gnädge Frau, wer weeßn, dit Ferdinand da Sohn vonne Herr Oberst-Lieutenant is?« Quappe schwenkte den Arm, so weit es ging. »Jeda hia. Findn Se nich, dasset ville jefährlicha is mittm Jung zun Buchladn zu spaziern?«

Die gnädige Frau zuckte zusammen. Ihre Mundwinkel klappten nach unten. So sah sie plötzlich zehn Jahre älter aus.

»Sie meinen ...« Mehr sagte sie nicht.

Ferdinand zwinkerte Quappe zu. So, dass es seine Mutter nicht sehen konnte.

»Sie haben recht, Herr Quappe.« Henriette von Gontard klang, als hätte sie einen Frosch im Hals. »Aus diesem Blickwinkel habe ich die Sache noch gar nicht betrachtet.«

Ferdinand drehte sich von seiner Mutter weg und grinste. Wieso bekam Quappe dabei ein mulmiges Gefühl?

»Ich werde mit meinem Mann reden.« Henriette von

Gontard streichelte Ferdinand über den Kopf. »Vielleicht ist Ferdinand wirklich sicherer, wenn er und Sie in der Nähe meines Mannes sind.«

Ferdinand jauchzte vor Freude. Und Quappe dachte: Ach du lieber Himmel! Da hatte er sich etwas eingebrockt. Nun befand er sich mittendrin in der Mörderjagd. Er, der Bursche.

Gontard trat auf den Pariser Platz. Das Brandenburger Thor warf lange Schatten von der Abendsonne herüber. Das Wochenende spülte die Menschen aus der Stadt. Feine Herrschaften fuhren in Kutschen auf die Landsitze, das gemeine Volk nutzte die Pferdeomnibusse, um die Familien in den heimatlichen Dörfern zu besuchen, Bürger spazierten auf ein Bier zu den Zelten im Thiergarten.

Auch Gontard wollte noch etwas frische Luft schnappen, bevor er nach der Familie in der Dorotheenstraße sah. Hinter dem Brandenburger Thor würde er sich nach links ins Grün begeben. Trubel brauchte er gerade nicht.

Er schlenderte über den Platz, wich einem Reiter aus und schimpfte ihm hinterher. Der dachte wohl, die Straße gehörte ihm allein. Gontard hob die Faust und schmetterte dem Unhold einen weiteren Fluch nach. Der Reiter hatte sich freilich längst entfernt.

Nach ein paar Schritten beruhigte sich Gontard wieder. Der Reiter war nur Anlass und nicht Ursache für seinen Wutausbruch gewesen. Derzeit ging zu viel schief. Er hatte einen Mordfall zu lösen, in dem der wichtigste Zeuge kurz vor der Befragung gemeuchelt worden war. Seine Untersuchung des Erdrutsches am Landwehrkanal war durch politische Ränke beendet worden. Und zu allem Übel musste er sich auch noch um eine Geliebte kümmern, aus der er nicht recht schlau wurde, und um eine Ehefrau, die ihm allem Anschein nach Hörner aufsetzte. Das hielt doch kein Mensch aus!

Gontard lief schneller. Er entkam dem Ärger nicht, das war ihm bewusst. Unter dem Brandenburger Thor machte er kurz halt und schaute in den Thiergarten. Wohin sollte er sich wenden, um möglichst keinen Bekannten zu treffen?

In seinem Rücken schnaufte ein Pferd. Die Stimme, die »Brr!« rief, knarzte wie eine alte Tür. Gontard kannte den Mann und drehte sich um.

Herrmann von Traunstein stieg von seinem Gaul und sagte: »Ich bin Ihnen von der Schule über den Platz gefolgt. Ich muss Sie dringend sprechen.« Der Alte zog an den Zügeln und führte sein Pferd nach links in den Park. »Lassen Sie uns ein Stück ins Grüne gehen. Ich möchte sichergehen, dass unser Gespräch nicht von den falschen Ohren gehört wird.«

Gontard trottete neben Traunstein her. Was blieb ihm auch anderes übrig? Der Mann machte nicht den Eindruck, als würde er sich abwimmeln lassen. Traunstein zerrte seinen Gaul zu den Bäumen des Thiergartens, als versuchte er, einen Verfolger abzuhängen. Gontard schaute nach hinten. Dort zogen die Passanten ungerührt stadtauswärts. Keiner interessierte sich für den alten Mann mit dem Pferd.

Kaum hatten Sie den Park erreicht, sagte der Alte: »Sie sollen alles erfahren. Allerdings müssen Sie mir Verschwiegenheit zusichern.«

»Wie soll ich das tun, Herr von Traunstein, bevor ich weiß, was Sie mir zu sagen haben?«

Traunstein ließ die Schultern sinken. Wie schon am

Morgen schien er in Sekunden zu altern. Zog er sein Pferd noch, oder hielt er sich an den Zügeln aufrecht?

»Sie sind ein Ehrenmann, Herr von Gontard, und werden meine Angelegenheiten ruhen lassen, wenn ich mich erklärt habe. Darauf zähle ich.«

Gontard merkte, wie seine Neugier erwachte. »Ich versichere Ihnen, dass ich die Fragen der Ehre und Redlichkeit beachten werde, bevor ich andere Personen konsultiere oder etwas unternehme.«

Der Alte ließ die Zügel locker. Er nahm die Reithaube ab, zog ein Tuch aus dem Gehrock und tupfte sich die Stirn ab. Sicher schwitzte er nicht wegen der Hitze, die Sonne war hinter einer Wolke verschwunden. Sie erreichten einen kleinen Abzweig und traten zwischen die Bäume.

»Hier sollten wir ungestört sein, Herr von Traunstein.«

»Also gut.« Der Alte steckte das Tuch zurück in die Tasche. »Sie hatten recht.«

Die Worte standen zwischen den beiden Männern wie Felsblöcke. Gontard ging langsamer und schwieg.

»Sie müssen mir eines glauben: Ich bin ein verträglicher Mann.« Der Alte klang trotzig. »Ich habe diesen Wirrkopf sogar gemocht. Puch konnte Worte formulieren, wie ich sie kaum denken konnte. Ich habe das Verhältnis meiner Frau zu ihm hingenommen.« Der Alte schaute Gontard an, seine Augen sagten: So wie ich auch zu dem neuen Abenteuer Marthas schweige.

Gontard seufzte. Bislang hatte der Alte nichts Überraschendes erzählt.

»Doch zuviel ist zuviel. Puch wollte mit Martha nach Amerika. So, als könne er an meine Stelle treten.«

Das wusste Gontard bereits von Martha. Daher sagte er: »Kommen Sie zur Sache, Herr von Traunstein!«

»Ich habe mich mit Herrn Puch duelliert.« Traunstein blieb stehen. »Erschossen habe ich ihn aber nicht. Da war ein dritter Schuss. Jemand muss den Mann aus dem Hinterhalt gemeuchelt haben.«

Gontard überlegte. Diese Beichte ließ alles offen. Wenn Traunstein der Schattenmann war und seine Spielchen trieb, dann wusste er von den drei Kugeln und von Gontards Theorie. Also konnte Traunsteins Geständnis reines Kalkül sein. Ohne Zeugen war seine Aussage wertlos.

»Sie glauben mir nicht, Herr von Gontard?«

»Nun, glauben ist für so eine Causa zu wenig.« Gontard schritt weiter ins Grüne. »Wenn Sie mir sagen würden, wer Ihnen sekundiert hat, könnte ich eine Bestätigung einholen.«

Traunstein seufzte. »Sie werden verstehen, Herr Oberst-Lieutenant, das kann ich nicht.« Er wischte sich erneut den Schweiß von der Stirn.

»Herr von Traunstein, es handelt sich um einen Zeugen, einen wichtigen. In diesem Fall sichere ich Ihnen meine Verschwiegenheit zu.«

Traunstein sah Gontard scharf an. »Ich habe Ihr Ehrenwort?«

»Ja.«

»Mein Sekundant war der junge Lieutenant Cunibert von Heye.«

Gontard öffnete die Tür zu seinem Haus in der Dorotheenstraße. Henriette stand im Hausflur und strahlte. Hatte sie auf ihn gewartet?

Sie umarmte und küsste ihn, dann zog sie ihn ins Esszimmer. »Möchtest du einen Wein trinken? Oder hungert dich, mein Liebster?«

Gontard blieb vor dem Tisch stehen und legte seinen Waffenrock ab. Henriette nahm das Kleidungsstück und verschwand im Flur. Gontard nahm einen Stuhl und rückte so an den Tisch, dass er über Eck mit Henriette sitzen konnte. Sie zeigte kein Anzeichen von einem schlechtem Gewissen, auch nicht, als sie zurückkehrte. Im Gegenteil, sie lächelte den Raum hell.

»Nun komm, setz dich, Christian! Wir müssen etwas besprechen. Es ist dringend.«

Gontard ließ sich auf den Stuhl fallen. Mit einem Schlag fühlte er sich so müde, als hätte er die ganze Woche nicht geschlafen. Tatsächlich waren ein paar der letzten Nächte zu kurz gewesen. Doch schlimmer lastete Henriettes Andeutung ... Was wollte seine Frau mit ihm besprechen?

Henriette ging zur Speisekammer. Nein, sie ging nicht – sie flatterte geradezu durch den Raum. Mit einem Griff zauberte sie einen Kanten Brot und einen Kringel Wurst aus der Kammer. Bevor Gontard auch nur seinen Kopf aufstützen konnte, standen ein Brettchen mit dem Essen sowie ein Kelch Wein vor ihm.

»Nun iss! Du siehst aus, als würdest du gleich umfallen.«

Gontard biss in das Brot. Je müder er wurde, desto befremdlicher kam ihm Henriettes Eifer vor. Sie eilte schon wieder zum Schrank. Dort schenkte sie sich eine Limonade in einen Becher und schnippte zurück an den Tisch. Gontard senkte den Blick zur Tischplatte. Es strengte ihn schon an, wenn er Henriette nur beim Herumwirbeln zusah.

»Ach, mein armer Mann! Du siehst aus, als würdest du von der Last der Woche erdrückt. Darf ich dich mit meiner Angelegenheit noch kurz behelligen?«

»Wenn es nicht um fremde Männer geht«, hätte Gontard am liebsten gesagt. Stattdessen nickte er nur.

»Ach, das ist schön!« Henriette trank einen Schluck Limonade und fuhr fort: »Es geht um Ferdinand. Ich mache mir Sorgen um den Jungen.«

Gontard hob den Kopf. Ferdinand ... Der Junge spurte nicht mehr wie ein Kind. Er wurde eben erwachsen. Mit dem Sohn wollte er sich jetzt aber nicht befassen.

»Du verfolgst einen Mörder, und unser Sohn hat sich in einem fort in die Ermittlungen eingemischt.«

»Ich habe sowohl ihm als auch Quappe bereits mehrere Standpauken gehalten.« Gontard nahm das Weinglas und hob es hoch. »Ausnahmsweise habe ich den Eindruck, dass Ferdinand den Unsinn ausheckt und nicht mein Knecht.«

»Das mag sein. Mir macht nicht nur sein Verhalten Sorgen. Da ist noch etwas anderes.« Henriette setzte sich und wurde von einem Moment auf den anderen todernst. »Es ist weithin bekannt, dass Ferdinand unser Sohn ist. Auch der Mörder wird ihn kennen.«

»Der Mörder?«

Henriette schaute ihn mit ihren großen braunen Augen an und schwieg. Gontard trank den Kelch mit dem Wein in einem Zug aus. Das brachte keine Antwort, aber Aufschub. Er überlegte und sagte schließlich: »Ich werde die Kinder morgen Nachmittag nach Wutike bringen. Luise und Ferdinand, alle beide. Und vorher nehme ich den Jungen mit und passe auf ihn auf.«

»Das ist wohl das Beste.« Henriette seufzte und drehte den Krug mit der Limonade in der Hand. »Dann bist du morgen Abend nicht da.« Ihre Stimme klang tonlos.

»Es ist vielleicht nicht schlecht, wenn ich auf dem Gut mal wieder nach dem Rechten sehe.«

Hernriette nickte bedächtig, dann sagte sie: »Es ist nur so ... Ich hätte dir gern den jungen Herrn Keller vorgestellt.«

Gontard blickte auf. Meinte sie den Dichter, dessen Namen Quappe ihm vorhin verraten hatte?

»Er ist erst seit kurzem in der Stadt. Oben am Gensdarmen-Markt hat er eine kleine Wohnung bezogen.« Henriette schaute verträumt zur Seite. »Und er schreibt so schöne Verse.«

Schweigend hob Gontard seinen Weinkelch und ließ ihn wieder sinken. Henriette sah nicht aus, als stünde eine Beichte bevor. Warum erzählte sie dann von diesem Keller?

»Er ist ein charmanter junger Mann, dieser Gottfried Keller. Und er hat wirklich Talent, vielleicht wird er ein berühmter Dichter.« Henriette kicherte, als würde sie zum Tanze aufgefordert, und schaute Gontard keck an. »Ich glaube, er hat mir schöne Augen gemacht.«

In Gontard kämpfte die Wut gegen das Entsetzen. So ein dahergelaufener Wicht wagte es ... Am liebsten hätte er es Traunstein gleichgetan und den Schreiberling von der Wiese gepustet – ganz gleich, mit welcher Waffe.

Henriette legte ihre Hand auf seinen Unterarm und sagte: »Ich sollte dir so etwas nicht erzählen, ich weiß.« Sie schaute ernst, nur ihre Augen strahlten weiter. »In den letzten Tagen sehe ich dich aber mit ganz anderen Augen. Wie froh ich doch bin, dich zu haben! Das hatte ich beinahe vergessen. Ich merke nun, wie sehr ich dich noch immer liebe.«

Tagebucheintrag No. 10, 31. August 1850
Es reicht. Gontard treibt es zu bunt. Ich kann mich um gar nichts anderes mehr kümmern als um diesen Herrn Oberst-Lieutenant.

Heute hat er mir fast den ganzen Tag gestohlen. Ich bin mir unsicher, wie dicht er mir auf den Fersen ist. Bei unserem Treffen heute erschien er mir ein wenig abwesend. So, als würde ihn noch etwas anderes beschäftigen – außer dem Mordfall und der Kanalsache. Manchmal hat er herübergeblickt, als würde er durch mich hindurchsehen. Ist es Martha, die ihm den Kopf verdreht?
Ich habe ihn auch nach unserem Gespräch noch beobachtet, bin ihm bis in den Abend hinein gefolgt, quer durch die Stadt. Der Offizier schlendert anscheinend nur widerstrebend nach Hause. Immer wieder verlangsamt er seine Schritte, bleibt sogar stehen, schaut sich um, ohne tatsächlich nach etwas zu sehen. Mich entdeckt er jedenfalls nicht. Da bin ich sicher. Sein Blick geht erneut derart ins Leere, dass ich direkt vor ihm stehen könnte und er mich wahrscheinlich dennoch nicht erkennen würde. Das sieht mir sehr nach Marthas Werk aus. An der Kreuzung zur Friedrichstraße sehe ich, wie Gontard in die Dorotheenstraße trottet. Da wohnt der Kerl. Ich kann ihn getrost seinem Elend überlassen und kehre noch auf einen Kaffee ins Kranzler ein.
Gontard hat seine Probleme, ist abgelenkt. Doch ich mache mir nichts vor, dieser Mann ist ein Starrkopf. Von Hindernissen lässt er sich nicht beirren. Ich kann das gut verstehen, denn ich bin nicht anders. Wir sind Männer der Tat.
Auf dem Heimweg geht mir dieser Gedanke nicht mehr aus dem Kopf: Einem jeden kann Einhalt geboten werden. Ist jetzt der Moment zum Handeln gekommen? Ein letztes Mal? Man braucht nur die richtigen Mittel. Die Zeit des Zauderns ist vorbei. Wenn ich schnell genug bin, kann ich den Mann überraschen.
Nun gut, dann folgt eben die Attacke. Nur einmal noch. Dann habe ich es hinter mir. Schließlich töte ich aus Notwendigkeit und ohne Freude. Es muss sein, ein letztes Mal. Ich werde ausschlafen und mich dann umgehend ans Werk machen.

Elf

Sonntag, 1. September 1850

Christian Philipp von Gontard donnerte mit der Faust gegen die Tür des Hauses in der Kanonierstraße. Unterm Dach wohnte Cunibert von Heye in einer möblierten Kammer. Gontard wollte den Lieutenant unbedingt vor dem Kirchgang erwischen, deswegen war er schon zu dieser frühen Stunde aufgebrochen. Henriette und die Kinder schliefen noch. Mit Wucht klopfte er erneut gegen das massive Holz.

»Na wassn?«, krächzte eine Frauenstimme von drinnen.

»Nun öffnen Sie schon!«, rief Gontard.

»Is ditte die Polizei, oda was?« Eine Frau öffnete die Tür. Sie reichte Gontard allenfalls bis zur Brust, und sie wurde noch kleiner, als sie Gontards Uniform erblickte. Alles an ihr schien runzelig. Sie riss Augen und Mund auf und fragte: »Dit Militär? Hab ick was anjestellt?«

»Um Sie geht es nicht. Ich muss dringend mit Lieutenant von Heye sprechen.«

Die Frau wuchs wieder. In ihrem Gesicht verschwanden die Sorgenfalten und wichen den Furchen eines Grinsens. »Ob da junge Herr zu diese Stunde schon uffjestanden is? Ick wag dit zu bezweifln.«

»Wenn Sie das freundlicherweise überprüfen würden.« Gontard trat einen Schritt auf das Weib zu. »Falls der

Herr Lieutenant noch zu schlafen geruht, dann wecken Sie ihn gefälligst!«

Die Frau drehte sich um. Von hinten sah sie noch älter aus als von vorn. Sie lief gebeugt, als trüge sie die Einkäufe der letzten Wochen allesamt auf ihrem Buckel. Die Alte verschwand auf dem Treppenabsatz. Gontard trat in das Haus. Das Interieur machte einen soliden, wenngleich in die Jahre gekommenen Eindruck. Das Holz war sicher vor einiger Zeit gebeizt worden und inzwischen nachgedunkelt, wodurch das Treppenhaus etwas Heimeliges bekam. Gontard fragte sich, ob Lieutenant von Heye sich dieses Domizil selbst gewählt hatte oder ob die Heyes schon seit Generationen hier ihren Aufenthalt zu nehmen pflegten.

Er ließ sich Zeit und erklomm langsam die Stufen. Die Dielen knarzten bei jedem Schritt. Offenkundig wog das runzlige Weib annähernd nichts, denn bei ihr verursachten nur die Absätze der Schuhe Geräusche, und selbst die waren jetzt nicht mehr zu hören – offenkundig hatte die Alte das Obergeschoss erreicht. Tatsächlich hörte Gontard von oben ein Klopfen. Die Hausherrin brabbelte unverständliches Zeug. Eine Tür quietschte. Ein Mann grummelte. Das war bestimmt Lieutenant von Heye.

Gontard bewältigte die letzten Stufen im Laufschritt und rief noch auf der Treppe: »Ich muss Sie dringend sprechen, Lieutenant!«

Die Alte guckte abwechselnd den jungen Lieutenant und Gontard an. Dabei grinste sie wie ein Waschweib, das sich auf eine öffentliche Hinrichtung freute.

»Es wäre gut, wenn wir das unter vier Augen klären könnten, Lieutenant. Darf ich eintreten?« Ohne eine Antwort abzuwarten, drängelte Gontard an der Alten vorbei in Heyes Zimmer.

Der Raum wirkte viel größer, als Gontard es sich vorgestellt hatte. An den schrägen Wänden waren Regalbretter für Heyes Studienunterlagen angebracht, auf weiteren Ablagen stapelten sich die Uniformteile und Kästen für allerlei Kram. Auf einem der Bretter standen Weinballons. Hier herrschte Überfluss und Ordnung – eine Mischung aus reichem Vater und zuverlässiger Herbergsmutter. Gontard guckte zur Tür, Heye trat zurück ins Zimmer. Die Alte schielte um die Ecke. Als sie Gontards Blick bemerkte, verschwanden das Grinsen und kurz darauf auch sie selbst.

»Nun, Herr Oberst-Lieutenant, was ist der Grund für Ihren Hausbesuch am Sonntagmorgen?«, fragte Heye und klang dabei herablassend – so wie sich eben jemand verhielt, der einen einflussreichen Vater hinter sich wusste.

»Sie wissen, dass Werner von Siemens in Festungshaft saß, weil er bei einem Duell sekundiert hat? Da war auch er Lieutenant der preußischen Armee.«

Heye stand von einem Augenblick auf den anderen stramm. Er sagte kein Wort.

»Als Sie sich nach meinen Ermittlungen erkundigt haben, wäre ein offenes Wort angebracht gewesen.« Gontard wandte den Blick vom regungslosen Lieutenant ab und sprach scheinbar mit dem Fenster. »So muss ich den Eindruck gewinnen, Sie wollten mich hintergehen. Dabei hätten Sie wissen müssen, dass ich das herausfinde.«

»Wer hat mich verraten?«, schoss es aus Heye heraus.

Gontard blickte wieder zu dem jungen Lieutenant und sagte: »Das Opfer des Duells haben wir aus dem Kanal gezogen. Den Mörder kenne ich nicht. Was meinen Sie denn, wer mir geflüstert hat, dass Sie als Sekundant bei diesem unwürdigen Vorfall zugegen waren?«

»Das ist unmöglich!« Heye sah aus, als würde er gleich die Fassung verlieren. »Nicht Herr von Traunstein ...«

»Genau der. Lieutenant von Heye, wir haben es hier mit einem Mordfall zu tun. Sie müssen Herrn von Traunstein entlasten, er braucht Sie. Das muss Ihnen doch klar sein.«

»Aber ...«

»Haben Sie ernsthaft gedacht, keiner würde von dem Duell erfahren?«

»Wir haben unser Ehrenwort gegeben.« Heye sagte die Worte tonlos. Obschon der Lieutenant stramm wie eine Eiche stand, schien er von den Lebensgeistern verlassen.

»Deswegen ist Herr von Traunstein auch zu mir gekommen und nicht zu den Behörden gegangen. Wenn man etwas nicht mehr verbergen kann, dann sucht man sich besser Verbündete.« Gontard trat einen Schritt auf Heye zu. »Da Herr Puch allem Anschein nach nicht durch den Schuss des Herrn von Traunstein zu Tode gekommen ist, interessiert mich das Duell nicht sonderlich. Wenn Sie mir den genauen Verlauf schildern würden, könnte das den alten Herrn endgültig entlasten.«

Heye verharrte noch einen Augenblick in seiner starren Pose, dann entspannte er sich und bestätigte in kurzen Worten Traunsteins Darstellung. Er erwähnte auch den dritten Schuss aus Richtung des Wäldchens.

»Wieso haben Sie eigentlich nicht nachgesehen, wer dort geschossen hat?«, fragte Gontard.

»Das haben wir doch. Gleich nachdem wir nach Puch geschaut hatten. Der Schreiberling hatte einen glatten Durchschuss in der Brust. Da war nichts mehr zu machen. Jedenfalls muss dem Mörder diese Zeit gereicht haben: Er war verschwunden.«

Gontard wartete, ob Heye noch etwas hinzufügen wollte. Nach einem Moment sagte er: »Ich habe noch eine Frage, Lieutenant. Wer war der Sekundant des Herrn Puch?«

»Dieser Baumeister. Herr Häußler.«

Wäre er doch nur gestern nach Schönschornstein gefahren! Paul Quappe trottete hinter Oberst-Lieutenant von Gontard und dessen Sohn her. Ferdinand von Gontard trug eine blaue Jacke im Schnitt eines Waffenrocks. Er war beinahe so groß wie sein Vater, wenngleich deutlich schmaler. Wie die beiden durch das Gedränge schritten, sahen sie aus wie Behördenvertreter auf dem Weg zu einer Vollstreckung. Und Quappe latschte hinterher. Sein freier Sonntag würde erst nach dem Ausflug zum Haus des toten Baumeisters beginnen. Ermittlungsarbeit statt Faulenzerei – ein schlechter Tausch.

Nach den kühleren Tagen drückte die Spätsommersonne nun auf das Scheunenviertel. Dort stank es, als wollte jemand die Stadt mit Dung in ihrem Wachstum unterstützen. Mehr Platz würde der Residenzstadt guttun. Quappe hetzte hinter den Gontards her und musste sich dafür durch allerlei Volk zwängen. Ausflügler schwärmten aus Berlin heraus. Die Familie vor Quappe trug Kleidung, die vor vielen Jahren vermutlich einmal sehr fein gewesen war. Auf der Straßenmitte sprangen Kinder ohne Schuhe durch den Staub. Eine Gruppe von Juden kam ihm entgegen. Die Männer redeten mit großen Gesten aufeinander ein. Die hatten ihren freien Tag schon hinter sich.

Und wie lange musste er noch auf die freien Stunden warten? Das stand in den Sternen. Aber daran war Quappe selbst schuld. Hätte er Frau von Gontard nicht eingeredet, dass Ferdinand in Gefahr sei, könnte er jetzt sicher schon auf der Wiese liegen und ein Schläfchen halten. So packte Frau von Gontard nun mit der kleinen Tochter die Sachen für die Reise nach Wutike. So bald wie möglich wollte der Oberst-Lieutenant die Familie auf das Landgut bringen. Bis dahin sollte Quappe dem Herrn und dem Jungen nicht von der Seite weichen.

Diese Umstände beunruhigten Quappe. Der Oberst-Lieutenant schien die Gefahr sehr ernst zu nehmen. Quappe schaute sich schon den ganzen Weg in einem fort um. Etwas Verdächtiges hatte er bislang nicht entdeckt. Die Passanten schienen, dem Sommersonntag angemessen, wohlgelaunt und harmlos. Allerdings konnten sich Bösewichte in der Masse der Menschen gut verbergen.

Die Gontards bogen in eine enge Gasse. Hier lichtete sich die Menschenschar. Es wurde ruhig. Auch in den Häusern lärmten keine Kinder. Vermutlich waren die meisten Bewohner schon unterwegs ins Grüne. Quappe schloss zu den Gontards auf.

Der Oberst-Lieutenant erklärte seinem Sohn gerade den Plan für den Besuch im Haus des Baumeisters. »Zuerst schauen wir uns in den Wohnräumen um. Hernach werfen wir noch einen Blick in die Werkstatt im Hof.«

»Wer wohnt denn jetzt da?«, fragte Ferdinand.

»Soweit ich erfahren habe, wird ein Cousin die Werkstatt in den nächsten Tagen übernehmen. Zuvor muss er sich noch mit den anderen Erben über Formalien einigen. So lange steht das Haus leer. Die Stifte bleiben ebenfalls zu Hause.«

Die hatten gleich mehrere Tage frei und Quappe nicht einmal einen kompletten Sonntag. Die Welt war ungerecht.

»Wonach soll ich suchen?«, fragte Ferdinand.

»Ich brauche die Namen von Häußlers alten Kampfgefährten. Wir suchen also nach Correspondenzen und Aufzeichnungen, vielleicht gibt es auch Daguerreotypien oder andere Bildnisse.«

Sie passierten eine Hütte. Aus einem Fenster im ersten Stock guckte eine dürre Alte. Ein Mann gleichen Alters kam hinzu, offenbar ihr Gatte. Er sah die Gontards mit ihren Waffenröcken und redete auf sein Weib ein. Sie solle nicht gaffen, die Soldaten Seiner Majestät hätten sicher eine wichtige Mission und so weiter. Er zerrte das Weib nach drinnen. Dann krachte das Fenster zu.

Ferdinand schien durch den Respekt, den ihre Waffenröcke beim gemeinen Volk auslösten, noch ein bisschen größer zu werden. Der Junge löste den Blick vom Fenster und guckte wieder zu seinem Vater. »Gibt es einen Namen, auf den ich besonders achten soll bei meiner Suche?«

»Hm.« Der Oberst-Lieutenant schaute angestrengt vor sich hin, dann antwortete er: »Nein, Ferdinand. Wir gehen ganz unvoreingenommen an die Suche heran. So laufen wir weniger Gefahr, etwas Wichtiges zu übersehen. Ich möchte ein möglichst umfassendes Bild bekommen.«

Ferdinand blickte so ernst wie ein Kanonier bei der Zündung. Nach ein paar Schritten blieb der Oberst-Lieutenant vor einer Lehmkate stehen. Die Fenster waren von innen mit Tüchern verdunkelt. Gontard zog einen Dietrich aus seinem Waffenrock. Vorsichtig drehte er den Diebschlüssel im Schloss hin und her. Nach wenigen Augenblicken klackte es, und die Tür ging auf.

Auf der Schwelle drehte Gontard sich um und sagte: »Quappe, Sie bleiben hier und halten Wache!« Der Oberst-Lieutenant zeigte ans Hausende. Dort führte der Weg auf den Hof. »Behalten Sie auch die Einfahrt im Blick!« Er verschwand mit dem Jungen im Haus.

Bis jetzt hatten sie keine einzige heiße Spur. Gontard schlich die Treppe hinauf. Er winkte Ferdinand zu, und der Junge folgte ihm. Schweigend stiegen sie die Stufen nach oben. Nur die Stiefel klackten auf den Dielen, ansonsten war es still. Was gab es auch zu sagen? Sie hatten nichts gefunden - keine Aufzeichnungen oder andere brauchbare Unterlagen in der Wohnstube, auch nicht im kleinen Flur oder in der Küche.

Hatte Criminal-Commissarius Waldemar Werpel bereits alles geholt? Aber der Polizist galt nicht als besonders flott, und in diesem Fall agierte er besonders vorsichtig, weil er politische Verwicklungen befürchtete. Als sie die Leiche gefunden hatten, erwähnte der Criminal-Commissarius Häußlers Tagebuch und sonst nichts. Hier im Haus lag bestimmt noch etwas.

Gontard betrat die Schlafkammer und schlug die Tücher vom Fenster weg. Die Sonne warf einen Lichtkegel ins Zimmer, direkt auf die Wäschetruhe. Vielleicht hatte Häußler Papiere in der Kiste versteckt. Gontard hob den Deckel hoch und sah Leinenhemden und -hosen sowie sauber gefaltete Gehröcke. Häußlers Kleidung war schlicht, aber gepflegt. Gontard beugte sich über die Truhe und kramte die Wäsche bis zum Boden durch. Nichts. Wo versteckte Häußler seine Aufzeichnungen? Gontard erhob sich.

Ferdinand zerrte gerade die Lagen Stroh und Schilf vom Bett. Decke und Kissen lagen bereits auf den Dielen. Der Junge trug die Unterlage Stück für Stück ab. Plötzlich hielt er inne. »Vater, hier!«

Gontard eilte durch den Raum. Der Junge zeigte auf das Kopfende des Bettkastens. Ferdinand hatte mehrere Stapel Papier freigelegt.

»Gut gemacht!« Gontard schlug dem Sohn auf die Schulter. »Darauf hätte ich auch selbst kommen können. Ich habe meine Geheimsachen früher auch immer im Bett versteckt.«

Ferdinand guckte, als hätte er einen Guss aus der Traufe abbekommen. Gontard beschloss, gelegentlich in Ferdinands Bett nach dem Rechten zu sehen. Oder sollte er das lieber lassen? Doch das war nicht die Frage, die jetzt zu klären war. Gontard hob das Bündel Papier aus dem Versteck und gab Ferdinand ein paar Blätter ab.

Schon wieder wühlte Gontard in den intimsten Bereichen der Vergangenheit eines Mannes herum. Immerhin fand er in den Unterlagen diesmal keine Briefe an eine Geliebte.

»Das gibt es doch gar nicht!« Ferdinand wedelte mit einem Zettel herum. »Das ist Mama!«

Gontard betrachtete das Blatt. Es handelte sich um eine Federzeichnung, augenscheinlich mit schnellem Strich zu Papier gebracht. Fraglos zeigte das Bild Henriette. Es mochte ein paar Jahre alt sein, Henriette wirkte jünger als heute. Sie lächelte und sah überhaupt blendend aus. Wie kam das Bild unter Häußlers Kopfkissen?

»Hier ist noch eines.«

»Noch mal deine Mutter?«

»Nein, das ist Frau von Arnim.« Ferdinand reichte ihm weitere Zeichnungen herüber. Auf den nächsten erkannte Gontard die Frauen nicht, vom letzten Blatt lächelte Martha.

»Ob Häußler die Bilder selbst gezeichnet hat?«

Gontard dachte an die riesigen Pranken des Baumeisters, sagte aber nur: »Ich sehe keine Signatur.«

»Wir müssten den Federstrich mit seinen technischen

Zeichnungen vergleichen«, sagte Ferdinand und blätterte weiter in den Papieren.

»Das können wir dann in der Werkstatt machen.« Gontard widmete sich seinem Stapel und blätterte sich durch allerlei Abrechnungen. Für einen liberalen Querkopf hatte Häußler ziemlich viele Aufträge von den Behörden Seiner Majestät bekommen. Vor allem der Kanalbau schien dem Baumeister ein Geschäftsleben ohne Sorgen gesichert zu haben. Die Aufträge waren stets vom Handelsministerium gekommen, aber sie basierten auf Anforderungen Lennés. Der Name des Königlichen Gartendirektors war regelmäßig erwähnt.

Es folgten Schuldscheine von Puch. Häußler hatte dem Schreiber eine Menge Geld gegeben, mehr, als er im Gespräch mit Gontard erwähnt hatte. 50 Thaler im Oktober 1849, so weit stimmte Häußlers Aussage. Doch dann folgten 60 Thaler im Januar 1850 und 50 weitere im März. Ob Martha der kostspielige Faktor im Leben des Schreibers gewesen war? Oder hatte der alte Traunstein so lausig gezahlt? Hatte er den Nebenbuhler aushungern wollen?

Gontard nahm die letzten Blätter zur Hand - noch ein paar Zeichnungen, dieses Mal waren Häuser darauf abgebildet. Gontard glaubte die Villa der Traunsteins zu erkennen sowie das Haus Lennés und ein paar weitere Villen. Die Federführung ähnelte der von den Frauenbildnissen, anscheinend pflegte Häußler ein künstlerisches Steckenpferd. Nur, warum verbarg er die Bilder?

»Hier sind Listen mit Daten und Namen.« Ferdinand hielt ein paar Blätter in der rechten Hand und fuhr in verschwörerischem Ton fort: »Der Name Puch steht unter jedem Datum. Ebenso häufig taucht nur ein weiterer Name auf.«

Gontard wollte die Blätter gerade nehmen, da schlug im Erdgeschoss die Haustür auf, und Quappe rief: »Herr Oberst-Lieutenant, da Commissarius kommt! Uffe Gasse! Schnell!«

Quappe drückte sich gegen die Hauswand. Bislang schien der Criminal-Commissarius ihn nicht entdeckt zu haben. Werpel näherte sich langsam. Hatte der Polizist schon einmal hergeschaut? Dann würde er ahnen, dass der Oberst-Lieutenant in Häußlers Haus eingebrochen war. Selbst dann, wenn der im nächsten Augenblick mit seinem Sohn auf der Straße stand.

Immerhin rumpelte es auf der Treppe, und zwar ganz schön laut. So, als würde ein ganzer Trupp Soldaten die Stufen herunterstürmen. Quappe rutschte an der Hauswand entlang zur Tür. Vorsichtig zog er am Riegel und huschte ins Haus.

Ferdinand nahm gerade die letzten Stufen. Der Junge winkte, und Quappe öffnete die Tür noch weiter. Auch der Oberst-Lieutenant sprang die letzten Stufen herunter. Für einen Moment stand Quappe neben den Gontards im Flur.

Der Oberst-Lieutenant zeigte nach draußen und zog die Augenbrauen hoch.

Quappe hob den linken Arm und ließ Zeige- und Ringfinger der rechten Hand über den Ärmel laufen – mit sehr langsamen Bewegungen.

Der Oberst-Lieutenant atmete hörbar ein und zischelte: »Jetzt.«

Quappe trat in den Türrahmen. Ferdinand schob sich vorbei. Der Oberst-Lieutenant blieb neben seinem Burschen stehen, zog die Tür zu und verriegelte sie. Die

Gontards standen für einen Augenblick still wie Rekruten beim Appell. Quappe rührte sich ebenfalls nicht. Kein Geräusch war zu hören, kein Wind, keine Anwohner, nur Werpels Schritte knirschten und kamen näher. Ferdinand entspannte sich zuerst. Der Junge atmete mit einem leisen Seufzer aus.

Prompt blickte Werpel auf. Der Criminal-Commissarius zog die Stirn in Falten. Besonders verwundert sah er nicht aus. Quappe hatte eher das Gefühl, der Polizist habe Mitleid mit ihnen. Noch beim Gehen griff Werpel in seinen Rock. Aus der Innentasche zog er einen Zettel. Er wedelte mit dem Papier und hielt es Gontard vor die Nase. »Würden Sie mir erklären, was das bedeutet?«, fragte der Criminal-Commissarius.

Auf dem Papier standen nur ein paar Worte. Die Handschrift war so groß, dass auch Quappe sie von der Seite entziffern konnte: *Einbrecher werden einen Tatort heimsuchen. Begeben Sie sich zum Haus des Baumeisters Häußler.* Das war alles.

»Vorhin hat es an meiner Tür geklopft, und als ich öffnete, fand ich dieses Papier«, sagte der Criminal-Commissarius. Werpel sah den Oberst-Lieutenant resigniert an. »Es ist Sonntag. Ich will eigentlich nur meine Ruhe haben, und jetzt muss ich plötzlich einem anonymen Hinweis nachgehen. Und wen treffe ich an?«

»Sie hätten auch einfach zu Hause bleiben können«, ätzte der Oberst-Lieutenant.

»Ja, und morgen hat der Herr Criminaldirector dann einen Beschwerdebrief!«

Gontard nahm den Zettel. »Das Schriftbild sieht aus, als habe der Verfasser absichtlich gekrakelt.« Der Oberst-Lieutenant hielt das Papier gegen das Licht. »Dennoch bin ich ziemlich sicher, dass ich den Urheber kenne. Die Schrift erinnert mich stark an einen Lieutenant. Ich habe ihn justament heute morgen besucht und beim Abschied angedeutet, dass ich hierher zu kommen gedenke. Wenn dieser Student mir tatsächlich einen Streich spielen wollte, wie ich vermute, bitte ich Sie um Verzeihung, Herr Criminal-Commissarius. Ich werde den Herrn zur Rede stellen.«

»Und?« Der Polizist sah Gontard an. »Hat Ihr Herr Lieutenant recht? Haben Sie oder einer der jungen Herren einen Einbruch verübt?«

Der Oberst-Lieutenant lachte. Er schaute seinen Sohn an, auch Quappe bekam einen Seitenblick ab. Dann wandte sich Gontard wieder an den Polizisten. »Einbruch ist so ein hässliches Wort, Herr Criminal-Commissarius. Hier sind junge Leute anwesend. Nennen wir es doch so: Ich ermittle.«

Wehte eine frische Brise durch die Gasse? Oder fröstelte Quappe wegen Werpels eisigem Blick? Quappe guckte zu Ferdinand hinüber. Der Junge blickte so intensiv zu Boden, als suche er eine verlorene Münze. Quappe löste seinen Blick von den Gontards und schaute die Gasse hinab. Kein Mensch war zu sehen. Nur vorn auf der Straße herrschte Treiben. Ein Mann in einem weiten schwarzen Überzieher und einem ebenso schwarzen Hut mit breiter Krempe trottete langsam vorbei. Schaute der Kerl sie an? Nein, es sah aus, als schlendere er von dannen.

Der Criminal-Commisssarius unterbrach das Schweigen. »Was haben Sie denn ermitteln können?«

»Wir haben uns in der Tat ein bisschen umgeschaut.« Der Oberst-Lieutenant zog ein Bündel Papiere aus dem Waffenrock. »Diese Aufzeichnungen dürften recht aufschlussreich sein. Aber vielleicht wollen Sie uns zuerst berichten, was in Häußlers Tagebuch stand?«

Quappe guckte zum Polizisten. Der runzelte die Stirn und schien einen Augenblick zu überlegen, bis er sagte: »Zug um Zug – was, Herr Oberst-Lieutenant?« Seltsamerweise klang der Criminal-Commissarius dabei nicht wie ein Griesgram. Er schien eher belustigt.

Auch Gontard grinste und nickte.

»Also gut. Ich habe Abgründe gesehen, Herr Oberst-Lieutenant, das kann ich Ihnen sagen. Häußler muss in den letzten Tagen vor seinem Tod jeden Barrikadenkämpfer einzeln aufgesucht haben, um ihn wegen Puch auszuhorchen und herauszufinden, wen der Schreiberling erpresst hat. In den Einträgen flucht er fürchterlich auf die Männer, auf ihre Arschkriecherei und ihren Opportunismus. Der werte Herr Baumeister hätte am liebsten die Revolution wiederholt, hat aber keinerlei Mitstreiter mehr gefunden, so will mir scheinen.«

Kam es Quappe nur so vor, oder wurde der Oberst-Lieutenant blass? Bestimmt war es nur die Sonne. Sie drückte mit der Macht des Mittags auf die Stadt. Im Augenwinkel sah Quappe, wie der Schwarze vorn erneut die Straße entlanglief. Drehte der hier Runden? Oder hatte er einen Zwilling? Quappe konnte weder Gesicht noch Statur erkennen. Doch auf eine eigentümliche Weise kam der Kerl ihm bekannt vor.

»Namen hat Häußler nicht zufällig in seinem Buch vermerkt?«, fragte der Oberst-Lieutenant.

»Nur Anfangsbuchstaben. Praktisch das ganze Alphabet. Ich denke, er hatte einen gewissen ›E. von R.‹ im Verdacht.« Werpel zeigte auf das Papier in Gontards Hand. »Sie können mir sicher sagen, um wen es sich handelt.«

Quappe sah den erwartungsvollen Blick des Polizisten. Im Augenwinkel erblickte er schon wieder den Schwarzen. Diesmal hielt er eine Waffe in der Hand, ein Gewehr. Der Mann legte an. Zielte der in ihre Richtung? Auf den Oberst-Lieutenant? Auf Ferdinand? Quappe erstarrte. War es nicht seine Aufgabe, den Jungen zu beschützten? Quappe sprang auf Ferdinand zu.

Ein Schuss donnerte durch die Gasse.

Christian Philipp von Gontard sah das Blut. Es spritzte bis an die Hauswand. Kam es von Ferdinand oder von Quappe? Die beiden lagen übereinander in der Ecke. Gontard beugte sich über sie. Ferdinand stöhnte auf dem Boden, Quappe richtete sich auf. Der Knecht stützte sich mit der linken Hand ab und knickte ein.

Ferdinand schrie: »Ihr Arm! Herr Quappe, Ihr Arm!«

Jetzt sah Gontard es auch. Am Oberarm war Quappes Ärmel zerfetzt. Mit jedem Pulsschlag trat dort ein Schwall Blut aus. Quappe griff nach der Wunde und schrie ebenfalls auf.

Immerhin, wer so schrie, war noch am Leben. Gontard guckte zum Schützen hinüber. Der schwarze Kerl mit der breiten Hutkrempe fingerte an seinem Gewehr herum. Offenbar lud er nach. Werpel schien im Wams nach der Dienstwaffe zu suchen. Trug er am Sonntag eine bei sich? Der Commissarius zuckte mit den Schultern und schaute etwas ratlos.

»Ins Haus! Schnell!«, rief Gontard und stieß die Tür auf.

Quappe und Ferdinand krochen auf allen vieren ins Innere – Quappe, um genau zu sein, nur auf den drei unverletzten Gliedmaßen. Gontard winkte dem Commissarius zu. Der Polizist eilte herbei. Schon nach vier, fünf Schritten japste er wie ein Hund auf der Jagd, doch er schaffte es nach drinnen. Gontard drückte sich zuletzt durch die Tür.

Gerade noch rechtzeitig, denn schon krachte der nächste Schuss.

Gontard schaute auf seine Mitstreiter. Quappe kauerte in der Ecke und stöhnte, Ferdinand untersuchte dessen Arm. Der Junge verhielt sich dabei wie ein Erwachsener. Werpel lehnte an der Wand und hechelte.

Gontard zerrte sein Hemd aus der Hose und riss einen Streifen Stoff ab. Den warf er Werpel zu und rief: »Helfen Sie meinem Sohn, und verbinden Sie meinen Knecht! Aber bitte mit Sorgfalt!« Die letzten Worte stieß Gontard schon im Laufschritt aus. Er musste den Schützen erreichen, bevor der die Flinte erneut laden konnte.

Auf der Gasse hielt der Mann in Schwarz das Gewehr mit dem Lauf nach unten und zog ein neues Projektil aus dem Überzieher.

»Sie da! Lassen Sie das!«, brüllte Gontard. Ohne Waffe blieb ihm nichts, als den Mann abzulenken.

Tatsächlich schaute der Mann auf. Dadurch gewann Gontard Zeit. Würde die reichen, um bis zu dem Mann zu rennen und ihn zu überwältigen? Gontard hastete die Gasse hinunter. Der Mann wurde hektisch. Seine Hände zitterten. Die Gewehrkugel fiel zu Boden. Der Kerl bückte sich. Kaum hockte er am Boden, hob er den Kopf. Gontard erkannte ihn immer noch nicht, obwohl er keine zehn Meter mehr entfernt war. Ganz sicher hatte er ihn schon einmal gesehen. An wen erinnerte ihn die verhüllte Gestalt nur?

Der Mann sprang auf und packte die Flinte ganz vorn am Lauf. Wie eine Keule hob er die Waffe. Mit breiten Beinen kam er auf Gontard zu wie ein Schlächter zum Vieh. Er holte aus.

Gontard sprang zur Hauswand. Der Gewehrschaft schlug neben ihm in den Balken des Fachwerks. Holz splitterte. Der Balken zeigte nur eine kleine Delle, aber der Schaft hing an der Flinte, so dass die Waffe an einen Morgenstern erinnerte.

Gontard warf sich auf den Boden. Er spürte den Hauch der Waffe über dem Kopf. Dieses Mal riss der Schaft ein paar Brocken Putz aus der Wand und polterte zu Boden. Der Mann hob den Lauf an wie ein Schwert.

Gontard rollte durch den Staub der Gasse, weg von den Schlägen. Der Mann hieb mit dem Lauf um sich. Gontard drehte sich im Liegen. Krabbelte rückwärts. Aufstehen konnte er nicht - zu schnell setzte der Mann seine Hiebe. Also trat Gontard aus. Mit der Sohle des linken Stiefels wehrte er einen Schlag ab. Der nächste Tritt traf den Kerl an der Hand. Der Rest der Flinte flog durch die Luft. Als sie landete, klang das Metall wie eine verstimmte Glocke.

Der Mann rannte weg - Richtung Hauptstraße. Gontard rappelte sich auf und hetzte hinterher. Er holte schnell auf. Der Kerl mit seinem wehenden Mantel schien nicht die beste Kondition zu haben. Seine Schritte wurden ungleichmäßig, er hüpfte wie ein Ziegenbock. Inmitten der Passanten wirkte der Mann, als führte er einen Tanz auf. Leute blieben stehen und gafften. Was für ein seltsamer Gang!

Der Schwarze drehte sich um. Er hatte eine Pistole in der Hand und hob sie hastig. Weiber schrien.

Gontard hechtete sich auf den Kerl. Er erwischte die Hand und riss sie zur Seite. Ein Schuss krachte. Eine Fensterscheibe zerbarst.

Mit der Faust drosch Gontard dem Kerl vors Kinn. Der Hut flog vom Kopf und landete in der Gosse. Gontard schlug erneut zu. Und noch einmal. Und noch einmal. Der Kerl ging zu Boden. Gontard erkannte ihn. Vor ihm lag Erhardt von Richtenau. Regungslos.

Tagebucheintrag No. 11, 1. September 1850
Der Verwahrraum ist karg, aber ansonsten kann ich mich nicht beklagen. Ich muss nicht bei dem gemeinen Verbrecherpack in der Sammelzelle hocken und habe sogar Papier erhalten. Mit der Versicherung, dass meine Aufzeichnungen nur mein Rechtsanwalt zu sehen bekommt und ich die Papiere bei ihm verwahren darf. Vielleicht habe ich später die Möglichkeit, die Blätter meinem Tagebuch beizufügen. Vorerst lasse ich die Einträge der letzten Tage lieber in ihrem Versteck.
Dennoch ist die Lage ernst, da gibt es keine Frage. Die Beweise gegen mich sind erdrückend, und ich brauche im bevorstehenden Prozess schon eine Menge Glück, um dem Scharfrichter noch zu entgehen. Die Behörden verhören mich mit dem Respekt, der einem Oberregierungsrath zusteht. Doch manchmal glaube ich in den Augen der Beamten ein Entsetzen zu sehen. Liegt das daran, dass sie einem Mörder gegenübersitzen?
Das ist aber auch eine verzwickte Lage. Wenn ich doch wenigstens für meine Schüsse auf Gontard ein anderes Gewehr benutzt hätte als vor zwei Wochen am Kanal! Und warum habe ich die von Häußler gesammelten Erinnerungen nicht gesucht, als ich den armen Tropf erledigt habe? Und wieso hat der den ganzen Kram eigentlich aufbewahrt? Wenn die Papiere zu seinen Lebzeiten in die richtigen Hände geraten wären, hätten sicher ein paar Leute das Königreich Preußen verlassen müssen.
Gontard wird schon wissen, was er mit dem Geschreibsel zu tun hat. Ganz sicher hat er diesem Criminal-Commissarius nur die

Papiere übergeben, die mich belasten. Glaubt man den Gerüchten, könnte er sogar auf seinen eigenen Namen gestoßen sein – zumindest aber auf die Namen von Bekannten. Dummerweise hat Gontard das Versteck entdeckt und nicht der Polizist.
Nun muss ich meine Freunde aktivieren. Jetzt wird sich erweisen, wer nur ein Speichellecker war und sich in der schweren Stunde gegen mich wendet und wer mir die Treue hält und gute Worte bei den Strafbehörden einlegt.
Ich fürchte, es ist nicht hilfreich, dass der Herr Oberst-Lieutenant in Häußlers Werkstatt auch noch die unangenehme Sache mit dem Kanal entdeckt hat. Die Abschriften der Lenné-Unterlagen und die Pläne in Häußlers Werkstatt wiesen so viele Abweichungen auf, dass sogar Gontards Halbwissen ausreichte, um die Unterschiede zu bemerken. Nun werden Lennés Vasallen mich für den Unfall verantwortlich machen. Als könnte ich etwas dafür, dass der Gartendirektor in einem Wolkenschloss lebt, in dem Geld keine Rolle spielt! Seit Jahren streicht das Ministerium seine Pläne auf ein vernünftiges Maß, und nie ist etwas passiert. Und kaum kullern mal ein paar Steinchen ins Wasser, gibt es Theater. Das ist ungerecht!
Gerechtigkeit. Das ist in den nächsten Tagen mein Thema. Das Strafgericht muss mein gesamtes Wirken in die Bewertung der leidigen Angelegenheit einbeziehen. Ich habe mein Leben für Seine Majestät riskiert, meine alten Tage in der behördlichen Schreibstube verbracht und stets die Interessen des Königreichs verteidigt. Sicher, in den Wirren von 1848 habe ich für kurze Zeit für die Sache der vermeintlichen Vernunft gekämpft. Sonst hätte mich Puch nicht erpressen können. Heute weiß ich, dass ich auf der Seite der Schwächlinge stand. Die einzigen Zeugen meines Irrtums sind tot. Und auch wenn Häußlers Aufzeichnungen reichen, um mich der Tötungen zu überführen – viele Details über mein Wirken auf den Barrikaden scheinen sie nicht zu enthalten. Vielleicht hat

Gontard die kompromittierenden Papiere verschwinden lassen, weil diese auch ihn belasten. Wer weiß das schon? Die Männer, die mich vernehmen, offenkundig nicht.
Vielleicht sollte ich auch ein paar von den alten liberalen Weggefährten vorsichtig auf meine Lage und meine Erinnerungen hinweisen. Sicher könnte mich der eine oder andere Gast des legendären Traunstein'schen Salons unterstützen, bevor ich noch im Verhör einen Namen fallen lasse.
Ach Tagebuch, es ist wie stets in den letzten Tagen: Kaum habe ich meine Gedanken aufgeschrieben, sehe ich meine Situation in viel freundlicherem Licht. Morgen soll mein Advocat bei den Herren vom Stammtisch vorsprechen. Dann werde ich sehen.

Zwölf

Montag, 2. September 1850

Das können Sie nie und nimmer beweisen, Herr Oberst-Lieutenant!«

»Nun, Lieutenant von Heye«, Gontard faltete den denunziatorischen Zettel zusammen, den Werpel ihm ausgehändigt hatte, »Sie sind es, der mir demnächst etwas beweisen muss – nämlich, dass Sie zu einem Abschluss an der Vereinigten Artillerie- und Ingenieurschule befähigt sind. Seien Sie versichert, dass ich Ihre Kenntnisse auf das Genauste überprüfen werde.«

»Sie werden es nicht wagen ...«

»Was werde ich nicht wagen?«, fiel Gontard dem jungen Offizier ins Wort. »Ich werde streng meiner Pflicht nachkommen, nicht mehr, aber auch nicht weniger. Sehen Sie es doch als einen Ansporn, dass ich Sie im Vorfeld auf meine Gründlichkeit hinweise.« Gontard merkte, wie er ein Grinsen nicht mehr unterdrücken konnte. »Sicher wird Ihr Vater im Falle eines Falles für Sie eine Nachprüfung arrangieren können. Marsch, an den Studiertisch!«

Heye straffte sich, hob die Hand zum Militärgruß und trat ohne ein weiteres Wort ab. Gontard lehnte sich auf dem Stuhl zurück. Er hatte den Diensthabenden gleich am Morgen beauftragt, Heye vorbeizuschicken. Nun war beinahe Mittag, aber der unangenehme junge Kerl war immerhin abgefertigt. Gontard wusste, dass er die Karriere des Lieutenants nicht dauerhaft würde aufhalten können. Dafür war der Kerl zu glatt und seine Familie zu einflussreich. Doch ein paar Steinchen in den Weg werfen – das sollte gelingen.

Gontard wandte sich wieder dem Studium der *Vossischen Zeitung* zu, dabei hatte Heye ihn unterbrochen. Über den Mordfall gab es noch keinen Bericht, nicht einmal eine kleine Notiz. Gontard blätterte und stutzte. Ein Gedicht, das gab es selten in der *Vossischen*.

Der Augen Blick
von Cornelius Fürchtegott Puch

Der Augen Blick, wie er mich trifft
Dein Antlitz, deiner Anmut Schein
Welch Glück, leuchtet ins Herz hinein
Oh Augenblick, du süßes Gift.

Gontards lyrischer Sachverstand hielt sich in Grenzen, doch dass Puch mit solchen Gedichten seinen Lebensunterhalt nicht hatte bestreiten können, erschien ihm plausibel. Immerhin schön für Puch, dass er posthum eine Ehrung in Form der Veröffentlichung erhielt. Und außerdem erschien es Gontard durchaus möglich, dass eine angebetete Dame wie etwa Martha von Traunstein mit so etwas zu beeindrucken war.

Es klopfte an der Tür. Gontard legte die Zeitung beiseite und rief: »Herein!«

Der Diensthabende erschien. »Ick bitte um Vazeijung, Herr Oberst-Lieutenant. Ick hab vasucht, die Madame uffzuhaltn, aba ...« Weiter kam der Mann nicht. Martha von Traunstein stürmte an ihm vorbei in Gontards Bureau.

»Ich wollte ohnehin gerade in die Stadt gehen. Ich werde die Dame nach draußen begleiten.«

»Ick dank Ihnen seah!« Der Soldat flüchtete wie ein Sünder vor einem Trupp von Messdienern.

»Christian, ich muss so dringend mit dir sprechen!« Martha klang, als wollte sie ihn über ihren bevorstehenden Tod informieren.

»Lass uns nach draußen gehen.« Gontard nahm Marthas Arm und führte sie zur Treppe. Schweigend schmiegte sie sich an ihn. Die Wärme ihre Körpers strömte durch Gontards Oberarm zur Brust. Er glaubte ein Stechen zu spüren – es verschwand, sobald er seine Hand auf den Waffenrock legte.

Martha sah die Handbewegung, seufzte und fasste seinen Arm fester. Nach den Stufen musste Gontard kleine Schritte machen, damit er und Martha nicht aus dem Tritt kamen. Sie erreichten das Tor, und Gontard nutzte die Gelegenheit, sich aus ihrem Griff zu befreien. Martha seufzte erneut.

Gontard schlug den Weg Richtung Friedrichstraße ein und fragte beim Losgehen: »Nun sag, Martha, was liegt dir auf dem Herzen?«

»Hermann wird mit mir Berlin verlassen.«

»Oh.« Gontard blieb stehen. Damit hatte er nicht gerechnet. »Wann?«

»Noch heute.«

Ihm fehlten die Worte.

»Mein Mann hat das arrangiert.« Martha nahm seine Hand und zog ihn weiter.

In der Tat, sie sollten weitergehen. Die ersten Mamsellen gafften schon nach ihnen. Gontard nahm die Weiber wie betäubt wahr, so als würden sie aus einer anderen Welt zu ihm schauen, dabei trennte sie nicht einmal die Fahrbahn.

»Er hat sich um alles gekümmert. In dieser Hinsicht ist er ein Perfektionist.« Martha seufzte. »Schon morgen früh habe ich ein Vorsingen am Theater in Stettin.«

Selbstverständlich war das Vorsingen nur eine Formsache, da war sich Gontard sicher. Für ein Haus in der Provinz strahlte schon der Name Martha von Traunstein wie ein Stern. Schließlich kam sie von der Königlichen Oper in Berlin, da waren ihre Qualitäten als Sängerin nur noch eine Nebensache – auch wenn die großartig waren.

»Er hat seine Beziehungen spielen lassen. Mit der Festnahme des Mörders werden die weiteren Umstände von Cornelius Puchs Tod nicht mehr untersucht. Im Gegenzug hat er sich verpflichtet, für eine Zeit nicht nach Berlin zu kommen.«

Dieses Versprechen abzugeben war dem Alten bestimmt leichtgefallen. Sicher kursierten jede Menge Gerüchte über die Traunsteins in der Berliner Gesellschaft. Gontard vermutete, dass der Alte auf die schiefen Blicke gut verzichten konnte.

»Ich werde dich so vermissen, Christian! Ich weiß nicht, ob ich es ohne dich ertragen kann.«

Gontard schwieg.

»Du wirst mich doch besuchen kommen, Christian?« Martha blieb stehen, sah ihm in die Augen und wiederholte: »Du kommst doch?«

Gontard glaubte das nicht, aber er nickte.

Paul Quappe öffnete die Augen. Hier war alles so weiß. Dr. Friedrich Kußmaul stand neben dem Bett und guckte ihn an. Der Doktor sah nicht besorgt aus, sondern eher gelangweilt. So schlimm schien die Verletzung nicht zu sein. »Werd ick mein' Arm wida benutzn könn?«, fragte Quappe.

»Das will ich meinen. Sie haben Glück gehabt, der Schuss hat Ihre Knochen nicht verletzt.« Kußmaul wies mit der Hand auf das Bett. »Sie müssen nur noch etwas hierbleiben, weil Sie viel Blut verloren haben. Aber ein junger Mann wie Sie erholt sich schnell wieder.«

Hierzubleiben fiel Quappe leicht. Sein Bett in der Dienstbude bei den Gontards war lange nicht so bequem wie das im Hospital. Er schien nicht im Lazarett fürs Fußvolk zu liegen, fiel ihm bei dieser Gelegenheit auf. Im Zimmer standen zwar noch weitere Betten, sie waren jedoch unbenutzt.

Kußmaul rief nach draußen: »Du kannst jetzt hereinkommen, er ist wach!«

Oberst-Lieutenant von Gontard betrat den Raum und fragte: »Wie geht es unserem Helden?«

»Er hat lange geschlafen. Sicher ist er noch erschöpft, aber schon bald wird er seinen Dienst wieder antreten können.«

Was bedeutete »schon bald«? Quappe schaute zum Doktor. Der guckte feierlich zum Oberst-Lieutenant. Quappe fragte lieber nicht.

Oberst-Lieutenant von Gontard wandte sich zu Quappe. »Sie haben mich überrascht, Quappe. Ich kann Ihnen gar nicht sagen, wie dankbar ich Ihnen bin.«

»Sie ham ja jesacht, ick soll uffn Jung uffpassn.«

Der Oberst-Lieutenant schwieg und schaute wieder zu Kußmaul. Der Arzt sagte: »So wie der Fall rekonstruiert wurde, haben Sie Ihrem Herrn das Leben gerettet, Herr Quappe. Allem Anschein nach hätte die Kugel Herrn von

Gontard getroffen, wenn Sie sich nicht auf seinen Sohn geworfen hätten.«

Quappe guckte zum Oberst-Lieutenant. Der nickte.

Dr. Kußmaul wartete einen Moment, dann fragte er seinen Freund: »Gibt es sonst noch Neuigkeiten von den Vernehmungen?«

»Aus Häußlers Aufzeichnungen geht hervor, dass Richtenau von Puch erpresst worden ist. Richtenau hatte Puch das Geld versprochen, und dann muss der ihm von dem Duell erzählt haben. Daraufhin hat Richtenau wohl am Kanal aus dem Hinterhalt geschossen. Er schweigt zu seinen Taten. Doch das wird ihm nichts nützen. Allein für den Schuss auf uns gibt es drei Zeugen.«

Quappe erschrak. Er war nicht nur ein Held, sondern auch noch Zeuge eines Mordanschlags. Aber war er wirklich ein Held? Eigentlich passte das gar nicht zu ihm. Er war doch nur ein einfacher Bursche.

Der Doktor riss ihn aus seinen Gedanken. »Wird Richtenau sich dank seiner Beziehungen retten können?«

»Ich denke nicht«, antwortete der Oberst-Lieutenant. »Wie man hört, versucht er, über seinen Advocaten zu allerlei einflussreichen Personen Kontakt aufzunehmen. Doch derzeit will keiner mit ihm zu tun haben.«

Quappe glaubte nicht so recht an die Justiz Seiner Majestät. »Die Kleinen hängt man, die Großen lässt man Laufen«, sagten sich die Leute in Schönschornstein. Und dabei wurden sie nicht einmal wütend. Denn schließlich hieß es auch: »Was der Meister darf, darf der Lehrling noch lange nicht.«

»Wenn da schwaze Mann wida draußen rumläuft – obba sich da rächn tut?«

»Ach Quappe, machen Sie sich keine Sorgen!« Der

Oberst-Lieutenant sprach die Worte leichthin. »Falls Richtenau tatsächlich irgendwann aus dem Gefängnis kommt und dabei nicht direkt vom Henker in Empfang genommen wird, dann wird er seinen Ruhestand sehr weit weg verbringen – vielleicht in Königsberg oder irgendwo am Ende der Provinz Schlesien. So wird das im Reich Seiner Majestät geregelt.«

»So hätte es auch anderen Personen ergehen können«, fügte der Doktor hinzu, »wenn gewisse Andenken aus dem Geheimversteck des Baumeisters Häußler in die falschen Hände geraten wären.«

»Zum Gück sind sie das nicht, mein lieber Freund. Und die wahrhaft heiklen Papiere wird niemals jemand finden, dafür habe ich gesorgt. So kann die Vergangenheit ruhen.«

Da fehlte nur noch ein Amen, dachte Quappe. Er wollte lieber nichts Näheres wissen. Ihm drohte keine Gefahr. Der Oberst-Lieutenant schien zufrieden mit der Situation. Das genügte ihm. Er wurde ohnehin schon wieder müde und musste gähnen.

»Lassen wir Herrn Quappe allein, er braucht Ruhe«, sagte der Doktor prompt.

»Eines noch.« Der Oberst-Lieutenant zog ein Buch aus seinem Waffenrock. »Ferdinand hat mir zu meiner großen Verwunderung berichtet, dass Sie sich in Ihrer Freizeit der schönen Literatur zuwenden, Quappe. Das unterstütze ich gern. Ich hielt diesen Band für passend.«

Quappe nahm das Buch und las den Titel: *Der neue Pitaval / eine Sammlung der interessantesten Criminalgeschichten aller Länder aus älterer und neuerer Zeit / herausgegeben von Criminaldirector Dr. J.E. Hitzig & Dr. W. Häring (W. Alexis).*

Es hatte sich alles zum Besten gewendet. Christian Philipp von Gontard betrat sein Haus in der Dorotheenstraße und zog Bilanz: Der Mörder war gefangen und saß in Haft, Ferdinand und er selbst waren wohlauf, Quappe würde in wenigen Tagen wieder gesund sein. Noch gestern Morgen schien dieser Zustand in weiter Ferne. Dass die Traunsteins Berlin verließen, kam Gontard auch nicht ungelegen. Er dachte an Henriettes Strahlen in den letzten Tagen ...

Gontard zog den Waffenrock aus, hängte ihn an die Garderobe und trat durch den Flur in die Essküche. Hier roch es, als habe die Küchenmamsell den Gewürzschrank umgestoßen – nach Majoran, Kümmel und einem scharfen Gewürz, dessen Name Gontard gerade nicht einfiel. Ob die Suppe noch warm war? Er trat an den Topf und nahm den Deckel ab. Das sah lecker aus. Gontard bekam sofort Appetit.

»Ich hole dir einen Teller.« Henriette stand in der Tür, und Gontard fühlte sich wie ein Lausebengel, der beim Naschen ertappt worden war. Dabei war die Mittagszeit schon längst vorüber, er hatte also allen Grund, hungrig zu sein.

Henriette füllte Suppe in einen Teller und bat Gontard zu Tisch. Sie wartete, bis er saß, wünschte ihm einen guten Appetit und nahm vis-à-vis Platz. Gontards Frau trug ein dunkles Kleid, das ihre attraktiven Kurven betonte. Und da war auch wieder dieses Strahlen in ihrem Blick, dieser Ausdruck des Glücks, der schon seit Tagen ihr Gesicht aufhellte. An diesem Nachmittag hegte Gontard den Verdacht, er könnte auf seine Frau genauso glücklich wirken wie sie auf ihn.

Gontard kostete die Suppe. Sie hatte genau die richtige

Würze und Temperatur. Er aß, und Henriette stahlte. Je mehr sich die warme Speise in seinem Bauch ausbreitete, desto vollkommener wurde sein Hochgefühl. Doch da war noch etwas, das ihm durch den Kopf ging.

»Dieses Bild, Henriette ...«

»Du meinst die Zeichnung des Baumeisters?«

»Er hat dich gut getroffen.«

Henriette lächelte, als würde sie sich an etwas besonders Schönes erinnern. »Ja, Herr Häußler konnte gut beobachten.«

Sie nannte ihn beim Nachnamen, registrierte Gontard und wunderte sich über seine Erleichterung. Er aß noch etwas Suppe.

»Der Baumeister Häußler war ein stiller Mann. Kaum jemand kannte ihn besonders gut. Er saß bei den Salons zumeist in einer Ecke und schaute dem Treiben zu. Ich glaube, er wusste über alle Bescheid.« Henriette strich sich eine Locke aus dem Gesicht und sprach leise weiter. »Als er mir das Porträt gezeigt hat, habe ich mich sehr gewundert. Ich wollte kaum glauben, dass er so gut zeichnen konnte.«

Gontard fiel das Schlucken schwer. Durfte er fragen? Er musste! »Wann hast du für ihn Modell gesessen?«

»Gar nicht. Stell dir vor, er hat das Porträt aus dem Gedächtnis gezeichnet. Genau wie all die anderen.« Henriette stand auf und kam um den Tisch herum. Sie setzte sich auf den Stuhl neben ihn. »Es war eigentümlich. Nicht ein einziges Mal ist er einer Dame zu nahe getreten. Ich würde beinahe sagen, er interessierte sich für die Frauen selbst nicht sonderlich. Sein Augenmerk schien der Schönheit an sich zu gelten.«

Gontard senkte den Löffel und betrachtete seine Frau. Sie meinte das augenscheinlich völlig ernst.

»Sowenig ich ihn gekannt haben, ich werde ihn vermissen. Er ist einen so sinnlosen Tod gestorben.« Henriettes Blick war traurig, dennoch leuchteten ihre Augen weiterhin. Sie senkte den Kopf und legte ihn auf Gontards Schulter.

Gontard legte den Löffel neben den Teller. Die Suppe schmeckte ohnehin nicht mehr.

»Du hast mir nie von ihm erzählt.« Gontard strich ihr über den Kopf. »Nicht, als er die Zeichnungen angefertigt hat, und auch nicht, als ich ihn bei den Mordermittlungen kennenlernte.«

»Du hast nicht gefragt.« Henriette hob den Kopf. Sie flüsterte nun fast. »Du hast mich in den letzten anderthalb Jahren überhaupt nicht allzu viel gefragt.«

Das würde sich ändern, nahm Gontard sich vor. Jedoch wollte er keine Versprechen abgeben. Anderthalb Jahre wischte er nicht mit ein paar Worten weg.

Stattdessen fragte er: »Wenn du das nächste Mal in einen Salon gehst – dürfte ich dich begleiten?«

Henriette umarmte ihn und raunte: »Ich nehme dich gern mit.«

Nachbemerkung

Die Handlung der Geschichte ist frei erfunden. Ein Erdrutsch am Ufer des Landwehrkanals kurz vor der Eröffnung ist nicht überliefert. Allerdings ist die Klinkerfassade am Kanal tatsächlich nur eine Verschalung, und auch die Verwendung von Baumaterial aus der Königlichen Ziegelei in Johannisthal ist verbrieft. Und noch etwas ist wahr: Der Landwehrkanal erwies sich kurz nach seiner Einweihung als zu klein. Die Erweiterungsarbeiten dauerten bis in die Mitte des zwanzigsten Jahrhunderts.

Die geschichtlichen Ereignisse und tagesaktuellen Geschehnisse sind nach bestem Wissen und Gewissen recherchiert. In einem Detail hat sich der Autor eine Freiheit erlaubt. Die Criminalgeschichte *Der Unheimliche* von J. D. H. Temme ist nach einer Ausgabe aus dem Jahr 1863 zitiert – ob es eine Ausgabe von vor 1850 gab, ist dem Autor unbekannt.

Es geschah in Preußen …

Jan Eik: **Verhängnis in der Dorotheenstadt (1840)**

Horst Bosetzky: **Tod im Thiergarten (1842)**

Jan Eik / Uwe Schimunek: **Attentat Unter den Linden (1844)**

Horst Bosetzky: **Mamsellenmord in der Friedrichstadt (1846)**

Horst Bosetzky: **Aufruhr am Alexanderplatz (1848)**

Uwe Schimunek: **Die Leiche im Landwehrkanal (1850)**

Weitere Titel sind in Vorbereitung.
Alle Bände sind auch als E-Book erhältlich.